读一页书 舔一口蜜

西风的话

须一瓜 著

北京读蜜文化传媒有限公司
策划

目 录

西风的话　　　　　　001
第三棵树是和平　　　067
穿过欲望的洒水车　　153
鸽子飞翔在眼睛深处　217

西风的话

一

　　几乎是一夜之间，经警梁详在凤凰岛成为一个家喻户晓的人物，间接证明他可能杀人的九个证人，也成为岛上人们最强烈关注的对象。在林木匠码头、轮渡老梅茶楼、浅岸音乐厅，或者人北菜市，人们只要三五个聚在一起，就忍不住想研究一下这个案件，甚至那些在老师家学琴的孩子，休息的时候，也可能展开探讨。那些小学童，把小提琴横在腹部，抱得像枪战片上的机枪，琴弦扫得班班响。一个说，大歪个真的会杀人吗？被扫射的孩子说，要打赌什么？我敢保证是大歪个杀了那个老渡轮！

　　大歪个，就是梁详的外号。

　　凤凰岛是个两平方公里的古老小岛，岛上居民不到三万。说不清楚这个小岛是什么时候开始有居民的，反正居住在这个风光旖旎的岛上的人都知道，这里的大部分人祖上非富即贵，实际上他们大多数人都有海外的近亲远亲。这些人的血统，你可以从他们居住的单门独户的老别墅中看出一点端倪，那些带有异国风情的建筑，虽然陈旧甚至败破，但依然可以想见它当年的风华。不过，你也不能就由此评判出入那里的人的富贵渊源。有的人不过几代都在哪栋别墅里做管家或者贴心用人，主人到海外去了，他们就留下看守房子，再换一代人，房子就和自己家的一样了，何况有的主人已经杳无音信，这些管家或用人已经成了实际主人。比如大歪个家，就占据了一栋精致的白色两层小楼，听说他奶奶不过是当年女主人的一个贴心又厉害的丫头；还有一些别墅，一解放就已经收归政府，然后房管部门安置了七八家，甚至二三十户普通人家合住在里面。比如安慈浴场那边，那栋三层的工字形大别墅嘉良楼，几十户人家杂居在里面，东隔西搭，五颜六色，斑驳拥挤，就跟电影里的七十二家房客的场面差不了多少，传说中被大歪个杀死的老渡轮，就住在那个嘉良大杂楼里。但这样的房子，说是豪门别墅，不过是外轮廓骨架而已了。

凤凰岛上没有凤凰。它实际上是凤凰木岛的缩略叫法。凤凰岛上遍布着凤凰木，每年四五月，火苗一样的凤凰花在绿枝丫上，火舌一般穿透性地跳跃开放，点、线、面，一个斜披、整个树冠，浓烈得像火里泼过油，烧得整个树枝要断下来；到了六七月的全盛时期，全岛不可救药地燃烧起来，从岛外任何一个角度看去，那都是一个烈焰熊熊的火之岛，从飞机上看下去，则像一个大海环绕着的璀璨红宝石。凤凰岛上的凤凰木，实在太多了。等到火苗渐次熄灭，新绿再次统领全岛，一把把和西瓜刀一样的窄长的豆荚果实，也就悄悄地从鲜花消失的地方，渐次生长。人们不经意地抬头，呵，满头悬挂着一柄柄绿色的匕首，长长短短，从浅绿到深绿，越长越有力量。凤凰岛上的孩子，除了拉琴，几乎都是握着这样的刀豆，在打打杀杀中一年年蝉蜕童年的。

凶杀案发生在凤凰木刚刚绽出火舌花的三月底，而案件开庭审理时，已经是坚硬的刀豆满岛悬挂的九月秋凉。不管是三月还是九月，不管是花火燎原还是刀丛满天，一年中的任何季节，上岛旅游的人们，都会听到整个凤凰岛上到处弥漫的小提琴旋律，间或也有钢琴。你随便在哪个小巷深处，随便在哪一阵像海浪一样打来的海风里，或者在哪一片从老别墅墙匐匐而下的青藤瀑布中，琴声就从那里隐约逸出或者汹涌飞荡。杀人案发生之后，正是乐器级别考试和全国青少年音乐大赛即将开始之际。经办警察老侯和小易回想起来，整个案件调查好像都在音乐的背景中进行的。这就是凤凰岛又名音乐岛的来由，这里的小提琴已经是渔夫走贩的家常爱好。据说，某年，市里凤凰爱乐乐团来了个全国小有名气的客座首席小提琴手。浅岸音乐厅离人北菜市的南段不远，乐团天天在那里排练某个节目。忽然有一天，一个卖海蛎干墨鱼干的家伙，霍地扔下摊子，一路直闯演练厅，老远就冲着首席小提琴手狠狠抱拳：求求你啦我求求你！这段间奏曲你能不能把气调得稳一点、再沉一点？见过鸡蛋打开拉出来的蛋清丝线没有？那种感觉你有没有？啊？不是冷水掉进油锅里爆啊。听了你五天了，我实在实在是受不了啦！

这琴声氤氲、乐浪滔滔的美丽之岛，像个世外桃源，最多是旅游旺季的时候，混进些小扒手。而凶杀案，在人们的记忆里，从来就是别处的故事，所以，老渡轮竟然在自己家里被杀，凤凰岛举岛震撼。

凶杀案的稀罕，固然是引起凤凰岛高度聚焦的原因之一，而被害人老渡轮、杀人嫌疑人梁详以及九个间接的现场目击证人，统统都是本岛人，这才是让凤凰岛居民强烈关注的最重要因素。

二

老渡轮并不太老。凤凰岛有了第一艘大渡轮以来，他以年龄最小驾驶大渡轮而成为资格最老的渡轮驾驶员。十七岁的时候，凤凰岛的人们叫他小渡轮，叫了二十多年后，有人忽然发现这样叫不妥当，就改口叫老渡轮，好像几天工夫，岛上岛下的人都认可了这个改口。其实老渡轮不过四十多岁。

老渡轮在凤凰岛上，不仅因为几十年来风里雨里把人们渡来渡去的作用重要，而且因为智慧狡黠老谋深算，成了凤凰岛上一个不可忽略的重要人物。和老渡轮父亲同辈的老人说，老渡轮从小长得就和刘备一模一样，两耳垂肩，目光安详。老渡轮下得一手好象棋，最风光的那些年，在轮渡老梅茶楼，他一个人同时和三个人下，经常是不负一局。这个风光一直持续到老渡轮忽然停薪留职下海经商。那两年老渡轮赚得听说相当不错，有邻居了解到他妻子小连已经开始在看房子，很快就要搬离老杂楼。后来听说老渡轮又把赚来的钱全部和人合伙投资新疆的阿尔泰矿区去掘金，但挫折重重，直到老渡轮被人杀死，他的掘金设备还在万里之外的阿尔泰山区生锈。这次投资重挫后，老渡轮的第二任妻子小连，就和老渡轮的第一任妻子一样病故了，留下一个和前夫所生的女儿叶青芒。关于这一点，老渡轮看得很透，说他命里注定要克掉两个妻子。老渡轮掘金受挫后，也不愿再回轮渡公司上班，便经常在家闲看《周易》，研究起八卦来。因为聪明，也很快就上了路，左邻右舍被他算得都说准，包括一个孩子将考上什么方位的大学。一时被传得非常神。大家都说，老渡轮比起岛上那些市里过来骗游客的真瞎子、假瞎子，不知高明多少。但是，老渡轮总说，不过是凑巧罢了、凑巧罢了。老渡轮说得谦逊而自信，可是，他到底没有算计到自己会这样背着锋利的骨头刀暴毙在自己家的客厅里。此外，他一直认为他的金矿会顺利开工，他会在六十岁前，在环岛路浅水湾一带，买下一栋真正的、他自己的别墅小楼。他曾很沉着地对后妻小连和她的女儿叶青芒说,再忍一忍吧,我一定会让你们漂亮的脚丫,舒舒服服地踏在我们家的金山上。

这些都成了一个死人的梦想了。老渡轮被杀的时候,叶青芒二十一岁。

凶杀现场在客厅兼饭厅的屋子。老渡轮的后背被自己家的锯肉刀深深捅入。警察老侯和小易他们来的时候,那把锯齿锋利的锯肉刀,就站在前趴的老渡轮的后背上。这把刀平时总是在厨房屋角那面像脸盆一样口径、鼓一样的原木菜板上插着的。老渡轮喜欢烹饪,刀具齐全,而且他家的菜板、菜刀都是大气磅礴的,和狭小的屋子很不相称。用完刀,老渡轮喜欢用刀把菜板狠狠刮干净,然后把刀一剁,刀就像蜻蜓一样站立在一尺来厚的原木砧板上。他当然想不到,有一天,这把锯肉刀会这样站在自己的后心上。

是叶青芒报的警。但是她无法说明现场情况,她只说,她下班回来正整理衣柜准备洗澡,忽然头被人沉重地打了一下,就什么也不知道了。后来被剧烈的头痛痛醒,出来一看,继父半趴在饭厅椅子上。

辖区警察老侯和小易到现场最早。那时叶青芒耳朵后面头皮一块淤肿上的一点血迹已经干结了。屋子里并没有什么血腥气,老侯和小易只是隐约嗅到另一种熟悉的腥气。椅子前面老式花砖上有些黏腻不清的东西,在那些有快一个世纪长的异国气息的老花砖地上,显得非常不明显。正是如此,对于这些素来祥和、缺少实战经验的岛上警察来说,现场勘验疏忽了它，还是可以理解的，只是，等到他们意识到它可能的重要价值时，证据早已彻底灭失。

刀上，有大半个无名指指纹。显然，这是一把来不及被擦拭干净的凶器。

地上，发现两张音乐票，其中一张背面铅笔写有"梁芳"字样。

老渡轮的卧室一看就是被人抄过，床头柜抽屉半开着，里面一个扁圆的红色旧饼干筒，空了，盒里的存折、国债、首饰都不见了。叶青芒说，好像平时继父是把贵重的东西锁在他自己的床头柜抽屉里，她也不知道里面具体有多少东西多少钱，只知道里面有生母留给她的一条金项链，因为老气，她不爱戴，继父就替她收藏着。不过，前段时间继父用农行装钱的那种暗绿色硬塑料袋子，装着钱回来，好像是一笔生意的钱，可能有好几万吧，她也不知道，最终这钱是继父存银行了还是被人抢走了。

叶青芒自己的屋子很窄小，窄长的木片百叶窗，白色的漆已经剥落，透过的光线比较昏暗，但房高有四米多，空气还算清爽。小屋子里只有一个小弹簧床和一个老式的五斗橱，薄薄的单人床垫都被翻扯到了地上。除了头部被重击的记忆，叶青芒和局外人一样，说不出来案件过程的任何情况。她只是无声地啜泣，警察老侯和小易他们无论问什么，她都低声说"我不知道"……

三

凤凰岛平时两艘大渡轮，每十五分钟一班地对开来回，本岛人来来去去大致都把彼此看了个脸熟，他们很容易就能分清渡轮上哪些人是上岛旅游的游客，哪些是市里过来的居民，哪些是本岛人。反正只要在岛上住久了，人人都有这个感觉。

普通岛民都彼此脸熟，何况大歪个梁详。梁详恐怕是全岛最高的人，一米九多的个子，不管是在岛上，还是在渡轮上，都比一般人高了一大截，不知道是高得不自在还是脊柱侧弯，梁详看上去总是有点歪歪的。从部队回来的梁详又长壮了，后来脸上还带了条打钩形的伤疤，那是见义勇为的痕迹。这样一来，岛上大人小孩，几乎谁都知道他，你说梁详可能不一定知道，但说大歪个，人人脑海里都会出现一个在渡轮上高人一头、脸上有伤疤的男人。

梁详在市里建设银行做经济警察（老百姓叫他们银行保安），从部队复员回来就在那里做经警了，现在已经是百来号经警的队长。有一年，报纸上登了一则消息，说一名妇女，刚取了八万块购房款，才出银行就被两个歹徒抢劫。刚下班正好路遇的建行保安梁先生，立刻奋力追赶，独自一人和两个持刀恶徒搏斗，身中三刀，其中一刀划开了左颧骨皮，刀口并不深，但疤痕结得颇为醒目，像个耐克商标。大家等候渡轮的时候，都会看候船坞报刊夹上的报纸，总是七八个脑袋凑着看，正反面版都是人。一个声音说，那不就是大歪个嘛。脑袋都集中到这一版来。后来岛民又在后续的报道上看到，不少市民带着鲜花水果自发到医院去看望见义勇为的好保安梁详。后来还看到区领导一行去医院看他，送慰问金，电视上也播了。梁详躺着，虽然脸上缠着绷带，大家还是确认出他来。再后来大歪个就提拔了，这个报纸上倒没有说。反正后来大歪个又出现在渡轮上赶上下班，大家都会多看他几眼，眼光里自然有崇敬之情。你想想，他可是敢拿命去拼杀的人哪。

老渡轮当年在茶馆一人独对三人的风光时期，梁详还不到十岁，但是梁详喜欢象棋，所以总是挤在大人的大腿之间痴痴看棋不回家。十三四岁的时候，梁详已经像老渡轮的跟班、小马仔一样。那时候的梁详心目中，天下最了不起的人，老渡轮要算上一个。老渡轮不仅会下棋，《三国》《水浒》《史记》这些故事，谁也没有他讲得好，其实也不是讲，而是老渡轮在说话的时候，随口引用的这些故事，所以引用，是他已经从故事里面总结出了人生哲理。

随着梁详慢慢长大，他对老谋深算的老渡轮的崇敬之情依然没有改变，梁详的参军、恋爱、求职等人生大事，听老渡轮建议的比听自己父母的还多。在梁详看来，老渡轮不大的眼睛里的眼珠子，总像鱼缸里浮上水面的珠子，就那样浮起在半闭半合的眼皮之间，多少透彻又淡然的智慧，都藏在其间了。老渡轮一点拨,世界上的事就不那么复杂可怕了。而老渡轮因为梁详的长大,和他的谈话也就慢慢多了,忘年交已经成了定局。梁详在报纸上出了点名的时候,老渡轮正在生意场上征战。出院后,梁详一听说老渡轮回到凤凰岛了,立刻意气风发地带着报纸和记者送的照片到老渡轮家。老渡轮只是随便扫了一眼报纸,仔细问了他的伤情,沉吟了很久说,这是一次赌博,这次你险胜了,但是,下次你就未必再赢。

梁详是全凤凰岛几个为数不多的、坚信老渡轮一定能顺利开成金矿的人之一。尽管四五年过去了,阿尔泰那边一直没有动静,老渡轮也飞过去两次,每次回来老渡轮也不愿意谈任何金矿的事,只是依旧散淡地在家翻看《周易》或领导人传记等书。但是,所有这些,依然没有动摇梁详对老渡轮的信念。在银行,梁详一直努力想做生意,也在老渡轮的指点下,赚过一点小钱。梁详相信,真正开矿的那一天,老渡轮肯定会给他梁详一个不可估量的灿烂将来。他甚至提前问过妻子阿荔:如果我去新疆管理金矿挣大钱,你支不支持?

这种崇敬而些微势利的美好感觉,一直持续到梁详认识了老渡轮的继女叶青芒。很快他就隐约感到叶青芒有点怪,怎么个怪法,他也弄不明白,但是,想到叶青芒的怪,再看老渡轮浮起的眼珠子,就有点复杂难测了。当然,这是近一年来的事。也许,他心里对老渡轮的辉煌未来甚至能力和人品的怀疑，终于也开始在心里悄悄萌芽，只是他自己还不知道罢了。

四

老渡轮第二个妻子小连嫁过来的时候，女儿叶青芒没有上岛来，她和父亲住在市里。那时她十二三岁。偶尔，她会在周末乘渡轮上凤凰岛来找母亲玩一天。老渡轮对孩子非常友好，不仅到渔船上去购买刚捕捞的野生海鲜，还亲自下厨做给孩子吃，而且讲故事，教游泳，陪孩子听音乐会。梁详有一次在找老渡轮下棋的时候，看到一个剪着男孩头发的精瘦女孩，在院子前的老水磨石的大平梯上练习跳远一样蹦上蹦下，同时嘴里嘘嘘嘘地发出干涩而短促的哨音，显然她在学习吹口哨。梁详经过她身边的时候，用真正的男式口哨，流畅美妙地弹了小丫头一下，示意让路。小毛丫头睁着眼睛，很羡慕地让在楼梯一侧。

这是梁详第一次看到叶青芒。后来偶尔又看到两三次，印象不太深，只是感觉老渡轮非常了不起，对别人的孩子视同己出。叶青芒父母离婚的时候，小女孩正好到了有点反叛母亲的时期，父亲就顺利得到女儿，后来小连嫁了老渡轮，条件也日益好转，就想让孩子父亲同意改变抚养权。当时父亲很不高兴，而且叶青芒就读的市第一中学条件是凤凰岛上的学校无法相比的，这事就拖了下来。再下来，金矿投资不利，小连的心情和身体都不太好，虽然知道前夫已经有了新妻子，但想接女儿的心思也没那么强烈了。

　　父亲的新妻子是个卫生院的有洁癖的护士，一天要用药皂洗手五十遍。她最厌恶的是十四岁的少女叶青芒非常臭的汗脚，她不再允许叶青芒穿球鞋，甚至初冬，还示意叶青芒穿凉鞋：谁叫你一个女孩子脚会这么臭呢？她还对丈夫说，我特意交代媒人，臭脚的男人我不要，哪里想得到，男人倒不臭，一个小女孩子怎么臭得让人呕吐呢？等到父亲有了自己的亲生儿子后，叶青芒的处境就发生了实质性的改变。叶青芒书读得很不好，职业学校读了几年，毕业后，托后母的关系，送了些礼物，就到国营百货华联大厦做了个收银员。谁知华联大厦的效益逐年走低，更糟糕的是，后母的儿子越来越大，不便和父母合睡，而小男孩和他母亲一样，也尖锐地反感姐姐脚臭，执意不肯和姐姐合住一间，要和父母挤着睡；而且一到姐姐房间就夸张地抽动鼻子，表示对异味的警觉和敏感。这样，叶青芒就很难受了，主动要求在客厅打铺睡，房间让给弟弟。但父母还是希望她在单位申请到自己的宿舍，可是单位都快垮了，没有人理睬叶青芒的申请。此事越拖，后母的脸色就越难看，发展到一看到叶青芒在家，就要开窗通风，最后连父亲的脸色也严峻如霜了，甚至托人给女儿介绍男朋友。叶青芒也知道这个家已经容不下自己了，可是，还是没有好办法。后来还是后母出主意，说你单位对面就是凤凰岛,不如问问你继父,可不可以在那里寄宿,上下班也方便。叶青芒一想,继父倒是一直待自己很好,母亲去世后,依然关心自己,也招呼她随时去玩的。这样,叶青芒那天就买了水果上岛找老渡轮,小心翼翼地表达了这个愿望。没想到,老渡轮很干脆地说,你来吧。

那个时候,叶青芒十九岁。

五

阳春三月的凤凰岛,像一艘准备驶进火红夏天的巨轮,火花点缀的凤凰绿树下,爪形的三条白色小路,把上岛的人们送往绿色巨轮的三个方向,每一个方向的路,都是汉白玉的五线谱线和音符铺就,它们镶嵌在耐踩的、四季常绿的天鹅绒草中间。

下了渡船上岛,沿着鸡爪的"大指头"方向,经过林木匠老码头,可以抵达海洋博物馆和著名的景点状元井和闻天钟楼,还有海外扬名的星海少儿音乐学院。很多有心的游客会请导游带他们到那里的白色尖顶大礼堂外,一边在凤凰木下休息,一边听着里面传出的琴声或者孩子们的合唱班天籁般的童声。

在状元井旁边,是凤凰岛上老幼皆知的时珍济世诊所。人们又叫它六角梅花楼。从闻天钟楼顶往下看,像一朵梅花。济世诊所就设置在它的一楼。路再延伸过去，一个浅浅拐弯后的斜坡，就是老渡轮和叶青芒居住的大杂楼嘉良别墅了。大楼前面有四棵大王椰子树，每一棵树的胸径都比水桶还粗，灰色的树干，干干净净，就像个巨大的水泥啤酒瓶。楼后面是荒芜的喷泉假山。假山是块两米高的瘦、漏、透的整石，喷泉池也许废弛了半个世纪。围栏的水泥和现代水泥不太一样，粗粗麻麻的，看上去要坚硬更经风雨。这栋工字形的大别墅，据说是岛上当年首富人家汪家的，后来因为汉奸罪，抗战胜利后，被国民党政府清了门户，成年男子全部被正法。据说，当时院子里的草地上七八口棺材一字排开，其状十分凄惨。剩下的女眷，自杀的自杀、逃亡的逃亡、发疯的发疯。1949年后，这栋大型别墅就成了政府管理的安置房。中间主楼的尖顶洋灰面上，刻有一个像是铸铁的圆形家徽。从楼下看上去，比篮球更大些，图案却不是太清晰。从济世诊所的窗口看出去，那个圆形家徽正好超越路边的凤凰木冠，对应着济世诊所的老中医卢老的眼睛。如果卢老到乾坤楼后庭侍弄花草，还能看到老渡轮家的后窗边废旧的瘦、漏、透的喷泉假山。

卢老已经快八十岁了，面白如玉，寿眉飘飘。老人细声慢语，一双细长绵软的手，搭遍了岛上大人小孩的脉搏，知道岛上所有人的"肺里有没有风"。老人细长多褶的食指中指轻轻搭在求诊的人腕上，他半闭着眼睛，然后再换一只手腕，沉吟着，审慎又自信：唔，你肺里有风。老人征询但不容置疑地说，先吃三服药吧。岛上的人，都说老人搭脉很准。有一段时期，"你肺里有风！"成了岛上孩子逗乐的问候方式。在凤凰岛上，谁家的锅里，没有煎过卢老这里开出的几帖中药呢？老渡轮也好，大歪个也好，是人都难免。

案发次日中午，警察老侯、小易他们做外围调查的时候，到了乾坤楼。卢老刚刚送走喜洋洋来送红蛋的婆媳两人，媳妇吃了卢老的祖传偏方，终于怀上孩子。

老侯说，卢老啊，你这儿和老渡轮出事的那个楼，相隔不太远。昨天傍晚天要黑没黑的那时候，你有听到什么、看到什么奇怪事没有？

卢老细声慢语地说，别看我八九十岁了，我的耳朵眼睛和你们的一样好。昨天有什么奇怪的呢？就是看病的人少，到处都是琴声，有的还真是拉得不错。孩子们是不是又要开始比赛了？

老侯说，什么都没听到、看到吗？

唔，没什么印象啊。哦，我看到大歪个，天有些暗了，就在那个不能喷水的假山那里，三角梅挡住了他，我还想，大歪个和老渡轮拉拉扯扯什么呢？

你亲眼看到他拉扯老渡轮？

我是看那个动作样子这么想的。他背对着我这边，他个子那么大，挡住了他拉扯的人，说不定是女人也不一定。算是我眼睛很不错了，你看，他背对着我，又有假山、三角梅遮挡着，我还是一眼认出他来。只是我懒得多看。哎，我的大丽花怎么招了那么多蚜虫呢，你们用什么办法治虫？

千万不要用洗米水浇花。老侯说，大歪个和人拉拉扯扯，但和谁——看不清吗？

不是看不清，我不爱看。我看我的花了。

肯定是大歪个吗？

咦，你们还是不相信我的眼睛。不是说，我的眼睛和耳朵和你们的一样好吗？

六

煎老二自从在状元井争了一个风景摄影的摊位，赚游客的钱就比他祖上、现在他父母在人北菜市炸海蛎饼、烤海蛎煎赚本岛人的钱容易得多。煎老二天天戴着白色的棒球帽，挂着相机，守着相机租赁的活动玻璃橱，操着一口假京腔，和五湖四海的游客套近乎，看上去像见多识广的天涯热心人，但是本岛人还是习惯叫他煎老二，一下就把他祖辈卖海蛎煎的老底兜了出来。

警察老侯、小易还没走到摊位，煎老二一见，老远就大声呼喊，来了来了，你们自己问问警察，这押金拿走了一个小时了，怎么才说我给假币？再说，这钱就是你们租相机留给我的押金，我根本没动它呀。

围着煎老二的三个游客模样的人，一起转过来看警察。

一个脸色通红的拿折扇的妇女说,警察评评理!这是什么事!我们租他相机,他退押金的时候,竟敢退还我们假币!不是去买纪念品还发现不了,那不是要把这假钱带到湖北去了?!

煎老二一脸无辜地说,最懂证据的警察在这里,我不说了。我只想告诉你们,我这面"文明摊位"的流动红旗不是天上掉下来的!好了,你们要么去报案做笔录,要么走人,不要妨碍我的名誉和生意!请!

警察老侯一直翻着海产品店鱼干一样的白眼。游客以为警匪一家,既气愤又气馁。老侯其实是恨煎老二又钻证据空子,他已经调解过不下五次游客投诉煎老二退押金给假币的事了,更别说那些未及时发现已经离开凤凰岛的人,鬼才相信,全国各地的人,怎么都拿着假币当押金找煎老二租相机来?

那个拿着折扇、浑身冒着更年期的大汗的女人,警察老侯也有点反感。老侯冷冰冰地说,下次当场验钞,收和退,双方都要互验。离开一个小时你再来,就真是他给的,我也没有办法叫他还你真钱。看游客没有反应,老侯又恨恨地说,这叫——重——证——据!

煎老二笑容可掬:可不是,现在是法治社会。但天地良心,这钱真是你们交来的原押金——不知谁在前面坑过你们。你看,我都是这样按相机编号,一份一份对应收好的,好退。如果你们刚才一拿钱当面发现是假的,我再委屈也认了,谁让我没有验钞呢。现在,真的对不起了。

把游客哄走,煎老二塞了两包烟给老侯小易。小易说不抽烟,老侯统统接过并点了烟,但依然臭着脸问,昨天老渡轮家的事,知道吧?

那当然!我一看警察过来那么多,就知道出事了。没想到是老渡轮。你说,这人精怎么会这么个死法呢?是仇家上岛了吧?

你昨天看到或听到什么没有?有没有特别的人过去,或者奇怪的声音什么的。反正你看到或听到什么都说说吧。

也没什么啊,五点不到吧,看到他家那个瘦瘦的继女过去了,可能是下班过来。我还跟她哈啰了一下,她笑笑。游客都是出来的方向,太阳偏西游人就开始少了,也没有什么奇怪的游客,噢,收摊的时候,大歪个过去了,脸色不太好,穿着他们银行保安的灰绿色制服,不过没戴帽子。

脸色怎么不太好?

讲不来,反正不好看,所以我懒得叫他,他也不看我。我想,他可能是找老渡轮玩过后回家吧。以前他从这里经过,都是找老渡轮。

大概是几点?

路灯刚亮,我准备收摊了。哎,你们应该问问他自己呀,已经问了吧?他可能知道很多情况。老渡轮——是当场被杀掉的吗?是不是很多凶手?

七

警察老侯也是在凤凰木下长大的凤凰岛孩子，不同的是，除了一把绿塑料芯口琴，老侯一家没有一样乐器，只是老侯还是小小侯的时候，在凤凰岛星海合唱团唱过高声部，这是小小侯童年的一个重要骄傲。但小时候，老侯最大的梦想就是有一把小提琴。

新警察小易，是个北方人，家里望子成龙，从小受过小提琴的严格训练，可惜四级屡次考不过，让家人断了想头。当时市局把十几个新警察分配到各分局，只有他一个被分配到凤凰岛区，新警察们都还羡慕地恭喜他到了风景如画的仙境。只是三天，新警察小易就沮丧了，这里原来是个闲得让人生锈的地方。如果用一把刀来形容他和他同学所占的位置，那就是，他们要么是刀尖，有东西可对付，要么是刀柄，有人握着提着，要么是亮晃晃的刀身，好歹有个威风摆在那里，而他，充其量也就是刀柄与刀后锋之间的既不起眼，也不突出的"下巴"位置。上岛后，小易成天嗅着海风在凤凰木下逛来逛去，好像只有小巷深处不时逸出的、隐约熟悉的旋律片段，让他的耳朵感到似曾相识和些微的舒适，勃拉姆斯？西贝柳斯？咳，天意啊，我活该就是来音乐岛上当生锈警察的。

老侯嘿嘿干笑着。新警察小易和老侯，就靠在星海少儿合唱团大门的老凤凰木下聊天。他们在等里面的水清清老师。水清清老师是合唱团里面的资深老师，就住在和老渡轮同一栋的嘉良大别墅。水清清住楼上，即"工"字形的北横东角上。老渡轮家在一楼即"工"字竖中部。水清清家的一个小阳台，对着老渡轮家的客厅大窗。

在孩子们的合唱间隙，能听到一个非常结实及其清甜的嗓子，它指导性地唱一句，也许又说了什么，孩子们的合唱便试探性地来一句，隔了段时间，再一句。新警察小易说，听这声音是一个多么美丽的女人，她在泉水边沐浴呢。老侯说，看了你就知道了，一张大饼脸，有好多个红色的痣。她是我的小学同学，后来考到北京。不过，她的女儿真是非常非常漂亮，像她那个东北爸爸。新警察小易一听，细眼圆睁。老侯说，可惜那女孩是个疯子，整天只知道拉琴。嘿嘿，去年春天的时候，在佛光风动石那里，她拼命拉琴，拉得非常精彩，太精彩了，游客们都不走了，围着她扔了一地的钱，有人泪流满面。她忽然就脱光了衣服，一件件衣服，被她尖叫着扔到树上去，然后把琴举得像金猴奋起千钧棒，劈面就向听众打来。大家这才醒悟，天哪，不是艺术家，那是一个疯子！

孩子清泉般的声音，像轻盈飞翔的鸽子，一阵阵腾起，越过凤凰木绿叶缝隙，越过白色大礼堂尖顶，越过哥特式闻天老钟楼，向蓝天遨游而去。

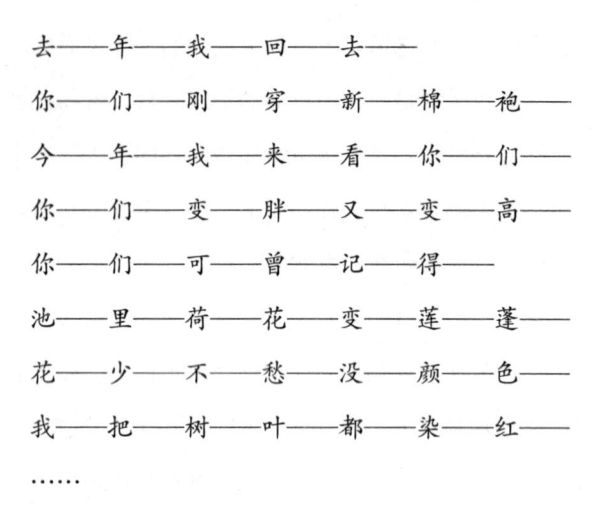

去——年——我——回——去——
你——们——刚——穿——新——棉——袍——
今——年——我——来——看——你——们——
你——们——变——胖——又——变——高——
你——们——可——曾——记——得——
池——里——荷——花——变——莲——蓬——
花——少——不——愁——没——颜——色——
我——把——树——叶——都——染——红——
……

真是舒服啊,什么乐器都比不上童声合唱。小易感叹,这什么曲子?

老歌啦,歌颂秋天美丽的变化。就要放学了,水老师也就要出来了。

八

水老师住在嘉良楼二楼,其实就是筒子间两小间,外带在红砖阳台上搭盖的一个小厨房。看那窄长的老式中开木门,以及有一个人手臂长的铁管式铸铁门闩,再抬头看天花板上精致的荷花雕饰,新警察小易猜这是一个二十年代的豪华大卧室隔出来的房间。

有个房间外带一个仅容一人的老式微型阳台，围栏是铸铁雕花的。站在那儿，倾点身，可以看到老渡轮家客厅里的尸体，也就是说，这个角度正对犯罪现场，但水老师不在那个房间，更没有在小阳台看风景。那是赶晚饭的时间啊，水老师说，那只海鸭那么多毛！我就在厨房快快地拔毛，赶着下气锅呀。

水清清家那个简易搭盖的小厨房窗口，可以看到嘉良楼的后花园那座衰败的假山。但是，水老师抱怨说，区里面五一文艺演出的会开得那么迟，回来我赶拔海鸭毛都来不及，我哪里还会注意其他什么情况？好像楼下后院子有讲话的声音吧，是青芒和谁，可能是大歪个，好像是在小声争论什么，我没空听，也不想听。凶杀案是什么时候发生的？反正一点声音都没有，只有辛甲在拉琴，老侯你知道她的习惯，昏天黑夜她一直在拉琴，所以我根本听不清楚，也没有注意什么异常动静。那么贵的一只野海鸭，你又舍不得把皮都撕了。哎呀咳，人都死了，坏人也跑了，你们问来问去能解决什么问题呢？赶紧把这个安全搞好吧！现在的治安这么糟糕，杀人都杀到家里来了！我是受够了，区文化局再不给我市里安排房子，我也不干了。现在，你问问这个楼里的人，谁在市里没有一套房子啊，人家不说！那边房子租出去赚钱了，这边又图个生活、工作方便！现在的警察真是越来越没用了。

辛甲持琴，不知什么时候站在厨房门口，站在阳台上不知谁人遗弃的几盆歪歪倒倒的但十分茂盛的芦荟丛前面。阳台上的风,把她瀑布一样的发卷横扫遮掩了半个面孔。巴赫。一个粗哑的声音,从一张黑发掩映的嘴里,瓮声瓮气地发出,她含混不清地说《E大调第三组曲》。

辛甲,没你的事,你练琴去,去。水老师说。

辛甲把琴往颈子下一夹,一串急速的旋律奔腾而出,她边拉边走。小易一下就被她吸引过去了:《华沙幸存者》?不会吧?小易梦游般地跟着她,离开了厨房门口。他们进了起居室,辛甲折进那间带有微型老式阳台的卧室。在那个小括号形的铸铁围栏里,她躬身猛力拉琴,眼睛直视老渡轮家,就像探视着一个惊天机密。阳台上的风,一阵阵试图撩起她掩面的长发。但辛甲顽如顶牛,拉得疯狂而冷峻。尽管知道她是精神病患者,新警察小易还是因为她无懈可击的琴技被震撼,风中,旋律飞荡中,辛甲隐隐现现的美貌线条也令小易有点手足拘谨。

勋伯格的《华沙幸存者》。老侯说。老侯不知什么时候过来了。琴声尖锐、刺耳,和弦极不和谐,独奏的小提琴声,夸张了狰狞感与紧张不安。两人听了一会儿,互相交换眼神,彼此都在对方的眼睛里看到了动荡、阴森与绝望。老侯拍拍辛甲的肩头,表示精彩,也示意告别。他们转身走了,琴声中,辛甲瓮声瓮气地讲话了,一开始他们没有反应过来,后来新警察和老警察都猛然收腿谛听:

……推椅子上了,脱鞋!脱鞋!脱掉!蛇!蛇!……

辛甲保持着躬身操琴,她甚至不明白讲话的时候,应该拉得轻一点。小易、老侯屏声静气，在这数分钟的前奏曲中，吃力地剥离着隐秘的目击叙述，无奈辛甲旁若无人，纤细而坚韧的指头在弦上飞速地抖动滑翔，狂疾如电。她就始终倾身直视着老渡轮的房间，在她强直僵硬的目光里，似乎对面一楼房间死去的和过去的一切又复活了，一切都历历在目：……茶壶在音乐中扭转，打翻了……到处是寒光，一屋子寒光如刀锋摄人魂魄，所有的器物在空中飞旋，尖叫着爆裂！到处是刺耳尖锐的啸叫……辛甲纤细的身子由内而外在剧烈振荡。小易无法呼吸，杀人了，没错，杀人。他知道老侯也听到了杀人的恐惧。但老侯更担心辛甲会摔倒。他觉得这样狭小的楼梯，她这样激烈失控的动作，会不小心失去重心栽下阳台。

也许是琴声异样，水清清不知什么时候已经出现在这个房间，围裙还在腰上。她像旋风一样，扑上阳台，一只手拽过辛甲，一只手扬手就是一巴掌，还带着水渍的浅红手印，就留在辛甲的脸上。老侯和小易瞠目结舌。

你们有病啊！水清清说，为什么让她上这个小阳台！——这儿平时我都是锁死的！你看看！这些一百年的铁围栏，早都烂心了！有等于没有！摔下去你老侯负责得了吗？你们难道也疯了？！

警察老侯和小易难免尴尬。阳台上有些生铸铁雕花茎蔓，确实已经锈断。有的地方被岁月风沙磨损得非常尖细，锈云一片片浮起脱落。在水清清对辛甲严厉搜身寻找锁头的时候，两人悻悻离去。

天知道那疯子在说什么！老侯叹息。

我猜里面有个女人……小易说，是正当防卫吗？或者……还有个复杂的第三人？

唉，别想她了。就是辛甲什么都看清了，一个没有行为能力的人的证言，有什么意义？没有任何意义。我现在最烦的就是更年期女人，其实她不更年期也很可怕，总以为别人要巴结她。你看看她那样子！有什么了不起，难怪她老公要离。何况更年期！我老婆最近也和疯子差不多，我根本不想回家……

喂，小易说，你还记得我们最早到现场时，椅子下那些有点黏滑的东西吗？你说那会是什么？

精液。老侯说。

小易无限惊奇，你也这么看？

那能是什么！辛甲说的蛇——能是指什么？

至少有个家伙掏出了？……而且现场是有摔碎的茶壶……

唉，辛甲说话也不算数。算了。专案组只是让我们地段配合，该走访的我们都走访到就是。支队那边破案有能人呢。

九

梁详在老渡轮家邂逅十九岁的叶青芒时，一眼没认出她就是当年那个小黄毛丫头。但女孩子看他一眼就垂下眼帘的怯懦神情，唤起了他几个月前在水果批发市场转弯路口的记忆。当时，一辆摩托车从小路冲出来，梁详他们的运钞车一闪，就把汽车左边的一个骑自行车男子剐倒了，他一倒，就带倒了旁边一个女孩，女孩手里的水果顿时满街头乱滚，场面变得很大。押运车顿了顿，梁详他们几个经警子弹全部上膛了。这是训练课里说过的可能的抢劫设计场景，押运人员绝对不会受这个事故影响，更不可能停车。在路人的愤怒谴责中，梁详他们这辆写着"武装押运，请勿靠近"的黑棺材一样载满巨款的车，急速远去。

在运钞车后窗，梁详看到了那个被路人扶起的、不知所措的姑娘。她似乎没有愤怒，更多的是惊恐，眼光像卷帘门一样，才提起又放下。这样无助又惊惧的眼神，给了梁详记忆。

但究竟是不是她，直到老渡轮被杀，梁详也没有问过叶青芒。那天，她下班推门而入的时候。梁详说，找谁？显然叶青芒认出了他。她笑了笑，垂下眼帘说，叔叔好。

三个人一起吃饭的时候，看得出，老渡轮对这个继女关怀细致，甚至把鱼骨头挑了再放到继女碗里，若发现继女碗里的鱼肉里还遗有一根鱼刺，会很紧张地、简直有点大惊小怪地赶紧伸出筷子帮她夹掉，好像继女马上就要被卡死了。继女似乎并不愿意这样被照顾，那表情有点羞怯难堪又有点隐约的无所谓。梁详看着爱屋及乌，觉得也有必要对新来的小女主人客气一点，于是没话找话说，女孩十八变啊。小时候只记得你来做客拼命学吹口哨的样子。现在会吹了吗？

叶青芒笑笑，也许觉得这不是真要回答的问题。

叶青芒到底没有学成像男孩一样的口哨。如果生活没有那么多的变故，这个少女完全有可能吹一嘴婉转流丽的口哨，就像她自己设想的那样。但是，叶青芒始终停留在干巴生涩的阶段，她的全部生活似乎都搁浅在那个阶段了。

梁详在老渡轮家碰到叶青芒的次数并不多，但总能看到老渡轮对那姑娘体贴入微的呵护，有一次竟然撞见老渡轮在水龙头下洗一条不知是掉色还是经期的女内裤。老渡轮有说过叶青芒生父那边的情况，所以，梁详打心眼里感叹叶青芒的幸运。只是，叶青芒看上去却有点不太明白事理的样子，老渡轮对她的呵护，她好像总是反应迟钝半拍，有时还夹着"逆来顺受"的小样。梁详想，不是亲爹妈到底不一样，但话说回来，就是亲生儿女，又有几个知道父母的苦心呢。梁详回去把见到的告诉老婆阿荔，觉得那继女有些不知好歹。阿荔听了几次后，突然哼了一声，说，不要以为你干爹那老狐狸真有多么大的善心。

大歪个呆了几秒后，觉得阿荔做人真狠。实际上，老渡轮在梁详心目中的光辉形象，在阿荔的影响下开始摇晃了。老渡轮在梁详心目中最终走下神坛，和阿荔的长舌头有关。梁详对她既讨厌抵制，又被潜移默化，看老渡轮的眼睛多了一只。比如，老渡轮挖金矿一事，阿荔是岛上最快加入质疑和嘲笑队伍的人，为此，梁详和老婆还激烈争论过，但是，战斗归战斗，硝烟过去还是留下焦痕。这个摇晃只有梁详自己知道。比如，去年的大型经贸洽谈会，梁详帮老渡轮促成了一个出口日本的竹凉席购销生意，可是，最终，梁详什么也没有得到。

那一个仲夏之夜，梁详喝完同事的喜酒，乘坐十点的渡船回凤凰岛，等船的时候，看到了叶青芒。这是叶青芒上岛居住半年后他们第一次在轮渡碰到。叶青芒看到梁详主动笑了笑，很乖的样子。梁详就走到她旁边，说，下夜班吗？叶青芒说，是呀。梁详说，辛苦啊。叶青芒说，也没有。

单位还好吧？

还好。就是又收到一百块假币了。刚才又赔钱了。

真倒霉啊。不过，等你父亲的金矿开动起来，就什么都好了。

会有这一天吗？

那当然。我和你父亲交往几十年，还没看到他有什么做不成的。他可不是一般的人物。这事是拖久了点，可是好事多磨呀。那时候，你就不是什么千金小姐而是万金、万万金小姐啦。

叶青芒吃吃笑起来：叔叔乱讲。

看叶青芒兴致挺高，上船后，梁详就邀请她到渡轮楼上雅座，要了两杯柠檬水，并熟练地带她到一个工作人员才常坐的船侧位置。两人都把脚踩在船护栏上。海风通透。

梁详说，这么热你怎么还穿球鞋呢？女孩子穿那种高跟鞋不是又漂亮又凉快？

是呀，我汗脚，最好穿凉鞋啊，可他不让。

谁不让？梁详说。

叶青芒不说话了。

是老渡轮？他管那么宽啊？

叶青芒声音小得几乎像没说：不喜欢吧。

不对呀，记得有一次他出差回来，包里滚出一瓶指甲油。我替他捡起的，他说给你买的涂脚指头呢。梁详想了想说，金粉一样油亮亮的——有没有？

叶青芒没有回答有还是没有。

十

五个证人和老渡轮比邻。陈法扁家、五巴掌家和乌皮家，警察老侯、小易凶杀当天夜里就去访问了。陈法扁老婆去帮儿子到幼儿园接孙子了，那个时段只有陈法扁在家看电视。陈法扁说，他去洗手间的时候，听到一个女人的惊叫声，搞不清楚是电视里的声音还是隔壁的声音，等他小便完就接着看电视了，那天看的是《天龙八部》第十一集。还有就是小提琴的声音，不知道是疯子拉的还是不是疯子拉的，一直在拉着。和平时也差不了多少。后来他儿子打电话，让他到路口接他老婆，她从儿子家拿了几个槟榔芋。他在路口的时候，看到大歪个从他们楼的后院小门出去了。

那是几点？

路灯快亮的时候吧。

肯定是梁详？

不是他是谁呀，歪歪的大高个！

五巴掌家有三个儿子一个女儿，他们统统考上大学走了。五巴掌的老婆在做饭，说什么也没有听到，五巴掌自己在和老渡轮家一板之隔的小卧室里，调整儿子们留下的小提琴。五巴掌是竹器社的工会主席，小提琴、手风琴都还拉得不错，只是为人羞怯，从来不敢到社区里参加活动。居委会劝请了几次了，这次他是下决心和另外四个竹器厂的老同事，一起参加本岛五一节会演的小提琴四重奏，就是凤凰岛街头表演的那种，活跃节日气氛的，很多游客包括老外都会即兴参加进来载歌载舞。所以，他想把琴收拾好。

五巴掌说，修琴的时候，好像有人叫了一声，我当时觉得是很远的声音，又怀疑是辛甲在叫，有时辛甲就是那样，拉着小提琴在整个楼里游走，边走边拉，有时用力怪叫一声。辛甲的琴拉得好，而且叫也叫得是地方，来劲。那天，我还想辛甲今天叫得不是地方了。

你肯定是辛甲叫吗？

应该是辛甲吧，声音粗粗的，太突然了。也可能是青芒，她的嗓子也那样，沙沙瓮瓮的，因为像是她家那个方向传来的，好像女孩子突然发现蟑螂、老鼠那样。所以，我就站起来往窗户外面看了一眼,我就在这个位置。我看到大歪个在老渡轮家的厨房里,晃过一下身影。后来我就坐下来了,也没再听到什么了。

那身影是梁详吗?

我很熟悉他的样子。

路灯亮了吗?

还没有。快了。

去乌皮家的时候,小易说,为什么叫五巴掌?

老侯说,生出来的时候,不会哭,打了五巴掌屁股,才活转过来。

那这个乌皮呢?

黑嘛,皮肤像黑猪一样黑。别看他是电气工程师,知识分子,全身黑得发亮。他老婆雪白,但很泼辣,会抓男人老二。她是粮油站的出纳,小心她动手动脚。老侯说着,已经进了乌皮家的门。两个人同时都换上了严肃冷漠的表情。乌皮和老婆看到警察进门显得十分兴奋。乌皮老婆高颧骨,突嘴巴,看上去比乌皮老气,却高高扎着少女一样的掺饰带的马尾巴,下面是条紫底灰十字花的紧身牛仔裤。老侯和小易还没落座,乌皮老婆就说,大歪个抓起来没?

老侯说,为什么?

乌皮老婆几乎是得意扬扬,飞了老侯、小易一媚眼,再看定乌皮,好像说我猜得对吧?乌皮说,你快告诉他们呀。

乌皮老婆清了清嗓子:是这样的,我前面在倒海蛎壳的时候，就看到大歪个走到我们这楼的院子里来，我本来想像平时一样逗逗他，咦，看到他的脸色很臭，像是谁欠了他八百吊。我是看到他黑着脸进了老渡轮家。

黑着脸进去？

什么事不高兴吧。

那是几点？

没看表。现在谁还戴表啊？反正然后我就去厨房做咸干饭了，切墨鱼干啊，豇豆啊，瘦肉啊，应该有六点了吧，天有点暗了。六点一刻，路灯才会亮。

然后呢？

反正咸干饭还没好吧，怎么忽然听到后院有人脚步移来移去的摩擦声，没有声音的打架一样，我到窗口一看，就是大歪个，他制服的衣领还是歪的呢，还有那个傲慢的继女嘛。我只看到她的瘦巴巴的背影，刚好折进屋子了。听那个脚步声，肯定他们是打在一起了，也许是抱也说不定。乌皮老婆露出意味深长的夸张样子。

有什么异常声音吗？

没有，噢，有，那个神经病一直在拉琴，还大叫。其他好像没有了。

后来呢？

大歪个就走了呀。我当时还想，大歪个被老渡轮一家给赶走了。看，没想到，竟然是杀了人啦！你想得到吗？真是人心难测。大家都说，他差不多就是老渡轮的儿子了。那个见人都不爱搭理的继女，我早就怀疑她不是什么好东西。老渡轮这辈子多么神气的一个男人，到头来还要给别人的女儿端洗脚水！真让人看不惯！

这怎么说？

我看到了嘛！这么小一个杂院。我去五巴掌家借块姜，正好看见了，老渡轮还嘿嘿嘿傻笑，说她肚子痛。——肚子痛！

什么时候的事？

她来了半年多的事吧——乌皮也看到的。乌皮你说！

乌皮嘿嘿笑着，摇头。小易和老侯一起说，你说。

乌皮说，也没有啦，人都死了，死那么惨，我们就不要乱说了。

谁叫你乱说！看到什么你说什么！

没有啦，前几个月我去他家查水表，正好看到他帮那个青芒按摩脚底嘛，说是脚扭伤了。男人之间开点那个玩笑就是了。现在再说这个也没意思啦。那个继女其实很乖，她很怕老渡轮⋯⋯

乌皮老婆说，呸！

十一

梁详否认当日去过老渡轮家。

梁详对警察说，我哪有空去？我儿子马上要参加青少年大赛复赛了，那天，我一下班回家就陪孩子练琴，谁有工夫找老渡轮玩哪。

凤凰岛人都说大歪个家那个小白楼，是个风水好的吉楼。在岛上，吉楼就是后代出息、家庭兴旺的那种。岛上的吉楼很多，也有个别鬼屋，比如，有个西班牙人住过的、现在无人的荒芜别墅，月亮明亮的时候，路人老听到有舒伯特钢琴声传出来。从这里也可以反证出，凤凰岛是吉祥的，没有真实的血腥，最多有点缥缈虚无的恐怖传说。而岛上的吉祥，却实实在在，如岛上常年充沛的阳光，也像随处可见蓬蓬勃勃的凤凰木，随着季节，要么如火如荼，要么茂盛青葱。事实上，凤凰岛人出去是很骄傲的，市里的人都知道，凤凰岛上的人聪明，也许是新鲜鱼虾吃多了，也许是从肚子里就被音乐滋养，出生后呼吸的就是音乐，所以，凤凰岛人读书、做官、经商、搞艺术都人才辈出。最不济的港仔后那边的两个渔民，随便搞了个渔船拖船方面的专利，一下子就拿到国际大奖，而且立刻就有台湾人买下专利，直接转化为生产力了。所以，老渡轮在万里之外的阿尔泰投资金矿，也是符合凤凰岛人行事特征的。至于音乐成就，更是数不胜数，盖世绝伦倒是没有，但全国大大小小音乐奖获奖最多的人，肯定是凤凰岛人比例最高，而全国大大小小乐团的提琴首席，你去问问，肯定是凤凰岛民多占。

梁详父亲虽说是普通邮递员，却是到北京接受过表彰的劳模代表，全省才两个。梁详弟弟妹妹比梁详更加有出息，都读了大学,弟弟现在已是市里财政局一个部门的处长;当年因为太高,全岛人都担心嫁不出去的梁详妹妹,嫁了个印堂发亮的小个子。别看那小个子,娶了小白楼家的女儿,果然就转运了,现在所在的部门,管的就是包括凤凰岛在内的旅游开发区。梁详妹妹下海开的梁家香肉松店,生意很红火,尤其是上岛的游客,导游都有办法让他们每人至少买一包"梁家祖传肉松"回去。

再下来一代也不错,梁详的儿子和他小表妹,虽然只有六七岁,一对漂亮可爱的小璧人,经常双剑合璧出演,早已是媒体宠儿。本次全国少儿组赛,两个孩子已经分列小组前茅,进入复赛夺标的呼声非常高。梁详说自己全力以赴助儿子备战,凤凰岛上所有有音乐修养的警察都可能相信他。

三月三十日那天,下午五时到七时,你在什么地方?

在家。梁详说,在陪我儿子练琴。

家里还有谁?

我老婆阿荔、我父母,我弟弟、弟媳后来下班进门应该也听到我说话的声音了。

有其他外人见到你吗?

这个我不知道。——也许有谁听到我训斥梁小柴的声音,他乱拉的时候,我总是脾气大。那天我还揍了他。他皮得很。

上周五放学后,你爸爸陪你练琴了吗?

梁小柴虽然两颗小门牙都在换牙,一开口两个小豁口,但是，不时和媒体打交道，使他有了和大人正经交流的老练风度。

记不住了。反正他在家我就没有好日子过。练琴，练琴，总是练琴！

那天有没有呢？想想看，他还揍了你。

孩子大度地笑了：他老是揍我啊，等我长大比他高了，我再收拾他！

仔细想想那天的经过，爸爸有在吗？

唔，应该有吧。梁小柴思考了一下，说，有。

梁详的老婆阿荔则非常肯定地说，在家，比我还早回来呢。

梁详的父母说，是看到梁详进门，还吼了孩子一嗓子，把他提上楼练琴去了。后来，他们俩就到老人活动中心去排练扇子舞了。大歪个的弟弟和弟媳也都说，梁详是在家的，听到他在楼上的声音了。

促使警方最终把梁详刑拘，是后来又出现了两个没有利害关系的证人。一个是轮渡公司的劳动服务部经理余志刚，一个是工艺美术学校的教务长成主任。案发一周前的一天傍晚，他们俩在轮渡老梅茶楼喝茶的时候，忽然听到隔壁包厢有人暴怒地叫喊，声音很短促，似乎还有把功夫小茶杯摔到门上的闷闷的"当啷"一声。后来就听清楚梁详的声音了：前两次我就不计较了，这次明明是我联系在先，是我的关系引路，怎么才给我三千呢？按他们最终成交的单价提成，你至少拿了八九万啊。你这不是又把我当傻瓜吗？

老渡轮的声音十分温和平缓：你误会了，你看生意太简单了。我告诉你，我正是把你当朋友，没有避讳告诉你这个信息。你是到处联系电子公司，这没错，但你想想看，我不告诉你，我老渡轮是不是就不能把这个居间生意做下来？你真以为我在本地找不到协作关系？我想你自己冷静下来也觉得可笑吧。我是让你锻炼啊。你不是总说要拜师学艺？现在，你只是开了个小头，关键性的每一步都是我在操盘。生意并没有你想的那么简单，这里的双边沟通、反复协调、联络感情、促发信任，随便一句微妙的语言都在决定事情的成败，你知道吗？这是一个非常耗费精力和技巧的过程，不是你看银行柜台、押款那么简单。而中间的公关打点环节，至少去了利润的一半，这都是正常的。唉，你慢慢学吧，我只能告诉你，我最终到手的也不到两万，而就你那不成形的资讯，我给你一千块都够意思了，换别人分文不给也完全说得过去。可我给你多少？三千！我是想鼓励你啊。不信你到生意场上随便找个人问问……

我问过了！人家都说我至少该得提成的一半！

梁详的声音又凄厉起来，有点嘶哑颤抖的感觉。隔壁的成主任和余经理早已停止了聊天，他们竖起耳朵，互相对视着微微点头。他们听出了争执者，而且听出了症结所在。几乎又沉静了五分钟的样子，老渡轮轻声慢语地说，你会被你老婆害死的。利令智昏。你现在连尊重人都不会了，我再怎么教你其他的呢？这三千我劝你收下，这是我的心意，也是我对你最后的鼓励。我还有事，告辞了。

三千块钱谁拿走了，余经理和成主任听不出来。他们听到隔壁有人喝茶的细微声音，然后是纸门被拉开，有人穿鞋走了，几乎同时，里面又发出瓷器皿被摔碎的爆裂声音，这次更响，成主任说，是不是把茶壶摔了？

老狐狸啊，你总是欺负我傻啊——

大歪个梁详在嘶吼，那个绝望的长音，让余总、成主任想到"哭天抢地"这个词。

——可是，梁详否认他那个时间去过轮渡老梅茶楼，否认和老渡轮有什么冲突，相反，他说他们一直情同父子，关系很好。

而茶楼服务生证实，梁详那天确实去过茶楼，而且和老渡轮不愉快过。

梁详的麻烦大了。

十二

叶青芒在警察面前，只有两种状态，要么沉默，要么流泪。如果警察连声追问，她就低声回答，我不知道。

叶青芒对案发的供述没有更改过。因此，"我不知道"的说法，令警察一时也无法突破。问她，梁详那天是否到过你家？她说，我下班的时候没有看到，不知之前有没有来过。问他和你父亲最近有什么经济往来吗？叶青芒说，这个继父不会告诉我。但是，他们两个经常在一起玩的。

办丧事的时候，老渡轮在外地的女儿、儿子都赶回来了。因为有了续弦，前妻的子女们和老渡轮的关系就日益变淡，近乎于冷漠与客气之间，过年过节一两个电话而已。但毕竟是在凤凰岛长大的，老朋友旧同学一听说他们父亲出了那么大的事，来帮忙的旧友还是挺多，家里进进出出都是人。叶青芒就没有声音地忙前忙后招待，而前妻子女对她也是在客气和冷漠之间。

丧事办完要启程的那个夜晚，月光满院。已经睡下的前妻的女儿听到深夜里隐约传来极小声的抽泣，听了好一会儿，起身叫弟弟来听。两人听了好半天没说话，忽然觉得这个女孩可能和父亲真有点相依为命了吧，心里回暖了两分同情。弟弟说，听说好像她后母很糟糕，是被赶出来的，也算是无家可归的人吧。姐姐说，这几天，我们都没搭理她，也不知道她那小心眼里在想什么。反正，票证都在我们手里，老爸也没什么钱了。

两人一时无话。午夜的大杂楼，家家户户的电视都入睡了，除了院子外面的杂草丛中传出蟋蟀的声音，这深夜的、似乎怕惊动人的哭声，丝丝吸吸的，因为胆怯压抑而格外触动人。弟弟说，要不一起过去看看她？

姐弟俩轻轻敲门的时候，里面顿时静音了。我们要进来。姐姐说。弟弟觉得姐姐口气比较硬,紧跟着说,看看你,明天我们都要走了。

叶青芒房间窄长的、对开老式木门,轻轻地向里开了。和开门的迟缓不同的是,门边的叶青芒像猛然想起什么似的,跳起来开窗。姐姐感到突然,以至于最关心叶青芒哭泣的问题,让位其次了。干什么?姐姐问,这么急开窗你干吗?叶青芒嗫嚅。天又不热,姐姐说,怪怪的。

怕空气不好……叶青芒说,那个,我汗脚……

姐弟俩倒真是隐约闻到了咸鱼干一样的脚臭味道。

叶青芒肯定是哭了好一会儿了,鼻子又红又亮,眼角两颧因为揩拭,也红肿难看。

有什么困难吗?姐姐说。

叶青芒摇头。我们听到你哭很久了。弟弟说。

叶青芒低垂着眼眉,依然摇头。

人都走了,还能怎么样?姐姐有点不耐烦。你什么打算?

……我不知道……叶青芒说,我要搬走,可……

你有什么地方可搬啊?你安心住这儿好了,只要你有孝心,没有人会赶你的。这是区政府的公房,房租很低的。做弟弟的说。

姐姐说,老爸对你还好吧?

叶青芒低着头,几乎点了头。姐姐不喜欢看她含糊的样子,声音有点逼迫的意思:老爸不好吗?叶青芒依然低着头，她似乎在点头，点着，一颗泪珠啪地砸在地上。姐弟俩互相看了一眼，姐姐的眼光保持锋利，但语气明显柔软下来：我们读大学的时候，就知道老爸对你比我们亲子女还好。你也该有这份孝心了。只是，这几天都没看你这么动感情啊？你这是怎么啦？

虽然没有哭声，但叶青芒还是泪珠簌簌地往地上掉。那低头的、纤瘦的身影，被床头灯映射在墙上，像一棵绿豆芽。弟弟说，老爸对你比你亲生父亲还好是吧？我们知道一点你家情况。但是，现在人都走了，你就别难过了。

叶青芒单薄的身子几乎颤抖起来：我……心里……我也不知道。她似乎要控制不住自己了：……心里……我就是……叶青芒转身面墙终于像小兽一样呜咽出声：……怎么能这样呢……再怎么也不至于这样啊……眼睛一闭上都是……

叶青芒的声音越来越大：嗳……咳……咳……咳，呛咳般的哭泣声挺瘆人的，他怎么能这样啊……嗳……咳……咳……咳……

叶青芒贴着墙，瘫跪在地上，她抱住自己的膝盖，丧妇一样放出瓮声瓮气的悲声：嗳……咳……咳……咳……咳……

大杂楼有几户人家的灯亮了，又灭了。黑暗中，更多的、在梦中被惊醒的耳朵，竖了竖，知道是老渡轮家的动静，又软下耳朵睡了过去。只有乌皮的老婆，梦呓般地骂了一句：妖精！

十三

梁详感觉叶青芒古怪,是叶青芒到老渡轮家一年多后的一天晚上。大约七点多吧,梁详把儿子送到星海少儿合唱团那边的老师家学琴,自己就顺道拐往老渡轮家去走走,一是较长时间没去,二是也想泡泡茶咨询点事。

多少年来的交往,来来去去早就没有讲究,门虚掩着,梁详就踱了进去,他听到那个小浴室里有水声,以为是老渡轮在冲凉,自己就在沙发上坐下,顺手就遥控开了电视。没两分钟,听到浴室里叶青芒的声音:我不是不等你回来,今天工会拔河,一身都是汗……

梁详先是没反应过来,马上就明白了,小丫头显然以为自己是老渡轮,于是索性学着老渡轮平时不太开心的那种喉音,重重地嗯了一声,之后咧嘴偷乐。里面的淋浴声骤然停了,叶青芒的声音有点吞吞吐吐:你来电话的时候我已经洗头了……不过,现在我……只是随便冲一冲……

梁详又嗯了一声。依然惟妙惟肖。里面停了一下,传出的声音带着迟疑而忐忑的语调:……对不起……下次,不会了……

梁详的注意力已经被电视剧情带进去了,耳朵里虽然听到叶青芒的话,心里根本没品味里面的话是什么含义,更没留心浴室开门的动静,他是被一声突如其来的尖叫,惊吓得

043

扭过头去：叶青芒湿着长发，裹着粉黄色浴巾，呆立在浴室门间。她的眼睛瞪得滚圆，好像看到了惊天怪物。梁详不明白她为什么要这样夸张，但还是说了句：吓到你了？老渡轮可能去买烟了。我来他就不在啊。我不是故意要吓你的。

女孩子还是呆呆木木的，看上去特别蠢特别迟钝。梁详说，你是不是不欢迎我来？叶青芒的脸骤然红了，毫无道理地通红了，简直手足无措。梁详心里猛然觉得她已经是女人了呢，这些神态，很有女人味道，梁详想着，自己也有点脸涨，觉得好像她是冲自己来的。等她换了衣服出来，整个人似乎正常了，她到桌边烫茶具，说，叔叔，你喝茶。

这样的变化，梁详觉得还是怪，接茶的时候，心犹不甘顺势摸了她的手一把。女孩子的脸果然又涨红了，那种慌乱局促的样子，让梁详感到自己真的很有些男人魅力，于是，再伸手把女孩脸边的几缕湿发挑刮向耳朵。叶青芒低着眉眼，咬住了嘴唇。

梁详幸福地端起茶。

这时候，老渡轮回来了。半浮起的眼珠既慈爱又严肃地看了洗过澡的叶青芒一眼，叶青芒的眼帘，卷帘门一样，卷起又垂下去，随后就去了自己卧室。梁详从口袋里摸出两支雪茄，说是朋友带来的，真正的古巴货。老渡轮拍拍梁详的肩头，说，你肯定有事。

梁详说，一个朋友拉我做一单小生意，加工一批试电笔，一支两元。技术要求很低，组织农民工都能做，只是要货款的40%做押金——是不是太高了？但因为包赚，很多人抢着争取签呢。

老渡轮说，你和你朋友，看到对方的执照了吗？

为什么？

老渡轮说，一支试电笔厂家批发不过六毛多一支。他用两元单价付加工费，如果不是白痴，必然就是骗子。

梁详立刻掏出电话，把老渡轮的话一字不差地学说了一遍，让他朋友把对方底细好好摸清楚再说。接下来就随便聊了。梁详说，青芒以为我是你呢，出了浴室尖叫得我耳朵痛。老渡轮嘿嘿一笑说，她平时胆子就小。前个月听说她父亲那边要换新房子了，以为会让她住一间，高高兴兴地回去，结果被那个后妈羞辱了一顿，灰溜溜地回来了，哭了半天。我就跟她说，你要乖一点，否则我这里也不要你，你就只好去睡马路了。

嘿，倒是越长越水灵了。有男朋友了吧？

敢！这点年纪急什么急。

也快二十了吧？

我早跟她说明白了：要住我这儿，二十五岁以前免谈！女孩子一辈子只有这点时间。以后还能学进什么？家里书这么多，还是好好学点东西看点书吧。

梁详回去，在接儿子的路上，老在回味叶青芒的手和脸的感觉，想来想去，自己忍不住笑了。小姑娘长大了。晚上睡下的时候，梁详忍不住又说，老渡轮家那个继女真是怪胎。这么开头着,就和老婆阿荔说了洗澡一事。梁详突出了叶青芒的古怪、不可思议,隐瞒了摸她手脸的一节。可是,阿荔一听,说,那女孩子不怪,怪的是别人!

梁详一惊,说,老渡轮还没回来呢。

阿荔说,你懂个屁。老家伙绝不是好东西!

梁详释然,但心目中的偶像,就是这样被阿荔滴水穿石地侵蚀了。

十四

小岛一天比一天如火如荼,那些围拢着房屋、依偎着庭院,或者蜿蜒在海岸线、夹道在汉白石路边的凤凰木,郁郁葱葱碧波连海。火红的凤凰花像天堂鸟一样,一只一只地喷出烈焰,一天比一天多,而在这层层叠叠、深深远远的绿树丛中,总有几棵比较干枯、孱弱的凤凰木,却似乎拼了性命,一身无叶的干枝,率先开得通体热辣,仿佛迸发着全部心血。这时,一年一度的热烈季节从此开始了,小岛一天比一天灿烂。本来就是旅游胜地的凤凰岛,四月以来,那些喜好凤凰花美艳的游客、迷恋中西合璧老建筑的游客、倾慕音乐岛氛围的,还有参加比赛的、来自全国各地的青少年的家人,简直布满了凤凰岛上的各条路。不管你喜不喜欢音乐,上岛的人,只要行走在小岛上,琴声就永远在耳边回荡,有时候，意境不同的旋律会在空中打架，但这就是凤凰岛。说凤凰岛上呼吸的空气就是音乐，一点都没有夸张。岛民们就这样一边算计着掏空游客的口袋，一边也目中无人地把美好的音乐生活传扬。

阿荔和她姐姐在胭脂巷子卖旅游工艺品。一个老板模样的游客已经要买那只大鹦鹉螺了，却被隔壁店突然响起的小提琴声吸引过去，最后是在那家买了鹦鹉螺。捧着鹦鹉螺过去却没有做成生意的阿荔姐姐很不高兴。已经不止一次这样抢生意了。对方的女老板非常炫技地拉着《野蜂飞舞》，豪放妖娆的身子扭得像条提琴蛇。两店员和着《野蜂飞舞》的节拍在殷勤地帮顾客打包。客人走了。女老板收了琴说，抱歉啊，我不知道你也要卖他。——最近没看到阿荔啊？大歪个那边是不是麻烦大了？

阿荔姐姐啐了一口，转身就回了自己店。如果不是宝贝鹦鹉螺，她真想摔到对方小提琴上。

梁详的确麻烦大了。其实这是全岛都知道的新闻了。他已经从监视居住转为正式逮捕了。逮捕的那天，警察老侯和小易带着专案组刑警到他家小白楼外，那是个清风明月夜。外面能看到二楼梁详高大的、有点歪的身架，对面是一个细小的身影在奋力拉琴。小小的身影具有与年龄不相称的狂烈激情。四个警察没有进去，他们靠在白楼外墙上听着，一个刑警还特意踩灭了烟。直到孩子把第三个章节拉完。

梁详被捕。尽管他本人矢口否认案发那天到过老渡轮家。尽管,警方在刀上只提取到大半个无名指指纹。指纹的同一性认定,需要十个特征点,这半枚指纹上,有八个特征点,和梁详的左无名指,比对完全一致。而这显然不够。但是,背后写有梁芳铅笔字样的音乐票,排号已经被证实是音乐厅一个工作人员应梁芳请求,送给梁芳的。梁芳第一次说,我送给我哥梁详了。让他带梁小柴观摩用的。后来,梁芳说,票还没有给梁详就遗失了。梁芳的票怎会在案发地呢?

最为有力的是,老渡轮左邻右舍的间接证言,基本一致证伪了梁详的陈述。也就是说,梁详一定到过现场,而且就是案发当时。

证人证言,成了最令人关注的证据。

全体岛民都在关注着案情发展。现在,一边是岛上警察和市局重案外援组成的专案组在侦办案件,一边是全体岛上居民在饭后茶余集思广益积极断案。显然,官方和民间案组都达成共识:九个不同程度目击者的证人证言,是破案的关键。

在路边、在渡轮、在人北菜市、在茶楼或者在音乐厅长梯上邂逅,九个证人(其实还包括和老渡轮同住的其他居民)都会受到岛民热情而执着的探询。案发初期,询问者和被询问者双方,都处于案发的强烈震惊所致的最饱满的亢奋状态。连乾坤楼时珍济世诊所的名医卢老,都已经跟很多好奇的病人交流过了,他说当时看到大歪个在假山那边对人推推搡搡。这一点是确定的,只是,卢老有时候说,是和死者老渡轮推搡,这样大家就推理成,大歪个和老渡轮争吵,失手杀人；卢老有的时候说，他清清楚楚地看到大歪个在推搡那个继女，大家就推理，继女和大歪个有奸情，是奸情败露，才杀了老渡轮。流传得有鼻子有眼，专案组两名刑警于是上门再访老中医。

卢老说是看见了他们推搡，很像是那个继女。但卢老不愿意在新笔录上签名了。就不愿意签。死活不签。他说他上次已经签过了。警察说，这次和上次有区别啊。卢老说，我不签。他说我就是不想签了。警察想咆哮几下，又怕气死老人，只好憋着气走了。

水清清老师也倾向于大歪个和继女之间有些什么不正当的东西，因为，她说她在拔海鸭毛的时候，确实听到他们两个在后院短促地争执什么，回忆起来声音很紧张。这样凤凰岛里少年宫或文化局的人，都受了水老师的影响，那里民间案组就认为，像梁详这样能见义勇为的人，一般不会杀人，肯定是英雄难过美人关了。

民间的断案热情，高峰期持续了半个多月。后来，一方面是大赛进入倒计时，另一方面，几个证人有些不配合公众热情了，比如，水清清老师、五巴掌、余经理，也许他们腻味了，在公众的好奇心面前，他们开始三缄其口，只有乌皮老婆的兴奋维持了比较久，以至于在反复答复众人询问的互动中，不知不觉加进许多主观想象的东西，到最后，她自己已经分不清什么是真实的目击，什么是怀疑的推断。相信她的目击证词的居民，所复原的案情现场是：继父继女勾搭成奸，大歪个无意中撞破丑闻，打斗中，失手杀死老渡轮，打伤那个狐狸精。狐狸精为了遮丑，不敢举报大歪个。这个版本流传颇广，有相当的势力范围，直到梁详弟弟和妹夫，带了几个沉着脸的黑衣男人找到她家，警告她说话小心点，泼辣的乌皮老婆才稳重下来。但是，这些看上去并没有影响民间对该案的研究兴致。梁详杀人已经成为主流判断，但是究竟是泄愤还是谋财还是情杀，有了几个不同的民间案组版本。

　　令人意外的是，梁详更改了自己以前的供述。警察老侯和新警察小易，早就听专案组的人说，梁详被捕后的第二次提审就更改了口供。

　　梁详说，那天他是到过老渡轮家，因为前次送儿子去学琴，他顺便到老渡轮家泡茶等儿子，结果把一张海菲兹的原版CD碟落在他家了，因为儿子马上要考级和大赛，所以，他打电话问，老渡轮说他在家，他就过去了。到了还没进屋，老渡轮就把CD拿出来了，他接过就回家了，前后不超过两分钟，因为想早点放给儿子听。梁详说，他不知道叶青芒在不在，因为他根本没有进去。

　　提审警察说，那时是几点？

　　孩子刚放学，五点左右。

　　提审警察问，你之前为什么不说？

　　梁详说，我虽然不是正规警察，多少也是个安全警卫专业人员。所以，我知道一旦卷进去麻烦得很，而我儿子马上要大赛，我哪里耗得起？再说，我自动把这条没用的枝蔓剪掉，你们办案也可以集中精力在真正凶犯的追捕上。我原来只是想，反正问心无愧，多一事不如少一事。算了。其实，早知道有这么多人看见我，我一定会配合你们的。这是我的错，对不起。

同时，他说，他和老渡轮是在茶楼发生了几句争执，是关于他辞职下海的。老渡轮说他不合适，因此他觉得老渡轮看不起他的，有点不愉快。

梁详说，但事情很小，小误会。第二天就和好了。我打电话去认了错。又过了一天，我们在北角音乐厅结束的时候，还聊了很久，他还叫我注意上海那个选手和山东那对双胞胎，我们还聊了其他的，最后，他又托我给他那个继女，介绍一个金融系统男朋友的事。这是老话题了。当时，路灯蛮亮的，有很多人经过看见，你们可以去调查。我和老渡轮之间毫无问题。我们始终情同父子。

至于那两张音乐票，梁详口供不改：我真的不知道怎么回事。

十五

叶青芒始终像块无言的石头。老侯说专案组认为她是重要的突破口，可是，叶青芒依然和第一次做的笔录一样，头被人打击昏迷,醒来继父已经被杀,其余什么也不知道。她毫不更改自己的任何供述。老侯说,有个刑警把她用手铐挂在窗台上一夜,让她半蹲半站了一夜,第二天审讯,她仍然只是小声哭泣,审讯完,也许怕再被铐吊,也许是绝望还是什么的,她居然挣脱女干警,从三楼走廊上要翻跳出去,但被那个膀大腰圆的女警,拼死拽住了。

叶青芒的供述始终简单而坚定。申请延长的羁押期一过,只好让她回家。看上去案件进入胶着状态了,警方越来越把赌注押在证人证言上,因为只有这个成立,也许可以将缺少两个特征点的半个指纹及音乐票及茶楼激烈争吵,形成一个证据链条,把凶手扳倒,但他们也知道这不太容易。

全国青少年音乐大赛也进入最后的决赛。岛上的居民似乎也暂时淡忘了岛上的凶杀案,随着整岛火红的凤凰木花,进入了一年最灿烂热烈的时光。

警察老侯对这事也早失去了兴趣,如果让他进入专案组,他还有些激情,毕竟这辈子碰到岛上第一起入室凶杀案。但是,领导硬说,大赛期间,岛上客人太多,还是加强警区日常防范工作为主,说是让他配合专案组,反而还要听市局来的那几个比他年轻却自以为是的家伙颐指气使,实在乏味至极。新警察小易对此案始终保持浓厚的兴致,是因为岛上的安宁,让他有怀才不遇的痛苦感觉,好容易逮到个有挑战性的案子,既可以活动活动脑筋,也可以在同学们见面的时候,拿个有分量的事炫炫。

这一天,老侯和小易又接到110转来的煎老二摄影点的游客报警。两人出警到状元井摄影摊。和过去的程序一样,老侯给几个报警的江西游客严肃地上了场有关证据的普法课,并传授了识别新版真假百元币知识。被教训了一顿的几个江西人,自认倒霉地拿着真币、假币,互相交换研究着,然后在自怨自艾的江西话中走远了。

煎老二新撕开一包熊猫,敬了老侯、小易,并顺势就把打火机凑了过去。老侯臭着脸说,不过是假熊猫。煎老二说,别这样,我冤哪我,昨天我在市里打的还收到五十块假币呢!你看,骗你我不是人。老侯说,你不是人的时候,多着呢。老侯根本不看煎老二递过来的那张绿色的五十元票,要走。煎老二嘿嘿干笑着,忙把那盒开封的熊猫烟硬往老侯口袋塞,那个大歪个要毙了吧?老侯哼了一声算是回答。新警察小易说,还没开庭审理呢。

唉,人为财死鸟为食亡哪。煎老二自说自话。

新警察小易看了他一眼,走了几步,又回头说,他过去的时候,天黑了吗?

天差不多暗了。

老侯和新警察小易就走远了。渐渐有提琴声透过闻天钟楼传了过来。

老侯说,这曲子蛮熟的。

是不是辛甲?小易说。

老侯说,不会。辛甲的琴比这人通透,气势要盛。这家伙拉得太干瘦了,简直像根棍子在刮。

两人拐上了老渡轮家的嘉良大别墅那条小坡。又有新的旋律,隐隐约约,像从空气中的秘密隧道传来。两人到了嘉良楼前的大王椰子树前。听到没有?老侯说,这才是辛甲!——你听,肯定在大楼后面,在那个废掉的假山喷泉那里。我看到她在那里好多次。

穿过那排大王椰子树两人进了院门,再绕过正面的大平梯。小易说,是《魔鬼的颤音》吗?老侯说,像是那个奏鸣曲。

果然就是辛甲。在那座垮了一角水泥围栏的废旧水池边,辛甲歪着颈子闭着眼睛夹着琴,纤细的手腕,弹性十足地抖送出激烈的颤音,脖子上的血管高高暴起。走得越近,震撼的颤音越有电击感,简直让人无法呼吸。一曲终了,小易吧啦吧啦热烈鼓掌,老侯也鼓掌。辛甲眼睛开了条缝又在长发掩映中闭了起来,似乎还皱起了眉头。

她不喜欢别人干扰。走吧。老侯说。老侯话音未落,辛甲就把琴拿了下来。小易对她竖起了大拇指。辛甲眼睛转到天上去,那移动的目光好像是鸽群、雁阵在空中飞过,其实天空一片瓦蓝,什么也没有。辛甲的眼睛还在追踪似的移动。小易把她手里的提琴接了过来,他试着拨了几下弦,辛甲没有反应。小易把琴架在自己脖子上,一个冰一样的长音骤然划起,小易全力开拉《华沙幸存者》。

辛甲的眼睛从天空迟迟疑疑地回到地面,回到自己的琴上。她看着小易,目光很快透过小易。而新警察小易从小到大,第一次感到这个曲子在自己的身体里活了起来,一个个音符、一串串乐句,就这样从他的血液里、从全身的气韵中生发激荡出来,和它贴在一起。小易边拉边走,辛甲迟疑着跟着警察迈动脚步。拉着提琴的小易渐渐转过楼角,一步步回到前楼正面的大平梯,他停在一个能看到老渡轮家百叶窗的位置。小提琴像妖孽一样在小易肩上恣肆纵情,又像一个引诱羊羔的正在施展的魔法。

马上就要进入段落了,小易自己紧张起来,拉琴分了神,琴声顿然逊色,失去了刚才人琴合一通体贯通的勃勃生气,辛甲的情绪似乎退了出来。总共才三分多钟,不能垮啊,小易奋力执琴努力想再浸进去,但毕竟发涩,他有些泄气了,老侯眼神也黯淡下来。这时,辛甲开口了,梦呓一般,她说得很轻很轻,瓮声瓮气的嗓子,因为轻细的发音,有种灵异类的蛊惑感觉。她目光僵硬地看着老渡轮家紧闭的百叶窗,似乎百叶窗后面死去的和过去的一切又复活了,终于一切又都历历在目:……脚丫像花一样开放,捧在手里面,他咬那些花,舔两枝花。花心、花瓣、花瓣缝隙。她踢了他,那两只脚要走路,不是花瓣,茶壶打碎了,椅子砸倒了。他就进来了,刀!刀在他手上,就像在风里面飞。刀!刀!刀!刀!花一样的脚丫子啊——

小易把琴拿了下来,说,里面有几个人?

辛甲强直而空虚的目光,盯视着老渡轮家的百叶窗,似乎正对里面的一切费解极了。

里面有谁？小易把琴塞给辛甲，指着紧闭的百叶窗，声音温存，几个人在里面？

伯伯……叔叔，大歪个……

你疯啦？！老侯说，这是无效证人！

辛甲疑惑地看着老侯，老侯说，我不是骂你，辛甲。你乖。

小易对辛甲笑了一下，温柔得无以复加，我看不见啊，小易再指老渡轮家紧闭的百叶窗：告诉我好吗？谁在里面，辛甲？

他们。

他们是谁？

他们……

是伯伯在舔姑娘的脚吗？

辛甲刚才虎视眈眈的洞察眼神已经彻底涣散，显然她不感兴趣了。

是大歪个捅了老渡轮对吗，辛甲？

辛甲翕动着鼻翼，猎犬一样嗅着，最后嘴巴都嚅了起来：墨鱼猪脚汤——发奶用的——我知道。

老侯笑起来，说，对，发奶用的。

真香……辛甲说，是从这个方向来的，对不对？

老侯说，对，你去找找看。

辛甲礼貌地说，再见。提着琴她衣袂飘飘、长发飘飘地下了大平梯,走了。小易一屁股坐到楼梯上:老家伙是个恋足癖!

老侯说,你脑子也坏掉了吗?无效证人!

十六

六七月的凤凰岛,烈焰般的凤凰花已经渐渐熄灭了热烈的风情,一条条碧玉色的、匕首一样的刀豆从绿树浓荫中伸探下来,长悬低挂,漫布空中。海风呼啸而来,或者婉转来去,只有细碎的叶子在轻盈起舞,而起舞的绿叶,正体现了刀豆的坚韧。刀豆们,尤其是日益强壮的刀豆们,一般的风流雨过,是不会让它们改变立场的。花已经都是豆条了,岛上的男孩又开始飞舞着刀豆互相追逐,而大赛也结束了。小岛民梁小柴没有获奖,事实上他在复赛中大失水准,中间有一次,孩子把琴拿下来,表示他想终止比赛。观众席评委席一片愕然,一个孩子不认识的凤凰岛老人站起来了,宣誓一样,捏拳向孩子致意,紧跟着,素有音乐修养的凤凰岛居民们,从四面八方的坐席上无声地站了起来,有很多人冲着孩子举起加油的拳头。梁小柴圆睁着眼睛,场面静场了半分钟,人们都听到了那个钢琴伴奏者翻阅乐谱的沙沙声。孩子泪光一闪,又猛然拉了下去。

梁小柴鞠躬谢幕的瞬间,音乐厅忽然爆起了掌声,站起来的都是凤凰岛人,这里面自然没有梁详,梁详在看守所里。

只有评委席是冷静的。梁小柴名落孙山。随着大赛的落幕,凤凰岛民的注意力再度转移到老渡轮凶杀案件上来。几个证人又处于岛民们的好奇心和断案热情的包围中,陈法扁的儿子有一天打来电话,口气很重,他问父亲:人家说,你说你亲眼看到大歪个举菜刀捅老渡轮了?陈法扁说,没有的事。儿子很生气:还说没有?我上次就叫你少管闲事少吹牛,你怎么记不住?陈法扁说,真的没有哇,只是那天喝酒的时候,大家猜着玩嘛,我又不是说真的。儿子在摔电话之前吼了四个字:少管闲事!

电气工程师乌皮那天到市协作单位要一组数据,没想到一到那边,就有个老工程师问老渡轮被杀案情况。更没想到送他回轮渡的女司机也在问:听说你太太亲眼看到那个继女天天晚上磨刀。乌皮说,不是。那个继女是好人,警察现在都把她放出来了。女司机说,人家都说是那个继女雇保安干的。说他比职业杀手还厉害,一滴血都没有流出来。乌皮没搭腔。女司机说,那死者是开金矿的,对吧,非常有钱。都说那个继女要霸占金矿。

乌皮说,我太太真的没有看到那继女天天晚上磨刀。

嘿,单位的人早都说了。不信你去问问,不是说,你们邻居好多人都看到了。那个保安是死定了!

坐别人的车,乌皮不好太扫女司机的兴。但是乌皮心里感觉实在糟糕透了。他觉得外界对这个事情反应的本身，让他很不安起来。

其实，连逢人套近乎的煎老二，终于也不舒服于自己的证人角色了。尽管案发之后的一阵子，他蛮喜欢过往岛民和他交流大歪个杀完老渡轮回家的表情。现在，每逢左邻右舍要关心案件情况，他就回避一边。他甚至后悔自己当时绘声绘色添油加醋的渲染，什么大歪个从他摊子前面匆匆过去时，不断回头看，脸色多么难看，衣衫多么不整，眼神又是多么紧张，风吹过，浓重的血腥味扑面而来，等等。

煎老二也沉寂了。

开庭审理的日子还是近了。

八月底的一个周五，人们在法院公告栏上，终于看到开庭审理的通知。法庭审理在第一大法庭进行。一百多个旁听坐席被全部坐满，有人站在后面旁听。

梁详被法警带上法庭的时候，人们先是对他的光头愣了一下，不习惯，长长的脑袋瓜像个刮了皮的槟榔芋。大歪个显得苍白而平静，他扫视了旁听席，立刻看到了阿荔旁边的儿子及父母和弟弟。老父亲一直在摇头，老母亲则不住用叠好的一小块手绢擦拭眼睛。梁小柴突然冲着梁详喊：老爸！告诉大家，你没有杀人！你是上了报的英雄好汉！

两名法警同时冲到梁小柴跟前，但他们还没到跟前，梁小柴就自己把食指嘘在自己嘴边，瞪圆眼睛表示噤声。一名法警还是用怒目金刚的表情对他吼：再吵！立刻出去！

书记员宣布了法庭纪律，审判长介绍了合议庭成员，确定无人申请回避后，正式开庭。

公诉人宣读起诉书。公诉人认为，被告人梁详，因为生意纠纷，向被害人索讨报酬无果，突然情绪失控杀死被害人，并故意制造了入室抢劫的假现场。控方出示的书面证据有刀上的大半个无名指指纹和梁详的相应指纹比对结果，以及九个证人的证言。

梁详对公诉人的故意杀人的指控，全部否认。对此，旁听席显得十分平静。因为这些情况，完全在旁听市民的预料中。

但是，法庭调查一开始，旁听席就隐隐波动起来。

相继被带进证人席的八个证人（卢老高龄，谢绝出庭），不约而同，对自己曾经的证词，全部进行了微妙的修正。而他们踏进证人席之前，都依照法庭要求，手按《宪法》庄严宣誓：自己今天的证言，是绝对真实的。

卢老（证人1）是书面证词，他说，事实上，他根本没有看清楚假山后面有没有人。他的视力极差，他承认自己老眼昏花。

煎老二陈满舱（证人2）说，他不敢肯定是不是梁详过去，因为他正在和几个不讲理的游客吵架，只是在眼角中瞟到一眼。

水清清老师（证人3）说，当时楼下后院的确是传来声音，是不是叶青芒和大歪个或是谁，她都不能肯定。既然是法庭，事关生死，她应该负责地说，我没有伸头看，我就不能肯定。

陈法扁（证人4）说，我回忆清楚了，当时确实是电视剧里的惊叫声。后来我到路口去接我老婆的槟榔芋时，隐隐约约看到一个高个子从我们楼的后门出来，那人好像没有梁详个子高。路灯不太亮，主要是我没有认真看，所以我不敢肯定。

乌皮赵伟国（证人6）和他老婆何梅红（证人7）说，当时天都黑了，院子里面又没有路灯，光线太暗了，我们只是看到一个大个子和谁推推打打。我原来说是大歪个，是我以为的，因为他和老渡轮是老朋友了，以前经常来。现在，在法庭上，我不敢以为是他就肯定是他。我毕竟并不是真的看见的。

余志刚（证人8）和成柴（证人9）主任说，案发前一周那天，在轮渡老梅茶楼，是听到隔壁有人激烈争吵，还摔了东西，但其实，我们始终没有看到到底是谁和谁在里面吵。眼见为实，万一我们听到的声音并不是梁详本人的，只是和梁详声音很像，岂不是冤枉人？人命关天，所以，我们今天在法庭上负责地说，的确有人在激烈吵架，但我们不知道究竟是谁。

旁听席在巨大的惊愕和费解的冲浪中：这一个个证人都怎么了？怎么说的和原来不一样了？都不一样了！旁听席上人头攒动和尽量克制的窃窃私语，传递的信号是：这是为什么？这是怎么回事？！

原来所有这些证人证言中，最令梁详律师头痛的就是五巴掌周世炎的证词：根据他的证词，就可以确定他的委托人案发当时在杀人现场，而这个证词若成立，那么，综合其他证人证言，以及凶器上的大半个指纹、音乐票等，要为他的委托人洗刷杀人罪名，几乎是不可能的。现在，其他证人证言已经发生了变化，五巴掌周世炎会怎样做证呢？律师心里没底。其实，开庭前一个月，他已经向周世炎调查访问过两次，周证人的态度是很"四角"认真的。律师当时问：你确定——老渡轮厨房的人影，就是梁详吗？怎么不是？五巴掌说，他的块头就是再不熟悉他的人，看一眼也记住了。律师又说，那么，你有叫住他吗？打招呼什么的？五巴掌说，没有啊，我只是隔窗看到他，我叫他干吗呀？律师说，傍晚光线不太好，没有打招呼就想是他，可靠吗？五巴掌说，你什么意思呀？看得清看不清我自己知道。

五巴掌周世炎（证人5）最后一个出庭，他穿着海外亲戚以前寄回来的灰格子西服，几个打皱褶中，散发出箱底樟脑片的味道。他显得很正式也很拘谨。审判长才问他名字，他的脸就红了。

被告席上的梁详，始终垂着头，但他的律师看到自己的委托人额边冷汗涔涔。

周世炎声音很绵软，很小。检察官不得不提请他大声点。五巴掌周世炎说，当时的叫声，是辛甲的，后来我注意观察过，辛甲拉琴时发出的声音就是那样。还有，厨房里有个人影晃过，我原来以为是大歪个，但其实我突然站起来容易眼花，我有低血糖，也许那里根本没有人影。我不敢肯定的……

　　检察官说，你以前一直是很肯定的。你看到的是被告人。

　　五巴掌嗫嚅：以前我忘记我有眼花的毛病了……

　　检察官：你能再仔细回忆一下吗？

　　五巴掌头更低，声音也更低了：可能……真的什么人也没有……

　　五巴掌的证词刚落，法庭哗然了。

　　搂着儿子坐第一排的阿荔，抖动着肩膀，突然发出拖拉沉重物品的奇怪长音，像一忍再忍终于憋不住似的，突兀的哭声猛然袭击了法庭。法警立刻走过去制止了阿荔的抽泣。但阿荔热切感激的目光，红地毯一样，一次次铺向五巴掌周世炎，就像前面一次次铺向证人席上依次上去的证人们，但是，却没有一个证人想对接她的目光，他们甚至表现得很冷漠很厌恶。一个个都这样相似的目光，让精明的阿荔困惑而畏缩，她不明白这些可以联手置她丈夫于死地的人，怎么突然一致改变了证词，更不明白他们为什么又好像都很厌恶她感激的目光。菩萨啊，阿荔想，是菩萨显灵了！

　　旁听席上的人们，理解力达到极限，他们再也无法理解，所有的证人，为什么都发出了那么一致的声音。五巴掌周世炎涨着通红的瘦脸走下证人席时，旁听席彻底乱了。有人站起来又坐下。人们在急急忙忙地交头接耳,有人公然转过头和后排的听众讨论,人们急不可耐地要交换看法,法庭顿然变成股市交易大厅,法官不得不连续重击法槌,重建法庭秩序。

法庭辩论只两轮就结束了,因为控辩双方都不再有新观点。辩护人是梁家从市里请来的刑案资深老律师。老律师说话平和简洁,所作无罪辩护的三个观点逻辑清晰,展开紧凑,他不煽情,却对法庭极具影响力。他说,法庭调查已经充分显示:被告人不具备杀人动机,也没有任何证据能证明被告人在案发当时,进入案发现场,实施杀人行为。而警方现场提取的半个指纹,只有八个特征点和被告人一致,达不到同一性认定的十个特征点的要求。在没有其他证据的支持下,警方的半个指纹毫无意义。结论是:他的委托人故意杀人罪不成立。

公诉人是两个有激情的年轻人,他们声调激越,嫉恶如仇。他们指控梁详犯有故意杀人罪。但九个证人证言一致性地"倒戈",使控方本来就够"确实充分"的证据链,全部溃败。

法庭休庭三十分钟后再次开庭。法庭宣布:梁详的故意杀人罪,因事实不清、证据不足,罪名无法成立。

百来号听众的旁听席一片寂静。太寂静了,以至法官们有些不自在,审判长一直在揪自己的耳垂。

审判员和陪审员都站起来,整理卷宗离开了审判席,旁听席依然十分寂静。直到书记员用孤独的声音,招呼相关人员在庭审笔录上签名。

旁听席这才嗡嗡有声音,随着人们起身,一张张椅子也啪啦、嗒啦地响起来,有人怪叫了一声,又有两声尖厉的呼哨划过法庭,有人很突兀地哈哈哈笑,有人骂了粗话。人们三三两两离开第一法庭,就像一场周末音乐会的散场。还有一些岛民意犹未尽,驻足看着大歪个和儿子拥抱在一起,甚至看着他搂着儿子,看完了庭审笔录签名。

警察老侯和新警察小易也在法庭散出来的人群中的边缘。随后两名年轻的公诉人从法庭后门出来,文件袋和帽子抱在手上。老侯笑了一下,说,辛苦,兄弟。新警察小易说,窝囊啊。他绝对是凶手!

两个检察官也臭着脸笑笑。

孩子们的合唱一阵阵传来。

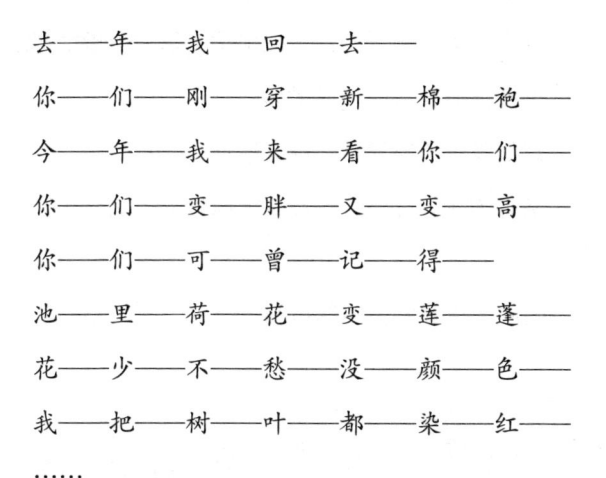

去——年——我——回——去——
你——们——刚——穿——新——棉——袍——
今——年——我——来——看——你——们——
你——们——变——胖——又——变——高——
你——们——可——曾——记——得——
池——里——荷——花——变——莲——蓬——
花——少——不——愁——没——颜——色——
我——把——树——叶——都——染——红——
……

两名警察和两名检察官一路无话，在童声合唱的《西风的话》中远去。

十七

凤凰岛渐渐从凶杀案中脱离出来，慢慢地恢复了昔日美妙的生活。两个月后，叶青芒从轮渡深夜最后一班渡轮上投海自杀。人们说她是下岗，后来证实，她的确下岗了。但一说是暂时的，因为他们华联被一个外资大卖场收购了，岗位是没有问题的。

老侯和小易得以再度进入老渡轮的家。他们在桌子上看到一张包装纸上，画了很多脚丫子，画得很幼稚，每一只脚上的五个指头，分开得像一把扇子。每一个指甲都涂得黑黑的，也许，那表示涂了指甲油。

其他没有任何异常。没有遗书。

梁详看到了报纸上关于华联收银员小姐坠海自杀的报道。

他吹了声非常流丽的口哨。

第三棵树是和平

尸体是三段五部分，头部，肚脐以上的躯干，肚脐以下部分，手臂和两只小腿也都取下了。每一个切口接面，都非常整齐。办案警察在现场洒了半瓶丹凤高粱。技术警官说，如果没有腥臭味，就像一部机器被拆零。显然女凶手有时间和心情，注重分尸质量和外观。

法官说，够狠的，一把剃刀！你们女人哪，对自己老公下手能这么狠！

戴诺走出法院大门的时候，阳光灿烂，早上一场发黑的大雨，像梦一样过境，只剩下马路上清亮的浅水洼倒映着透紫的蓝天，路的两边，紫荆树叶上闪着水晶般的雨后光泽。空气很好。

这是指定辩护。手续办了就到刑一庭阅卷。小律师做这类小案件，很平常的。戴诺照章行事。之前，主任倒有说，你要是怕血腥，就换人，反正这案子听说也很一般，无所谓的啦。主任无所谓的意思，不是指输赢，这案子到不了这一层，无非是法律形式要走完，大约可以理解成，陪着法律程序玩到结案。本来就是杀人偿命,何况是这么个外地穷打工仔小夫妇的平常案子。

刑侦部门的案件卷宗有两大本,前面几页都是死者杨金虎的彩色照片,贴得有点脏,戴诺觉得有些黄渍像尸水滴落。致命伤口是脖子上的,杨金虎的脖子,好像都快断下来了,能看得到里面的气管骨头之类的东西,锋利的剃刀,是从咽喉正面切进的,然后重重划拉一把。杨金虎的脸有点变形,鼻尖和颊上,还有发黑的豆大干血斑点,嘴巴歪在一边,不知为什么一只眼睛闭着,陷下去,另一只眼睛却睁着,瞳孔有点蒙雾,但是,可以肯定,它死盯着看照片的人。戴诺偏了一下脸,想摆脱它的视线,但是,那只眼睛还是捉住了她。

想吐了吧?反胃了吧?法官抱着杯子,在戴诺的桌前踱来踱去:可惜啊,照片没尸体本身恶心,至少没臭味了。

戴诺确实恶心,心跳都有点乱,但她没想到要表现出来,只是不由自主地咽了下口水。她忍不住摸了摸包里的烟,还有。法官对这个话题显然表现出浓厚兴趣。不止一个师兄师姐说,这个家伙很跩,总是摆出冷漠的模样,仿佛自己就是共和国天平了。因此,戴诺觉得应该珍视和维护这个很跩法官的谈兴。戴诺掏出一支烟来,问很跩的法官可不可以。很跩的法官奇怪地扬了下尖尖的青下巴。戴诺试着把烟递给他。戴诺说,这女的才二十三岁呀。

我不是说你们女人比男人狠嘛。很跩的法官把烟接过,并不抽，只是横放在鼻子下吸着气：最毒妇人心哪，这老话真没错。

平时在法院，戴诺尽量不抽烟，开庭更是绝对不抽。她打着打火机，对法官做出点烟的示意。戴诺说，是美容师呢，漂亮吧？

很跩的法官俯身就火。戴诺看得出来，他抽烟的架势生涩而夸张。市检那帮人说非常漂亮，法官轻蔑地吐了一口烟，我不太相信，因为大家总喜欢把能杀人的女人，描绘得很美，就像描绘妓女，其实，往往是浮夸啦。

看来你接触过不少妓女。戴诺并没有说出口，毕竟和这个很跩的法官不熟悉。但她笑了笑，是抬起脸来，轻咬着香烟笑的。很多男人说，这是戴诺非常有魅力的笑脸。其实，这个时候，戴诺依然并不在乎这个案件，她只是顺便建设自我形象。法官嘛，再跩，也是饭碗事业中不可轻慢的力量。

吃饭的时候，戴诺用洗手液洗了三遍手。晚上睡下时，却一直睡不着。杨金虎像豁着大嘴的脖子伤口，还有那只死盯着她的眼睛，占据了整个黑暗，令她感到心里很空。整个晚上只好背靠着墙睡，因为一旦背对着门，她就不太踏实，迷糊间，还总感到有人血淋淋地站在背后门边，或者一身腐败的烂肉不断往下掉，按住了这块，溜下了那块。

这是个什么样的女人呢？什么样的女人会选择用这种方式杀掉自己的丈夫，而且那么精心地把丈夫切成碎块？潘金莲？巫婆？心理变态？戴诺突然觉得，到看守所会见她，也有点像恐怖程序。一个师兄说,曾有一个杀人女犯,对一审判决不满,会见律师的时候,将一支签名钢笔,突然扎进了律师的眼窝中。

可是,会见被告人也是必定程序。戴诺挺烦。除了恶心和血腥,这案子真的没什么大意思。

在世贸广场高大的廊柱下,戴诺因为边走边打着手机,并在纸片上记数据,就和一个招出租车的男人撞了一下。男人弯腰把她掉在地上的记录纸片捡起来。戴诺和拉拉就互相认出了对方。大家都有一点尴尬,当然是很轻微的。拉拉比较快恢复正常,笑了笑,挥手让蹿过来并已恭候其侧的出租车开走。

拉拉身上有一种奇怪的气质,干净、调皮、不负责、急起来就能看到他的同情心。因此,戴诺总觉得他像一个有一点小坏心眼的邻居男孩子,而且背后有个非常严厉整洁的母亲时时关照着。固然干净、安全,但不太成熟,最重要的是,他似乎也根本不准备成熟。

尴尬,是因为他们半年前的一夜情。之后他们彼此像遭遇抢劫一样,就互相逃避,都不再联系了。之所以不再联系,原因也很简单,因为爱本来就不存在。

拉拉说,一起吃饭好不好?我就要离开这个城市了。一辈子再也看不到这个城市的很多人了,你就是其中一个。

戴诺说,那我请你吧,算送行。

拉拉把戴诺带到了38层旋转餐厅。戴诺有点紧张，说，就算永别，你也不能挑这么贵的地方让我请啊！拉拉点点头，非常欣赏地转动脖子，看着巨大的玻璃墙外星光移动。旋转餐厅像处在高空中一个巨大的玻璃球中。往下看，就是灯火如织璀璨如画的繁华都市主街道。随着餐厅的旋转，一条条光影交错、碎梦一般的大街在缓缓移过。

我就像在星空中用我最后的晚餐啊，快乐，快乐！拉拉终于把脖子放置到正常位置。点完菜，戴诺才想起来问，你要去哪里？

回老家。下周末动身。以后，要是你出差办案路过那儿，可以到我岳父家打尖。

你是在这儿混不下去了吧？记得你以前说过，起码跳槽了一打单位，现在怕有两打了吧？拉拉笑着，不置可否。然后，他说，人和人运气不一样，我不比你笨啊，可是，你的钱比我挣得多。这没道理。不过，我这个月挣了8000块，还不包括吃喝睡，和你差不多了吧？所以，今天我请客。

既然收入这么好，还逃回老家干吗？

拉拉嘿嘿笑着：不瞒你说，这钱还真挣得轻松。上个月，我陪我朋友去应聘私人司机，其实是超级男保姆，要会开车、会英语、会辅导孩子、会操持家务，就是说，家教、管家、清洁工、司机、厨师集于一身。女主人对我朋友百般挑剔，却反过来问我会不会那些事。我当然会，但我根本不想做什么私人司机、超级保姆。所以我明确表示不干。女主人当场说，再加一倍的钱。我立刻见钱眼开，张口就同意了。我朋友摔下招聘报纸就走了。

那你就好好干呀？

雇主她先生在国外，小男孩都上四年级了，经常跟我打架。有一次，我们连一米高的大鱼缸都打破了。鱼死了，地毯毁了。雇主家其实不需要全职保姆，要个钟点工就足够了。很快我就明白了，她其实需要的是雇个男人去完成她先生该完成的所有家庭作业。

是啊，我就想，要不开那么多工钱干吗？

问题是，那个就没意思了。雇主的脸皮，因为成天在美容院磨砂，磨得像张冰箱的保鲜膜，亮亮的、怪怪的。更怪的是，因为隆胸失败，她的左边乳房跑到肚脐上去了。

戴诺的一口汤，大部分喷到了拉拉脸上。拉拉慌忙用手挡，当然来不及。戴诺非常不好意思，脸发红了。拉拉这才说，都是我的错，是我不该说这个——至少，在你喝汤的时候。

你问她要不要律师，戴诺说，我可以帮她索赔。给你案件回扣。

杨金虎的老婆，也就是杀了他的女人，叫孙素宝。戴诺每次看到这个名字，就想到化肥杀虫剂之类的农用品。卷宗里，她的第一次到第十二次的供述，杀夫过程基本都一致。但是，到最后，也就是逃亡途中，勾引车站两个男人这一节，供述得有点模糊，一下说是别人勾引她，一下说是互相帮助，最后两次又说，是她勾引他们，说需要回家的钱，因为她的钱被人扒走了。不管怎么说，所有看到这些文字材料的人，都不会对她有好印象。确实是个不安分的女人，看上去就是个潘金莲哟。很跩的法官就是这么说的。

戴诺去了法院三次，才拖拖拉拉地把卷宗看得差不多，摘抄随便做了一些。很多时候，她去了，也是找同学聊天。那个很跩的法官只要没开庭，依然喜欢抱着特大号旅行茶杯，在她案前旅行，发表各种评论，甚至对戴诺摘抄的笔记书法，都发表了美学意见。这样，戴诺和他慢慢就有了些轻松的互动关系，还开了一点儿准色情玩笑。大家还是不把这种小案当一回事。

孙素宝和杨金虎，和内地千万个涌向特区的打工仔的奋斗轨迹差不多。四年前来特区打拼，生有一女，快两岁了，现在老家。孙素宝一开始做发廊洗头工，随后自己借钱，在开发区开了一家小发廊，生意时好时坏；杨金虎会点木匠，刚开始，随来这里混得早的老乡帮人家搞家庭装修，打点小工。孙素宝说，因为他脾气不怎么好，别人后来就不爱找他搭手了，慢慢就没什么事做了。

很跩的法官完全判断错了。孙素宝是个非常漂亮的女人，她甚至背影、侧肩都有一种美丽的风姿。她的眼睛非常温和，但是闪烁间，有一股说不出的妩媚和轻佻，极其动人心弦。临别，她从会见室铁栅栏中突然把手伸出来说，求你！我死的时候，求你一定帮忙，让我看看我的女儿！那一瞬间，戴诺吃惊地看到一双奇特的手：红而干硬，紧巴巴的，像得了鹅掌风，每个指头陡尖，让戴诺联想到尖利的凶器之类。

这是孙素宝唯一不美丽的地方，也是孙素宝身上令人恐惧的地方。戴诺以前闲翻过手相书，好像觉得这种手型是相当不好的。天生杀夫吗？忘了。不管怎么说，这双凶器一样的手，戴诺一辈子也忘不了了。

当时的情况你能再清楚地陈述一遍吗？——我知道你已经说过很多遍了，但是现在，你是对我说。我是你的律师。我要知道你最真实的情况，哪怕对你不利的，也请你对我不要隐瞒。我的职责是维护你的合法权益。我不能也不会害你。

戴诺心不在焉地问着。看得出，孙素宝知道自己会死，所以也在敷衍地点头。她对这个法律程序并不感兴趣，戴诺还没说完，她就点了一连串的头。

但是，后来，指定律师戴诺就慢慢坐直了。应该准确地说，是戴诺的职业习惯发问——而非敏感，使她听到了和公安卷、检察卷等其他十二份供述不同的东西，而这个东西，孙素宝本身也并不当回事的。

戴诺坐直了。她把烟头揿灭了。

那天，孙素宝本来在关店前就可以提前回家，两个雇来的小洗头工就偷偷住在夹层的席梦思上,负责看店。店里不许住人,地段警察有权捣毁一切夹层隔间,因为那是个藏污纳垢的地方,后来经过孙素宝努力,地段警察就假装没看见了。消防科的人员开始也大发脾气,用他们的术语,叫"三合一"违规建筑,就是营业场所、仓库、宿舍不可以混合为一。这是诱发居民区、商业区火灾的重要原因。但是,后来,消防人员也就看不见了。所以,洗头小女工就那样睡了,有时客人也上去睡一睡。本来小女工还撺掇老板娘弄个小钢丝床放在发厅中间,但是,横竖量都太紧促了,可见这间小发廊是多么多么小。孙素宝呢,正好也舍不得买。日子就那样过了。

大约二十二点四十分吧,孙素宝准备离开这个小小的发廊回家,有两个酒气浓重的男人进来了。孙素宝其实也不知道他们叫什么名字,反正大家都哥哥妹妹地叫。两个男人中年纪大的那个,好像是跨海大桥施工队的小包工头,最近经常来这儿洗洗弄弄。小包工头不让孙素宝走,说他一来就走,分明是不给面子,他以后就不来了!小包工头还说,你小孩不是送回老家了吗?真是!老公重要还是生意重要?!

孙素宝就笑嘻嘻地打了他的头:好啦!老公、生意哪有大哥你重要啊!我陪你一下啦。孙素宝说着广东腔,拖声拖气地开始倒洗发水。这些洗发水全是人家送上门的不知道什么东西配的洗头水,反正香香的,极其便宜。孙素宝只要每三四天,将那一黑塑料袋中散装的东西,分别装到两个写着白底英文字的漂亮的所谓进口洗发水瓶中就行了。反正来这里的人，大部分是来打工的男人，对洗头本身也不是太挑剔。穷放松一下而已了。

往下按，往下按！包工头半真半假地发火，一边从围兜中伸出手，放肆地吃孙素宝的豆腐。带来的男人似乎还不老练，但一直斜着眼睛看，吃吃傻笑着，眼光中蠢蠢欲动。孙素宝依然嘻嘻笑着，有时用身体回应包工头：大哥，我跟你说啊，等一下我给你掏完耳朵，先走一步。剩下的服务你自选。我这两个小妹，是新来的，但手法非常好，你试了明天就会感谢我。我今天真的一直在胃痛，不信你问她们。不是大哥你来，谁来我都走了。我可管不了那么多。大哥，你现在知道我的心了吗？你后天来，我一定亲自服务你。

小包工头把手伸进了孙素宝的衣服里。

孙素宝只要拐过湘妹子菜馆就可以坐上两轮载客黑摩托车。这段路程不长，白天可以讨价还价八毛钱到家，但是，晚上他们就一定要一块钱，说是夜班补贴，因为听说的士也要加百分之二十的。孙素宝骂骂咧咧地坐在一个黑皮夹克肮脏的车手的后面，不出一分钟，就到家了。

家里的灯还亮着。他们本来住在村口村长家那个三层高的出租楼里，那里有六十多间出租房，很热闹。后来那里小偷太多，村长装了探头监控系统，可是要提房租，杨金虎和孙素宝就都不喜欢住那儿了。他们现在租的是一对半聋半瞎、儿女嫌弃的老夫妇的房子，据说是猪圈改的。因为这个村在开发区，因为外地涌入的打工仔太多，家家户户都搞出租，家家户户都日子好过起来，村干部就劝残疾老人也搞出租，又劝他们搞出租已经小富起来的儿子们，帮助老人改善经济条件，所以，儿子们就花一千多元，在互相指责、吵骂不休中，改造出两个小小的出租屋。尽管小房子需要常年开灯，但是，还是有人来租住，便宜嘛，一个月才200元，好歹说出去是独立一房一厅外加一个大院。大院中间有棵一人合抱的龙眼老树，老树下有口闽南人叫锥井的小口深井，树的对面，就是东家老夫妇的大石条砌的小房子了。

孙素宝在龙眼树下下车的时候，差不多是十二点。还没推门，就闻到浓重的酒气。杨金虎经常是酒气熏天的，其实，孙素宝还挺喜欢闻男人身体里散发出的酒的清甜气息。杨金虎横卧在床上，衣服和鞋都没脱。孙素宝轻轻地洗漱了，轻轻地爬上床。她有点担心杨金虎呕吐，原来他们在旧货市场买的一个很不错的席梦思，就是被他呕吐给弄坏的。怎么晒，席梦思也发出酸馊味，只好扔了。

孙素宝迷迷糊糊就睡着了。忽然感到头部剧烈疼痛，孙素宝一下就抱着脑袋坐直了。黑暗中，杨金虎像只猛兽扑上来，不知道是什么东西，再次猛烈袭击了她的头部。孙素宝急着开灯，但是，杨金虎又打击上来，她偏了头，这次的打击落在肩头上。孙素宝哭叫起来，拼命反抗。现在几乎都是这样，杨金虎喜欢打击她的头，有时是提着她用力撞墙，直到她被打昏或者半昏迷，然后在厉声咒骂中做爱。有时并不做爱,他喜欢在她无力抵抗的时候,审查她一天的全部经过,任何不满意的解答,都必须受到惩罚。因此,孙素宝有经验了,最好的办法就是保护好头,千万别被他打趴打昏。

孙素宝挣脱下床的时候,发现自己下身是赤裸的,她还是开了灯。杨金虎有次半夜打她的时候,因为开着灯,村里的护村巡逻队员就过来拍门,杨金虎还是有点怕他们。开了灯,孙素宝就发现自己的紫细花内裤已经在地上被砍成碎片了。有一片三角形的碎片还粘在杨金虎的斧头上。这也不奇怪,杨金虎起码砍烂了孙素宝二十条内裤,只要他检查时,认为闻到了别人的味道,那么这条裤子就算完了。关于别人的味道,孙素宝说,刚来这里时,都没有别人的味道,真的,是杨金虎瞎说。后来有了一点,再后来比较经常有。杨金虎又不是不知道生意难做,他不发脾气的时候,是知道的,反正他自己又找不到工作,靠我养这个家嘛,我们还要给我公公婆婆寄钱,还要养小孩,哪有那么容易。可是,他发脾气的时候,就不讲理了。我也没办法。

那天晚上没有护村队员路过。所以,孙素宝还是被按到床上,那天她被打得很厉害。因为杨金虎的小灵通丢了,她又交代不好内裤的味道。孙素宝说,就是没有别人的味道。杨金虎说,你再说没有,我劈死你!孙素宝鬼哭狼嚎地喊,没有!就是没有!杨金虎真的拿起斧头。你再说一句!再说一句!看我不劈烂你的屁股!

孙素宝就不敢再说没有,但她尖声哭叫起来。杨金虎就用自己的内裤堵住了她的嘴。之前,孙素宝说,杨金虎好像打断了她的手,手抬不起来了,但杨金虎还是把她的两只手绑到了床头。

孙素宝愤怒极了。她说,我知道男人打老婆,天下都一样,可是,他绑我就不对。每次他绑我我都想杀了他。

杨金虎是在暴怒中做爱后睡去的。孙素宝休息了一下,才慢慢打开了手上的绳子。她想都没想,就把杨金虎的一只手绑在了床架上。她没有办法把他的两只手合一起绑,他很强壮,弄不好还会惊醒他。但是,孙素宝说,绑了一只手就好一些了。

这时候,她真的没有想到杀他。她爬起来喝了口水,经过被砍碎的细花内裤时,她蹲下看了看。这条短裤砍得有点冤枉。她用手抓了一把裤子碎片,黏糊糊的。这才发现,杨金虎在上面吐了很多口水。她又生气了一些。

杨金虎响起了很响的鼾声,像一列火车老在上坡可上不去。孙素宝很厌恶地开了门走到龙眼树下。四周安静极了,附近枯萎的丝瓜架下,好像有虫叫的声音。远远的,开发区中心那边的天空,被倒映的霓虹灯弄出一片脏脏的土红色。杨金虎的呼噜声像一只猪哼。孙素宝突然就决定了,杀了他,马上就杀。

刮胡子的折刀是新买的,忘了拿到店里去了。孙素宝打开抽屉,小心地把它取出来。打开的时候,她自己也被那道锋利的寒光吓了一下。她的食指有点肿,是刚才被杨金虎打肿的，现在有点哆嗦。她换了一个指头试摸刀锋，真是锋利极了，让她想起很快很快的东西，比如一闪而过的老鼠，深夜的尖叫。

如果我不杀他，他一定会杀了我。孙素宝说，我敢肯定是这样，可是警察他们都不相信我。我杀他用剃刀，这是我的工具嘛，他呢，肯定用斧头，那是他的工具，他会砍烂我的脸，还有屁股，就像砍烂我的内裤一样。他肯定会的，我知道。可是，警察他们就不相信。

杨金虎其实是侧身而睡，可是脖子却仰扭过来，真是一副该死的姿态。孙素宝拿着锋利的剃刀，走到他身边时，觉得他酒后依然发红的皮肤很薄，胡子茬连到了喉结那里。她觉得在那个位置切下去非常方便。她就那么做了。她非常用力地做了。她现在记不清是杨金虎先动了一下，她再用力划拉刀子，还是她用力划拉刀子时，把杨金虎拉醒了。反正，非常多的血，猛然涌喷出来时，杨金虎忽地坐了起来。他像个血人半坐了起来，还用手指着她。

血喷到了孙素宝的下巴、脖子和前襟上。这三个地方都感到了杨金虎的血有点烫。杨金虎站不起来，因为他的一只胳膊被孙素宝绑住了。孙素宝看到他被绑住，忍不住笑了，捡起掉在地上的剃刀。杨金虎想用手来抓，但是，手伸了一半，就软了下去。血啊，非常多的血像山泉一样带着泡泡，从杨金虎的脖子里噗噜噗噜地冒出来。整个床马上就湿透了。孙素宝有点困惑，没有想到一个人有这么多的血，这使她有点不耐烦。但后来想到，只有血流光，杨金虎才会彻底死去，所以，她就心情比较愉快地等那些血噗噗噗地往外冒。

戴诺掏出口香糖，自己剥了一片。你要不要？孙素宝非常腼腆地说，想要一片。戴诺说，这不是杀人的理由啊。

孙素宝说，是啊，我也没有说我就应该杀他。我知道杀人就该偿命嘛，人是不能杀人的，只能杀鸡、杀猪、杀鸭子什么的。可是，我那时候，就是想杀掉他，没办法。再说现在我也不后悔呀。我知道杀人不对，我跟你说真话，你不是叫我说真话吗？真的，我一点都不后悔。我心里挺高兴。

戴诺这个时候感到了会见的价值。戴诺说，他不是你丈夫吗？

早知道这样我才不结婚！要不是我公公婆婆对我好，我才不会和他一起来这里，我本来就打算一个人偷偷跑到广东去打工，我不想和他在一起嘛。可是，我公公婆婆都跪下来求我了，求我多包涵，求我别嫌弃金虎。我才肯和他一起来这儿。我在火车上，他还当着一火车人的面，摔我的脸。我当时就喊，我知道我们两个在一起，不是你杀了我，就是我杀了你。火车上的人可以证明，我不骗你！

为什么你认为你们非死一个？

他脾气太不好了。

怎么不好？

你老公一般打你哪里？孙素宝说。

不知道。现在我还没结婚。戴诺说。

孙素宝高兴起来：没结婚也好，不受男人的气。不过，你看上去该结婚了呀，再大不好嫁。

杨金虎怎么对你不好？

我婆婆说，我公公年轻的时候也打她，等到年纪大了，就好了。他们说，男人都是这样，要快走不动路了，才懂得疼老婆。

他怎么打你？很经常吗？

他是个疯子。孙素宝头顶着铁栅栏，非常可笑地做了个女孩子说悄悄话掩嘴巴的手势，她害怕别的耳朵听见。我跟你说，他真的是个疯子！

戴诺说，你说吧，我想知道。

孙素宝叹了口气，直起身体。人都死了，说他也没意思。反正你结婚了，就知道老公是怎么回事。女人都是这样，男人都是那样。老公和嫖客其实没什么不一样，如果有一点不一样，我看可能就是嫖客付钱了，大部分讲文明，老公不用付钱，所以不讲礼貌。你干吗笑？你不相信就结婚看看！

被害人怎么对你不讲礼貌？我时间不多了。

结婚快六年了，差不多他每天都打我。在家的时候，他也打他爸爸妈妈，打得他们都躺地上了，还打！我公公婆婆都七十多岁的人了。他们原来一直生不出小孩，我公公是五十多岁才有的他,所以宠着他!

他为什么每天打你?

我也不知道。他反正找理由打嘛,打一巴掌也痛快。有时候我只是听歌高兴,他抓过我就往墙上撞,打完就那样。唉,你没结婚不懂,就是脱我衣服裤子了,懂了吗?我踢他,他就绑住我做。有一次,我吐他口水,他还把新被子从中间剪成两半。太可惜了。他就那么凶!月经来的时候不能做,你知道吗?他才不管,我的月经很长,要七天才干净,可是,他想做七天就七天,不放我的假,所以我有妇女病。我觉得他是疯子。我不高兴,我不听话,你打我还有理;我高兴的时候,我赚钱的时候,怎么也打我呢?你说这人奇怪吗?我婆婆说,男人都这样,说出去丢人。可是,他绑住我的时候,我真的就想杀死他。

这些你跟警察说了吗?

神经病!你是女的我才说的!我又不是疯子。对那些男人说这个干吗?他们有问到,我就说他脾气不太好,其实也就是脾气坏嘛,我才受不了了。

有谁能证明被害人这样对你吗?有没有病历?知情的好朋友?

我公公婆婆嘛。他们最清楚他儿子了。病历?有啊,很厚的。有一次下身被他捅得出血嘛,害我们春节都回不了家看小孩,钱都给医院了。

病历在家吗?

没了,上次就找不到了,好久都没看到了,搬家搞丢了。我们公社有个私人诊所梁医生,她知道我经常去看病,不过,后来梁医生好像打针打死一个人,就逃走了。说是黑诊所,被查封了。还有一些小诊所,也是黑诊所吧,又看牙又看屁股,人还经常换,他们可能记不住我。大医院除了那次出血,几乎不去的,远,又贵。

有知心朋友知道这事吗?比如,有谁陪你扶你去看伤?

这边没有知心朋友。几个老乡也不好,男人喜欢占我便宜,女的讨厌我。我一个也不喜欢他们。如果在老家,孙红凤、杨招弟她们知道我的事。我们是结拜姐妹。她们知道我在老家被打的事。

这里,还有什么人可以证明吗?

你还不相信我呀!我跟你说了这么多,你怎么不相信我呀!

孙素宝突然把头发撩到耳后,你看,看我耳朵!这被他咬掉了一半!

戴诺看到,孙素宝的左耳下半部都没了,缺损的伤口部分,糊糊扭扭地愈合了,像个报废的软胶假耳朵。戴诺有点目瞪口呆。孙素宝往身后的小铁门看了看,突然起身,把裤子褪到大腿上,然后用手把衣服提起。

看!他刻的!

孙素宝的小腹上,有两团黑蚯蚓一样的伤口图案。孙素宝说,是字。你看出来了吗?上面是"荡",下面是"妇"。

经过解说，戴诺看出来了，上面是"0"，下面是"妇"。

为什么是圆圈？

他要刻骂人话嘛。"荡"就是"鸡蛋"的"蛋"嘛，"0"就是"蛋"的简写。所以就一个圆圈，加一个"妇"字，就是骂我荡妇。

你怎么让他刻呢？

我当然不让！他绑住我了。手和腿，还有肚子都绑住了。嘴巴也堵住了，怕我叫嘛。那天他特别不高兴，人家装修老吴不要他了，到理发店，他看见那些来洗头的男人摸了我。所以他非常不高兴，一回家就打人。我说，我在养你啊，你为什么还打人？他就更火了。他是用木工包里一个尖尖的、是不是叫凿子的东西刻的，痛死了，然后他倒上墨线水了，然后他还爬我身上！我又痛又恨拼命扭动。他说，你再撒野，我就刻你脸上！他真的敢刻，我就不敢动了。但是，那个时候，我要是手上有刀，他一定就死了。我不会让他活这么久！

装修队的老吴现在在哪里？他和你们很熟吗？

老乡啦。听说他家离我们自然村还要500里呢。到处流动的，不知道在哪儿。他们不要金虎后，就再没来过我家。

你公公婆婆知道他刻你肚皮的事吗？

知道！我气死了嘛，第二天一早就打长途电话叫他舅舅告诉他们了！金虎他舅舅是乡下送信的，有文化。我本来今年春节回去就要让他们亲眼看看金虎做的好事。耳朵被咬掉的事，就在他们家，咬掉的那一半被隔壁金山家的黑狗叼走了，我公公还追出去，那狗就吃下去了，没办法要了。

为什么你要分尸呢？

不是说了吗？他个子很壮，我弄不出去。后来我想扔到院子里的井里。可是，这里人和我们那边的人不一样，挖的井口很小啊，整个人塞不进去。

你逃跑的时候，为什么还找男人？我看到你后来交代是你勾引他们的。

我本来觉得杀了老公再勾引其他男人，给警察印象不好。所以，我就骗他们说那些男的勾引我、强奸我。其实，我是钱被小偷偷了。我想买车票，我要回家看看我公公婆婆和孩子，再给他们留点生活费，然后我就逃得远远的。可是我没有钱了，所以，我就找男人了。我知道这样不好，可是，女人不靠男人，什么事也做不成。这世界就这样嘛，男人不靠女人活得挺好，女人就不行。

主任不在自己的办公室。戴诺直接往小会议室走，几个合伙人总是在午休的时候打牌。主任看来又输了，他身子僵直，一只手拼命打桌子：你以为什么啊！黑桃他第一轮就没了！你不会算牌就打保守点嘛！主任对家是证券专家李合伙人。尖嘴猴腮的李律师最恨别人说他不会算牌，他把手上的牌重重甩了出去：我告诉你！你要是不出那张牌，我们想输都输不了！你看看我手上的牌！

戴诺站在主任旁边。主任火冒三丈地洗牌。戴诺说，那个杀老公的案子，我想做点调查……

主任在摸牌的空当，扭头看了看她：是你。哪个案子？杀老公的？简单案件嘛，随便弄弄就算了。回头我再给你案子。

我早上会见被告人了。听上去被害人是个很恶劣的男人，虐待狂吧。

咳，都是这样，自己快死了，就往死人身上推责任。有证据吗？主任用胳膊肘一指香烟：帮我拿一支。点上。

戴诺把烟塞入主任嘴中，点燃后说，被害人施暴成癖，被告人的耳朵都被咬掉一半了，肚皮上还被他刻了字。

什么字？所有合伙人都停止了理牌，一起发问。荡妇。戴诺说。对嘛，李律师说，我听承办警察说，这女人就是小荡妇，说不定是哪个嫖客刻下的。

主任嘴里衔着烟，腾起的香烟熏着他眼袋深重的小眼睛，看上去像个十恶不赦的浑蛋。主任歪着脸含混不清地说，是啊，你怎么证明是被害人刻的？

所以我想调查一下。

这是指定辩护啊，没有人给我们出调查费啊！向法院申请调查吗？好好好，你别吵我，你随便玩玩，不好玩就算了。哎哎！是调主吗？老李是你的9吧？

戴诺知道主任、知道老师们会那么看的。他们是对的。法律不是凭感觉的，法律只对证据认账。戴诺能判定孙素宝说的大致是真话，但是，如果找不到证明，即使它们是真实的，也没有价值，因为它不是法律上的真实。

而孙素宝自己并没有意识到这些话在法律上、在定罪量刑上的价值。

戴诺专门又到法院再次翻阅案件卷宗。她仔细比较了十二次的讯问记录，关于你为什么要杀他，孙大都是这样说的：他先打我，我很气；他脾气不好嘛，他脾气好我就不会杀他；谁叫他对我那么凶！或者：他对我太不好了。

只有一次，有一名警官问：他对你怎么凶？

孙答：天下男人没一个好东西！

答非所问，甚至让人以为是标准的妓女对男人的评价。果然，这个相对最细心的警官不再停留了。接下来他问，你为什么在逃跑的车站，又勾引男人？

还有一次，在检察卷宗中，孙突然冒出一句：我早就想杀他了。反正，我们两个不是他杀死我，就是我杀死他。

检察官说，你厉害，你都快把被害人脖子切下来了，为什么？

孙答：他还瞪我眼睛呢！我本来还想砍下他的头。他经常用斧头对付我，我也可以对付他一下嘛。

没有了，讯问话题又转了。整个卷宗，厚厚的两本，可以说几乎没有被害人与被告人夫妻关系的描述。综观全卷，孙素宝口供还是比较稳定的，只有杀完人后的逃亡情况，有不一致，她自己后来也承认是撒谎了。杀人之夜陈述得也很稳定，包括两人之间的对话。但在戴诺看来，这个对话，如果脱离他们夫妻实际生活状况，一般人包括她自己在开始时，都被这个对话引导出这样的结论：丈夫怀疑妻子不贞，酒后失控殴妻。生性轻浮的妻子，怀恨在心，趁丈夫熟睡，杀死了亲夫。

戴诺相信自己的直觉。她认为孙素宝是诚实的。她到了开发区，找到那家小理发店。那个三平方米不到的小店，已经成了山东家乡包子店，脏兮兮的，到处是油腻腻的蒸笼。问了左边隔壁一家简陋的小文具店，店主说，找隔壁那女的啊，要枪毙啦！听说把老公的头都砍下来做枕头睡呢。小情人也在上面睡呀。

右边是个小日杂铺。拖把、铁锅、塑料桶塑料盆，挤得货架都快倒了，很昏暗。店主是个挺胖的妇女。妇女说，你找她干吗？你是什么人？

戴诺不敢说是律师。我找她做过头发。妇女上下打量戴诺，露出明显的轻蔑和不相信。戴诺马上感到这个谎是撒得不好。如果没有判断错，孙这种发廊通常是没有女客的，最多是误撞上门的小打工妹，肯定不是她这种每天洗头、头发整洁飘动的女人来的店。

戴诺在女人店里选了个湖蓝色的塑料盆。胖妇女找了钱主动说，快枪毙了。那个狐狸精！为了和别的男人鬼混，把老公都剁成碎片啦。我早就看出这种女人不得好死。人家说，尸体还在床上，就和别的男人在床上干起来了——你什么时候在这儿做过头发？我没见过你。

戴诺笑了笑，又开始挑选物品。你见过她老公吗？

妇女说，见过！那男的好像没有工作，但是，蛮稳重厚道的。不爱说话。是个老实人。

怎么会杀人呢？他们经常吵架打架吗？

倒没听过。有一次那男的在店里，突然用凳子把三面镜子统统砸碎了，很凶。不知道为什么，问她，她不说。我就知道这女人理亏了。活该！

戴诺到了孙素宝他们的租住地。小小的两间小平房，有点歪地挨在一起，像是放农具的仓库。院子满地不知哪来的干萎的地瓜叶，水井周围很干燥，一副久无人居的模样。戴诺敲了房东的门。很久都没人应声，仿佛听到里面有人，她又使劲敲。

一个佝偻着背的老太太出来了，紧跟着一个佝偻着背的老爷爷出来了。两人佝偻着在互相埋怨：我说有人吧！总不信我的话！

有人有人！每次猪拱门也都是你说有人！

两个老人的耳朵和眼睛似乎都不太好，身上都有股说不出的味道。两人说话声音非常大，像是在车间里。

二老，你们好。我问个事，好吗？

还说是猪！猪能有这么好听的声音吗？眼睛看不见，难道你耳朵也聋啦？

你的耳朵比我聋！不信你问世仔！

世仔！世仔！世仔快一年没来了吧！谁记着你这个老母哇！

终于老太太想起前面站着一个人。老太太带着迷蒙的眼神说，你是谁啊？世仔不住这里啦。

老头子用力拽了老太太一把：一个月300块！一房一厅还有院子和水井！

我不租房。大爷，我想问，原来住的那对夫妻，他们平时吵架吗？

我都没有跟她吵哇！每次都是她爱吵。我不理她，她就骂猪、骂鸡！

大爷，不是你们俩吵，我是问原来住在这里的人……戴诺不由得也大声喊叫起来：原来住的——

枪毙啦！死掉啦！都没有啦！

老太太用手堵老头的嘴，大喊着：村长不是交代，不能说是在这儿死掉的吗？

啊！忘喽！那一个月250算了。一房一厅还有院子和水井。

戴诺退了出来。她明白了，难怪警方的调查笔录里，这对半聋半瞎的老糊涂房东只有简单一页，他们什么信息也提供不了。

主任说，既然这样就算了嘛。我也知道律师最容易通过刑案出名，可是，现在这世道，什么案子不多啊。你不想出名也还是数钱来不及——得得,不开玩笑了,说认真的,我再安排你其他案件吧。

戴诺说,你相信我一次,相信女人的直觉。她绝对有冤情。

主任说,就算是吧,就算她真是不堪虐待,我说亲爱的,你去哪里找证据?尤其夫妻间的性虐待,谁来证明?你连一份病历都找不到。我相信你,我真的相信你,可是,法律只相信证据!

所以,我要亲自去她老家找。

值得吗?你啊,再过两年,你就没这么富有激情和想象力啦。这样吧,马上要开庭了,一审完再说吧,反正一审前是来不及了。

几乎所有的老师都认为戴诺的调查没有必要。虽然那个邻省的穷山沟,差旅费也多不了,但是,大家还是叫戴诺爱玩找别的事玩。有个合伙人说,小心!你到他们家去找对死者不利的证据,为一个谋杀亲夫并碎尸的女人辩护,人家不杀了你才怪!大家一听,纷纷认同。一个律师说,上次我那份意外险受益人填的是你,你那份受益人好像填的是我吧?

戴诺还是启程了。随行的有拉拉。拉拉本来早就该滚蛋了,但是,他得了一场急性阑尾炎。手术后出院,耽误了半个多月。拉拉打电话跟戴诺辞行。戴诺说,你还没走啊?拉拉说,我岳父说,把病毒都处理干净了才给发准入证。

上次你不是说岳父在这儿吗？

嘿嘿，不瞒你说，哪里都有我的岳父。现在我说的是，正式想确认我身份的那位。

戴诺突然说，你陪我去个地方好不好？一个星期，路费我出。话出口的时候，没有经过大脑，但是，边说戴诺就边觉得，拉拉陪着去再好不过了。他闲着，又不讨人厌。

拉拉说，不行，我明天的飞机，机票都买了。你要干吗？

戴诺简要说明了一下，拉拉就大声叫喊起来：我不去！找死啊？穷山恶水出刁民，不去不去！去那个鬼地方干这种事？绝对不去！我知道，你想叫我做保镖。可是，我最近身子骨虚弱得很哪。不去！坚决不去！我明天就飞走啦。自己保重吧，欢迎日后到我岳父家打尖。

戴诺气得把电话扔了，还是气，加上被拉拉恐吓，更是恼火，又捡起手机摔了一次，连这个不仁不义的东西也觉得去了就回不来了。到了晚上十点，拉拉来电话了。拉拉没有固定电话，戴诺认不出来，就接了，结果是拉拉在里面嘻嘻笑。戴诺说，还有什么屁没放？

讨——厌——！拉拉像女戏子一样开腔，让人想起翘着的兰花指。拉拉还是用捏细的娘娘腔调说：你不要这样跟人家说话嘛，我们只是普通朋友啊。你为什么非要选择人家嘛？

戴诺忍不住笑出声来，你闲！你壮！你可爱！行了吧？

到底陪不陪？

陪就陪嘛，拉拉还是保持着鼻腔发声的娘娘腔：人家大不了，二十年后又是一条好汉啦，真——是——！

那你的机票呢？

退嘛。差额你补。拉拉开始用正常语气说话，算你雇我，我相当于雇佣兵，所有费用你出，还要给我特区出差补贴。因为我才出院，你要保证我的营养和睡眠。我的职责是：和你共生死。有我在，你就活着。行了吗？

孙素宝和杨金虎的家乡，在本省西北部与邻省交界处的崇山峻岭深处。地图上看不出来，同车的一名香菇客听说戴诺要去那儿，便主动介绍了一些情况。他说，那是他们省最穷地区的最穷县中的最穷镇中的最穷的自然村。有的人家，年均收入只有十九块多钱，很多人家电灯都没有，电灯很暗，可是电比城里商业用电还贵。那边出红菇，出一种味道非常鲜甜的极品红菇，可是，一方面是那边民风凶悍，一方面是交通非常不便利，所以，他好多年都不去那儿了。香菇客提醒说，到那个县，最好准备一些晕车药，因为小县城到村里的三小时的山路很不好走，要上非常多、非常陡的盘山公路，一圈一圈地旋高，然后，再一圈一圈地盘下来，像是到了井下最深处，那就是你们要去的羊公村了。每两天只有一班公共汽车经过，因为路太不好了，尤其是下盘山路的时候，经常不安全，没有司机愿意跑。

戴诺想不安全是含蓄的说法，其实就是指经常发生车祸。但她不敢追问。她看了拉拉一眼。豪华大巴车座上，拉拉始终半躺着，低着脑袋在玩游戏机，似乎没有听到香菇客的话。实际上，真正上路，戴诺和拉拉之间，并没有她预想的那么有话说，电话中，那种滑稽有趣的说笑，好像是另外一个人干的。她自己也不想说什么，如果不是香菇客爱找人说话，她也一直戴着音乐耳机。她喜欢在速度变化中，看着车窗外听音乐。不过，这次出了差错，她把喜多郎的盘放在了马勒的纸袋中，因此带错了。相对马勒，她并不怎么喜欢喜多郎，所以，听起来也不上心。香菇客要搭讪，她就摘了耳机。

香菇客的话，加重了她心底的不安感，好像真的壮士一去不复返一样。仔细想想，这种身份到那种地方，确实有点生死莫测。她时不时瞟一眼拉拉，拉拉始终沉浸在游戏中。会发生什么事呢？不愉快是免不了的吧，毕竟死了一个大男人还被女人碎了尸。

香菇客又开始说他一个朋友如何在南非发财的故事。旅途还有两小时，如果香菇客要说个不停，那真是麻烦事。戴诺递给他一片口香糖，然后说自己想睡一会儿。香菇客说，睡吧，到了地方我叫你。

戴诺闭着眼睛，毫无睡意。她不时在猜拉拉心里在想什么。不管他想不想什么，她觉得这个并不熟悉的朋友，真的很不容易。取证一事，他第一反应就是危险之旅，他排斥。可是，一旦踏上旅途，他就那么一副无忧无虑无牵无挂的样子，没有给戴诺再增加任何一丝不良情绪。

从交通工具上说，他们将乘坐四小时的豪华大巴，然后换乘普通长途汽车，穿越省公路，三个小时后，到达邻省那个贫穷县城，住一夜，次日拂晓，再乘坐跑乡路的十九座的中巴，中午十一点左右，就到达那个香菇客称之为井底的地方羊公村了。

到那个小县城已经是天擦黑。满街都是尖嘴猴腮的土狗，有人在啰啰啰地赶两头黑色的大猪。坐在人力车上，拉拉突然叫停。他指着一家小药铺说，要不要晕车药？要我就下去买。拉拉补充说，这么穷的地方晚上肯定没有夜市，就是有找起来也麻烦。拉拉跳下车。看着拉拉背着双肩帆布包买药的背影，戴诺明白了，车上香菇客的话，他全听到了。她明白多少，他也明白多少，甚至比她更明白。

县招待所是小县城最好的建筑了，远看门脸有点像公共厕所。里面更是一股潮味，沉闷昏暗。大堂里的黑色仿皮沙发开裂了好几处，暴出了白絮。办入住手续的时候，拉拉把身份证掏给戴诺，就到大门口站着去了。戴诺登记了一人一间。把房间的钥匙牌给拉拉时，拉拉笑了一下。戴诺说，你笑什么？拉拉说，没有。我原来以为你需要我站在床头。

在走廊昏暗的光线中，拉拉没有看出戴诺的脸红了一下。

在街头随便吃了点面食，各自睡去。

天还未亮,往车站赶的时候,两个人的情绪都不好,好像是晚上没睡好。吃了路边买的茶叶蛋,就看见有个女的,可能是售票员,气急败坏的样子,发出鸟一样急促零碎的叫声,要大家排队上车。小小的停车场里,他们被安排上了一辆非常破旧、连一面完整的车窗都没有的中巴。车身上,还有一大摊前批乘客呕吐物造成的地图形痕迹,麻溜溜的,干结在窗框下的车身上。

戴诺把药片放进口中,正要用矿泉水服下。拉拉抓住了她的手腕。拉拉的眼睛在看司机。那五十开外的老司机,像被人刚刚倒挂后放下来,一张脸又红又肿胀。肯定昨晚喝了不少酒,不知醒透没有。

拉拉低声说,你还是保持清醒吧。你看这司机像酒鬼,汽车像废铁。戴诺觉得有道理,可是,药片却不小心吞了下去。环顾整车,除了他们俩,车上已经都是村民模样的男女老少了,大多数人没有声音,似乎各有发愁的心事,但是,他们后面有三个人在很大声地讲话,很古怪的发音,速度快,不断发出削削削的唇齿音。

汽车终于咣啷咣啷地启程了,颠得很厉害。拉拉没有再掏出游戏机,他要戴诺把手握在前座椅的铁扶手上。他自己也一只手抓着,不知道在想什么。放眼就是山了。虽然听着耳机音乐,但这么警戒地坐车,不仅累人,这种姿势也是无法享受音乐的。戴诺闭上眼睛,慢慢就把手放掉了。

拉拉把她的手重新放到正确位置。那我们说话吧。戴诺摘下耳机。拉拉说，你说吧，我听着。戴诺说，你要回家干什么？

继承我哥哥的事业。

戴诺很困惑：你哥哥？什么事业……

他死了。是的，死了。我将去继承他的岗位、他的婚姻、他的家庭、爱，还有孝心。

戴诺看了拉拉一眼。毕竟不熟，她不能分辨拉拉是否在胡扯，因此不作声了。话不投机，戴诺又合上眼睛。大约过了十分钟，拉拉用肩头撞她。喂，别睡觉。你还记得我们认识的那个晚上吗？

戴诺没回答。如果不是拉拉想让她摆脱药物、保持清晰，也许他一辈子都不想问她这个问题。她当然也不想回忆。他们就像两只互相逃避的兔子，今天在一个独特的时空，狭路相逢了。

拉拉轻轻笑出声，他说，我还真喜欢那天晚上。喝醉的你非常有趣，你说你原来那个私人事务所的老板，是多么的吝啬，小律师打电话都要到他办公室去。而女小律师一用电话，他就把手伸到她们的衣服里去。那天，他不让你下班，他要把脸放在你的胸部上，和你谈马勒第五交响曲。你就把口香糖渣吐到老板嘴里了。你当时摇摇晃晃地站到了酒吧椅子上，你对所有的人叫喊，去死吧！——都去死吧！——你们都不配听马勒！——不配！——

戴诺对此有些记忆。她当时不认为自己醉了，只是控制不了兴奋的情绪。她反复纠缠一个人：马勒是我的你知道吗？马勒是我的你知道吗？我每天亲吻他——我从来不亲吻其他任何人。你知道吗？有一个男人拼命摇着头，奋力挤到她跟前，鹦鹉学舌地说，我每天也亲吻他。亲他！亲他！戴诺瞪着眼睛，愣着，突然，劈手就给了那人一巴掌。那人一把揪过戴诺的头发。他的脑袋还在猛烈地摇晃。那人是谁不记得了，但是，拉拉对着那人耳朵说了什么，那人摇着脑袋就放手了。

酒吧装修得像个大型厨房，强烈的摇滚让戴诺耳朵吱吱鸣响不停。去年以来，她的耳朵听力在逐步下降。医生禁止她戴耳机听高分贝的强烈音乐，但是她还是难抵音乐诱惑。有时克制着音量开小，但是听马勒的第五交响曲，她从来不调小音量。

她奔向垃圾桶呕吐，还没吐完，拉拉扑了过来，一把抓过她的胳膊，就往一面奇怪的蓝墙那儿跑，戴诺觉得好像要撞墙了，不知为什么没撞上，好像跳过很多长方形的碎布大包，冲上了大街。外面都是警车，警灯在街角无声地闪。拉拉也喝多了，步伐忽小忽大，两人勾肩搭背走得趔趔趄趄。戴诺说，走啦？不玩啦？

警察来了。你的摇头丸呢？

戴诺那时不知道什么摇头丸，但是她郑重地说，都吃下去了。拉拉摸摸她的喉咙：假货。我卖的都是真货。但是，我早不卖了。我知道今晚会出事。他们一个都不听。我真的不喜欢做生意，我和拖拖不一样，拖拖和小鸡毛一样，小鸡毛和她爸爸一样，都是生意天才。我不是。

走楼梯的时候，戴诺跌倒了，连带着拉拉也摔倒了。两人就坐在楼梯上，继续聊。小鸡毛从小就很有经济意识。你懂吗？我妈妈没有调动的时候，我和拖拖和她在同一个幼儿园，我们大班，她是小班。星期天的时候，我和拖拖一有空，就想看她屁股。我们非常喜欢参观她的屁股。小鸡毛说，看一次一个巧克力豆。小时候，她家非常穷。小鸡毛喜欢绿色的，我没有绿色的，她就不让我看。如果我想看，就要付出两个蓝色的豆子。我只肯给她黄色豆子。小鸡毛说，那只能看上半身。上半身有什么好看的，不是和我们一样？夏天的时候，小鸡毛的妈妈在院子里给小鸡毛洗澡，还不是只保留了小裤衩？我都看到了，上半身一点都不机密。我很生气，我说，你妈妈都没有说看了要给黄色的。小气鬼！你是小气鬼！告你妈去！

小鸡毛就哭了。小鸡毛说，不能告妈妈，妈妈说不能让别人看屁股。

小鸡毛非常爱哭，胆小，怕鸡，怕蚯蚓。有一次，拖拖为了证明鸡不可怕，把一只小鸡捏得屁股挤出肠子，小鸡当场就死了。可是，小鸡毛也快吓死了，哭了两天，看到我们兄弟俩就躲藏起来。

那天晚上，戴诺和拉拉就坐在公寓楼梯上，聊啊聊啊，然后就互相抱着对方的脑袋，颠颠倒倒地爬上7楼，撞进了拉拉的住处。

拉拉说，我经常想到那个晚上，因为你傻乎乎的，有趣极了。后来我有一次到法院找人，看见你在小法庭上，活像一只站在鸡笼上的斗鸡。法庭里没有什么旁听的人，只有两个扛摄像机的记者。你居然还那么凶，太不好玩了！太没意思了。

镇里的司法助理员，约好在羊公村车站等他们。

下车的时候，拉拉和戴诺像两只青面兽，两人一路都吐惨了。早上的茶叶蛋变成非常恶心的东西，统统都翻了出来，彼此瞥见了对方的呕吐物，就引发自身反胃，后来，只要有人发出"哎——"的欲呕声音，另一个就扑向窗口，直接开吐了。

司法助理员一眼就认出了他们。司法助理员是个有着一双铜铃眼的小伙子，头发像小报刊上歌星的发型，中分，两边削得像鸟尾巴，披在腮边，看得出挺追求时尚，但不知什么地方就是不对味道。戴诺看拉拉，拉拉只是一个平头，发白的黑色牛仔裤，旧的灯芯绒厚衬衫，一只大号的帆布双肩包随意提在手上，脸上是半死不活的疲惫神情。相比之下，拉拉骨子里透出和助理员不一样的气质。戴诺想，这是都市的味道，还是习惯了顺眼呢？

我姓杨，助理员笑着说，我母亲就是这个村的，所以，这里我很熟。

戴诺说，我们有地方住吗？

杨助理说，联系好了。这个村是个大村，你们过来，先看看这村的全貌。杨助理提过戴诺的背包，走到车站边一个竹林丛边，往下指。原来村子还在小公路的更底下，它像一个大三角形的锅底，一条溪水穿过三角形底边，到青山后面去了。三角形前半部分，有稀稀落落的房子，中间有个牌坊，牌坊后面房屋的密度就大了起来，还有高点的楼房。不过，所有的房子看上去都有点斜，不知什么原因。拉拉也觉得有点斜，但杨助理说，农村的房子都这样，其实很牢的，不会倒。

所有的房屋，都笼罩在午时淡淡的炊烟中。走下竹林掩映的大长坡，就踏上了一座和赵州桥一模一样的石拱桥，不知有几百年的青砖，踩上去很厚实很温和；桥侧的青砖缝隙中，许多不知名的高低小草在吹过大桥的风中抖动；桥下宽敞的溪水，清亮得能看到水中石头和沙子，还能看到水中黄沙上柔软的水草，在缓缓的水波中微微摇曳，还有像细影一样的小鱼群在其中窜来窜去。几头老牛在水边。

沿着溪边是条青石条铺就的路，窄窄的，大约小汽车都不容易通行。青石铺得也很随意，中间石面都磨得凹陷了，像玉一样光滑。看来人的脚在上面走了几百年，也许上千年。又走了三百多米，就到了在车站就能看到的牌坊下。杨助理说，是贞节牌坊，大约是明朝时期，人们为一个寡妇立的。说是结婚一年后，丈夫就死了，她含辛茹苦，洁身自好地把儿子养大，后来儿子中了状元，做了很多善事，还为母亲立了这个。戴诺看看牌坊后面刻的文字，却是什么人倡议立的。

拉拉和戴诺的出现，几乎引起了所有的人和村里所有的狗的注意。这个村里有非常多的狗，它们不断跑到拉拉和戴诺身前身后穿梭，当他们仰视牌坊时，两只黄狗大胆地嗅着他们的裤脚和球鞋，一只黑狗湿湿的鼻子，居然碰触到了戴诺的手指。戴诺惊跳起来，失声大叫。狗们似乎也吓了一下，各自退了退。杨助理弯腰，做了个捡石头的动作，狗们又退远了一点，但还是不离去。助理说，都是土狗，其实很胆小，别害怕。

戴诺有点不习惯，因为沿街的男人和女人，都停下了手上的活，毫不掩饰地看着他们。羊公村的人，几乎每个人脸都很尖瘦，很多人都长着一双铜铃式的大眼睛。目不转睛地瞪视人，好像是他们共同的习惯。坚硬的视线，像灰色的带子，远远近近地交织而来，密集围捆在戴诺和拉拉身上。他们才走过去几步，身后的人们立刻三三两两靠在一起，议论纷纷。交头接耳中，一只只铜铃眼，还是不离开他们，有人还用手指指点点。杨助理却显得很兴奋，主动跟一些人大声打招呼，对方也招呼过来，互相嘴里削削削的。拉拉和戴诺一点也破译不了他们在说什么。

拉拉说，要在我们那儿，有人这么看人，你就要小心，八成是毒瘾发作，要弄你的钱啦。

杨助理笑了笑，城里人嘛，新鲜啦。说话间就到了在车站山头能看到的两层楼房前。楼房前面有四棵和楼房同高的树。这是个木楼房，看上去像没盖几年的新房，可是，样式和书上看到的那些明清民房差不多，门板上半部分雕花，下半部分是光的，洗刷得惨白。其实整个楼都白生生的，不知为什么没上层漆。

杨助理说，他们家的房子是村里最好的了。扶贫、计生等各种政府的工作队，下乡到这里都住在他们家。一个晚上三块钱，加吃饭每人一天七块钱。她丈夫原来在县里搞建筑，也做山货贸易，生意都不错，常年不在家。

杨助理指的她，不知从哪里冒了出来，就站在光线不太亮的前厅方桌前。女人有四五十岁的样子，五十年代的头发式样，紧巴巴地贴着头皮，齐脖颈长，用老式黑发夹夹在耳后。她也长了一双铜铃眼，好像更大，中间是一只高高隆起鼻梁的鸟类鼻子，颧骨突出，两腮尖瘦。她围着深蓝色的长大围裙，戴着深紫色的袖套。杨助理说话的时候，她目不转睛地看着戴诺，不断搓手。

拉拉偷偷跟戴诺说，这女人像只大鸟。我原来以为大眼睛就漂亮，到这里我彻底败坏了胃口。

杨助理和她削削削了一会儿，女人就转身走。杨助理招手跟上，他们俩也跟上，原来大水缸后面，是个上楼的木梯子。梯子很暗，这么多只脚踏上去，嘭吱嘭吱地乱响，慢慢亮了，就是楼上房间了。一左一右两间，各四张单人木床，其中一间床全是光板，靠院子的一间都铺上编好的稻草褥子，但是没有被单或草席。

走进去，又是嘭吱嘭吱地乱响，好像没有一块板条铺平整了。拉拉皱起脸。女人用普通话说，睡一人还是两人？杨助理马上翻译，你们要两间还是一间？价钱一样。

戴诺说，那当然就一人一个单间。拉拉说，是啊，音响这么好，晚上怎么工作啊？杨助理听出什么，故作淫荡地笑起来，赶过去使劲拍了拍拉拉的肩膀。

戴诺到对面房间，女人开始抱稻草褥子过去，铺床。没想到窗户外面还有一栋楼房，前街看不到。戴诺走近窗口的时候，对面房子的窗帘动了一下，像是有人迅速离开了窗子。戴诺看了一眼，是个黄紫两色葫芦图案的大花布窗帘，又脏又旧。

马上就吃中饭了。这时候才明白，原来是和店主家的人一块吃饭，就是像一家人一样，围坐在方桌前。女人家有三个孩子，全是男孩子，六岁到十二岁之间，全部像鸟的脸相。三只小鸟和大鸟占了桌子两边，拉拉和戴诺合占一条边，杨助理一条边，围坐着。戴诺完全失去胃口。一是因为和陌生人这么吃饭，二是三只小鸟的六只铜铃眼，眈眈地看着她，她一看他们，他们就低下头去，可是，只要她不看，就能感到到处是铃铛一样响亮的盯视。最后是，菜非常简陋，量又非常少。他们的盛菜器皿，像是盘子又像碗，像是锯短的五寸见方的小脸盆,一个小盆子里,是黄糊糊的四季豆,放了豆酱炒;一个是茄子,一个是小河鱼,两指宽的,总共两条。在戴诺看来,平时她一个人都不够吃。女人不住地往自己饭中加辣椒酱,两只小鸟也要,削削削的,不知是不是谁放太多,两只小鸟打了起来,女人生气,拍了桌子一下,竹筷子跳起来一支。

拉拉也开始将辣酱调到自己饭中,并用胳膊撞了戴诺一下,可能是要她赶快吃饭。杨助理在努力吃鱼。吃啊吃啊,他说,这里的鱼保证没有污染。

杨助理把鱼汤都浇到自己碗里,稀里哗啦地把饭吃完了。站起来,他抹着嘴巴说,你们休息一下,我到我二舅家看看。两点就开始吧,因为天黑得早了,晚上很多人家没有电的。

按照计划,第一个调查对象就是孙素宝的婆家。孙素宝的婆家位于三角形下面的那个角上,就是水快要流到大山里的那个位置。走到这一角落,房屋又稀少下来,周遭到处都是芭蕉一样的植物,高高的、很破落的大叶子前面,弯着一茎果实,拇指大小、梳齿一样排列着。一座有点歪的黑瓦平房,就在小坪子上。

三个人走进去的时候,里面有人站了起来,又坐下。等适应了光线,就看到门厅里面坐着两个老人。一个两岁左右的女孩,被头发花白稀疏又编成两条手指粗细的细辫子的老婆婆,用胳膊圈在膝间;老头更老,一双巨大的豹眼在昏暗中发出像是冷漠像是迟钝的光,一双非常大的、青筋暴起的手,垂在膝头前。真是衣衫褴褛啊。

这不像是人住的地方,仿佛山野中,让人避雨歇脚的地方,大水缸上架着一条新剖开的竹子,山水从上面引流进了水缸;破旧的橱子,侧面有个斧头砍进去的痕迹;神龛下面的长案,一只脚缺损,用石头顶着,保持平衡。最奇怪的是,门厅正中间的地上,竟然有一块半米见方的山岩。山岩就像从土里长出来的一样。

嘿!拉拉上前踢了一脚,一跃而上,金鸡独立地蹲上石顶:还有这么盖房子的?杨助理说,农村嘛,没那么讲究。石头挖不掉,就凑合嘛。拉拉兴致勃勃,叫他们请人磨平,就是一个天然茶几,可以打牌喝茶哪。

戴诺赶紧把拉拉推下来。杨助理显然事先过来招呼过了,一对老人对来人的反应非常麻木。小女孩脸上都是发亮的鼻涕,一只小鼻孔都快被干结的鼻涕给糊上了。戴诺掏出口香糖,一想这么小不会吃,就收回,然后掏出了巧克力递给孩子。孩子犹犹豫豫地伸出小手,可是,做爷爷的,伸手一把打掉了巧克力。老婆婆用意外和不安的表情看着戴诺他们,又看地上的巧克力。

他们能懂普通话吗?戴诺说。杨助理说,听应该能听,但是,一般老人都不会说。我翻译吧。戴诺不知道杨助理之前是怎么跟两个老人说的,如果直说是辩护律师,是为孙素宝寻找杀夫理由的,别说这样封闭的农村,就是在特区、在都市,哪怕在火星上,也一样遭亲情抵制。

戴诺心虚着,因此有点结巴。大爷,打扰了。我们从金虎、素宝所在的地方来,了解一点情况就走。家中发生这样的事,我们心里也很难过,孩子还这么小,真不知道她母亲最终会怎么样。

戴诺还没说完话,老婆婆就撩起衣襟擦眼睛,老汉使劲瞪着地上,表情很倔也很狠。戴诺停了好一会儿,又结结巴巴地说,我们想……了解一些他们两个人过去在家里的情况。

老汉突然做了大抡臂的手势,削削削地咆哮什么,脸膛一下子通红,灰白色的眉须在颤抖。杨助理站起来,削削削地说了什么。戴诺怕他越说越糟,她不知道这个古老落后的世界,知不知道律师是干什么的。所以她赶紧说,你告诉他,我们问问两人情况和孩子情况就走。戴诺故意把问题模糊化,她当然只关心一个问题,就是虐待存不存在。

拉拉递了一支烟给老汉。老汉瞪视着拉拉。拉拉露出了孩子般纯净剔透的笑脸,这是他的招牌笑容。老人居然接过了他的烟。拉拉赶紧为他点上。小女孩乘乱捡起巧克力,偷偷伸出小舌头舔了一下,紧张地看大人。拉拉对她做了个放进嘴巴的手势。小女孩迟疑着,把它塞进糊满鼻涕的小嘴中。

老婆婆默许地看着。气氛慢慢松弛了一些。戴诺指着长案的缺脚说,为什么用石头垫着?戴诺以为老人听不懂,正要请杨助理翻译，老人却起身过去，蹲下，苍老的手，怕弄疼似的，抚摸着长案的伤腿处。脾气坏啊……老汉竟然是用含糊的普通话说的，显然是讲给他们听的，但接下来他开始用当地话说，说得很快，因为牙齿掉了不少，他的发音更加古怪。杨助理屏气听了一会儿，似乎很意外，停了好一会儿，他才字斟句酌地翻译说，他说，会有这一天的。他五十二岁才生下他。他说……早就知道会有这一天的。

长案的脚怎么了？

杨助理看着老人。戴诺推测可能涉及一起暴力事件，但杨助理只是一味含混不清地摇头，好像忘了他是一个翻译，而成为一个听众。

戴诺感觉有戏，她飞快地打开调查记录纸，摊在膝头。老婆婆已经泪流满面。戴诺用很体贴的口吻说，其实，我们每个人都有脾气，有的人呢，脾气急一点。老婆婆打断了戴诺的话，用本地话说，谁的脾气也比不上他！这个坏脾气只有他，老婆婆指着老汉，只有他才生得出来嘛！老婆婆突然撩起裤子，小腿上，一条粗大的刀疤痕，亮亮地横在鱼鳞一样的皮肤上。因干燥而脱落的皮肤白屑细细地飞扬起来，令人想咳嗽。

刀砍的？谁砍的？

谁？还有谁！都是她惯死的儿子！老汉说。老婆婆转头愤怒地冲着老汉说了什么，似乎在指责他。

戴诺不希望他们争吵，她的事还没开始。戴诺说，不是你们的错,是金虎太不懂事了。对母亲怎么可以这样呢?戴诺叹息着。拉拉似乎识破了她的诚意,奇怪地笑了笑。戴诺有点不高兴,但她稳定了情绪,继续问,孩子她妈妈的耳朵被咬是怎么发生的呢?咬掉的那一半,真的被狗叼走了?

戴诺设置的问题,都留了一手。她不做是不是、有没有式的发问,因为她认为这容易导致他们保护性的否定,因此她总是直接进入问题中。

老汉说,就是从狗嘴里抢下来,也接不上去了。

是金山家的黑狗吗?老人无语。

为什么事呢?戴诺问。

两个老人都沉默着。戴诺请杨助理用本地话再问一次。两个老人还是无语。戴诺决定停下来等。果然漫长的一分钟后,老婆婆说,那天晚上,媳妇冲到我们门前打门,就这间。我们很早就睡了。刚结婚不久,他们就开始经常打闹,我们不好管。后来听到叫救命,我们赶紧开门。金虎可能喝了酒。等我们开门点上蜡烛,媳妇已经跑到大门口,金虎扑上去抓,媳妇就叫喊起来,耳朵就被咬了。

戴诺说,媳妇穿衣服了吗?

老人都不说话。

一点都没穿吗?

老人还是不回答。

戴诺说,那次金虎生气,在媳妇肚皮上刻字的事,舅舅接了电话,跟你们是怎么说的?

111

老人摇了一下头，不说话。老婆婆又开始擦眼泪，小女孩转过小身子，伸手为奶奶擦眼泪。老人看着自己膝头，低声说了几句什么。戴诺看着助理。助理说，这不好翻译，在我们本地话就是……那个，丢人的意思。

舅舅有没有说，上面刻的是什么？

老人都在缓缓摇头。戴诺无法识别是不知道还是不想回忆。等了一下，又问。老头站起来，走到门槛外。戴诺跟着站起来出去。外面，天色已经发暗了。戴诺请老人看看她的笔录，老人摇头说，不识字。戴诺说，我念给你们听，如果我记错了，再改好吗？

总共七八个提问念下来，老人都反应默然，戴诺以为老人认可了调查笔录，但是，她请他们签名按指模的时候，两个老人却坚决拒绝了。怎么解释都不行。

杨助理做了个耸肩动作。这个动作比外国电影电视上的人做得还洋派。戴诺请他做老人工作，他又耸了下肩，说，我理解这个。你们这个调查，就是帮凶手辩护用的嘛。我上过县里办的法律培训班。

三人出门的时候，一对老人也跟着跨出门槛，默默地看着他们走下小坪石阶。戴诺回头看了看，满目败破的芭蕉叶子，把黄昏煽动得无限哀婉凄凉。戴诺转身又走上去，在孩子的口袋里塞入一百元钱。两个老人非常吃惊，老婆婆像拿着烧着了的炭一样，把钱掏了出来。

给孩子用吧。戴诺说。

戴诺原来计划，晚上可以调查孙素宝的结拜姐妹。她们在大街水井头开着一爿理发店。但是，杨助理用怨天尤人却轻快的表情说，这个村庄晚上无人营业，没电嘛。

三人沿着溪边青石古街一路走回来，家家户户开始发出昏红的光，是蜡烛营造的光明，有的妇女还撑着，想再依靠一点天光，在大门外急急地择菜、剁猪草什么的。城里早就久违的炊烟，渐渐笼罩着山村，许多孩子在炊烟的气息中玩耍，尖厉的童声越过溪流传得很远。

他们一路走来，就看见住的家庭旅店，发出电灯的光芒。不知是电压问题还是灯泡瓦数太低，远远地就看到，店家的白炽灯怯怯地发亮，二楼的日光灯怯怯地发青。不过，还是比通常人家的烛光清亮多了。三个孩子和另一个陌生女童，在院子里的树下追逐打闹，一人守护着一棵树，好像是进行什么游戏。一看到他们，就一哄而散，争先恐后地蹿进屋子。

晚餐依然令人惊异地简单。拉拉冲着戴诺做了个昏厥后仰的鬼脸妖姿，杨助理很自然地自己去大木桶中舀饭。杨助理吃饭很快，他说，晚上我本来可以陪你们住这儿，但是，我二舅舅有事和我商量嘛。我先走了。

晚上的菜和中午差不多，只是河鱼没有了，但是多了一份用鱼头烧的咸菜。戴诺夹了一口，咸得差点呛咳起来，又发现只有鱼头，不见鱼肉，便怀疑是中午剩下的，就不敢再伸筷子了。三只小鸟还是逮着一切机会，窥视他们。拉拉说，你们上学了吗？一个孩子吃吃地笑起来了，另两个也不知为什么轮流使劲抽着鼻涕，好像是表达一种笑意，有两个开始在桌子底下互相踢脚。

母亲瞪起了铜铃眼。母亲说，晚上我给你们一点热水。戴诺没想到她的普通话讲得这么清楚。戴诺说，是洗澡的吗？

大鸟摇头，没有那么多热水。一只小鸟冲着自己，拼命做洗澡动作。大鸟打了他的头一下。他立刻低头拼命扒饭。拉拉"噗"地大笑，把饭喷了出来。戴诺说，你认识杨金虎吗？

大鸟看了看门外。戴诺说，还有他的老婆，你以前知道她吗？

大鸟没有任何表情，好像根本没听到戴诺说什么。你熟悉他们，对吗？大鸟慢慢摇头，站起来往灶间走去，戴诺一直看着她，整齐扁平的头发，像块漆皮贴在脑袋上。大鸟提出一个木盆，木盆单侧有个像马头一样的手把，像提篮被折断了一半的提手。戴诺从来没见过这样的桶或者叫盆的东西。

大鸟做了个洗脸动作。等一下就给你热水。她说。戴诺才知道，她没有回答自己提问的任何意思。

踩着嘭吱嘭吱的楼梯上楼，两个房间都是15瓦的白炽灯泡，楼梯口吊着支幽幽的3瓦灯条。戴诺回到自己房间，看到床上一张睡铺上铺了草席，下面是草垫褥。拉拉在她床上躺了躺，做出鉴定说，还好，软的，应该没有跳蚤。随后，拉拉起身说，口渴，太咸了！拉拉离去，戴诺开始翻看下午的调查记录，还有一些想问的问题又冒出来，她顺手记了记，可是，转而又想，老人拒绝签名再问也无效，便扔了笔站起来。向外看去，对面房屋内似有人影一闪而逝。戴诺定睛细看的时候，只剩窗帘抖动了一下。对面人家也是点蜡烛的，窗户深处有红黄的朦胧光晕。这里面有一双什么眼睛呢？

拉拉半躺在床上玩游戏机。听到戴诺嘭嘭响的脚步声，他头都不抬地说，该做什么你快点。楼下的说，晚上九点统一熄灯。

从门厅后面的灶间，转出去是一个像天井一样的小空地，左手一条羊肠道通向后街，右手前面是厕所，再前面就是一个15平方米的大猪圈，不知为什么只有两三头黑猪。最要命的是这里的厕所。它的架势像个双人沙发，也用坐沙发的姿势出恭，搁屁股的地方是空的，黑暗而深不可测，阴风隐约，粪便不知流向哪里；前面横档上搁腿的木梁，不知是被主人客人的皮肤油脂摩擦的，还是集体尿液粪汁浸淫的，黄玉一样，又光又油亮，冰沁肌肤。

中午戴诺第一次前往使用的时候，就不知所措地看了半天又走出来。拉拉站在小天井上如沐春风地坏笑着，什么也不说。戴诺又进去，小心领悟操作，刚到位，忽然发现沙发扶手边有两个新鲜的烟头，便噢地弹起，猛提裤子蹿了出来。

杨助理说，我们这里的厕所都这样，男女共用，一份报纸还可以互相传阅的嘛。

后来使用厕所，戴诺都要请拉拉把门。傍晚，拉拉站岗的时候走神，一只小鸟突然闯进厕所，戴诺惊惧得差点人仰马翻，小鸟也被她的尖叫吓得更加尖叫。大鸟众小鸟都赶将过来。拉拉说，没事没事。大鸟脸色很是漠然。

陪我下去办公一下。戴诺站在拉拉的床前说。拉拉头都不抬。戴诺踢了踢拉拉悬在床边蹬着旅游鞋的脚。拉拉说，就用楼下的给你的木盆子啦。洗了脚，你就顺便在里面把事情办了。

戴诺又重踢了那只脚一下。拉拉把脚移开，手上的游戏机操作依然不停。

我揪你耳朵！

左边吧，方便。拉拉依然不抬头。戴诺伸手去揪右边里侧的耳朵，拉拉拦腰把戴诺抱倒。戴诺一巴掌甩在拉拉脖子和下颚之间。戴诺站了起来，径自往楼下走。拉拉也站了起来，跟着下去了。

厕所门前，也吊着一支 3 瓦的幽幽灯条。

九点刚过，楼下好像是大鸟"呜喔"的声音，呜喔的声音响过，灯就全部熄灭了。戴诺把木门关了，拉拉没有关门。戴诺钻进被子的时候，感到又冷又硬。被子可能用米浆浆过,有米汤的味道,硬硬的像纸板。入秋的山村之夜寒意很重。今天很累,但是睡不着,因为时间太早,更因为脚心冰凉。脚心冰冷得像连接上一对尸脚,虽然泡过一小盆热水,但上床后早就冰回去了。睡不着。

手心渐渐热起来,戴诺在被窝中,听着喜多郎的《和平之歌》,一边佝偻着身子,分别用手握着脚,试图使它们热起来。外面有遥远的狗吠声,这样静谧而黑暗的夜晚,好像身处古老的故事中。什么叫黑暗如墨、伸手不见五指,在都市的人们永远都不会明白,再怎么的,总有微光照耀着城里的人们。

换电池的时候,她听到一丝口琴声就在窗外黑暗的天际中徘徊。琴声不很大,甚至有点单薄,一种孤独悲抑的旋律,在黑暗的夜色中,像一条微微发亮的细线,单薄地盘旋、游弋在黑暗之中。琴声如诉,可是无耳朵可诉,井底似乎太深了,周遭群山如墨,如诉是如此的孤独而纤弱,怎么挣扎都苦苦地出不去。

口琴声在反复吹吟。

戴诺起床到窗前,窗外只有无边的黑暗,目力所及,连一点星光都没有。一味的黑,滞重如铁,什么层次都没有,除了这丝线般孤独的口琴声,视野中的一切,都像死去很久了。戴诺把门轻轻打开,拉拉的房门还是开着,里面一点动静都没有。她重新把房门轻轻关上,开始坐在床沿上使劲搓脚心。口琴吹吟的是同一支旋律,反反复复,无穷无尽的样子。吹口琴的人，在倾诉一种情感，是吹给自己听的。到了戴诺脚心热起来时，她已经能哼唱出这个旋律了。她开始难以摆脱对孙素宝的回忆，还有血淋淋的杨金虎。黑暗中，杨金虎张着的那只眼睛，那只令她无法回避的眼睛，在幽幽暗亮，它在旋律游弋不去的黑暗中，显得眼光温和而无奈。那是虐待狂的眼睛吗？

戴诺不知什么时候睡着了。她看见水流中有一具裸尸，光滑如玉的女尸，顺着急速流动的沟渠，小舟一样航行，遇到障碍物的时候，她起身避过，随后复原平躺如舟，顺水航行。戴诺从睡梦中惊醒，耳畔鸡鸣阵阵，天光如牛奶一样，停留在窗外。

早饭是地瓜稀饭。杨助理说，金虎的舅舅很忙，这两天没空。杨助理解释说，一方面他要送四个村庄的信件和报刊；另一方面，什么山的电话线路有问题了，他要帮忙检查，因为线路员结婚去了。还有孙红凤不在了，杨招弟还在那儿。

三个人就到水井头的理发店找孙素宝的结拜姐妹杨招弟。原来以为不到八点，理发店还没开张，可是，到了水井头，小小的理发店不仅开张了，还有两个中年男人在里面，一个等着，一个在推头。

杨招弟也长着一对毫无秋波的铜铃大眼。一张非常柔软红润的嘴巴，位于结实的腮帮子间。杨招弟见他们进来，腼腆地笑了笑,说,坐嘛。

生意好啊?戴诺说。杨招弟说,不好。我也想出去打工,可是,我公公婆婆身体不好,等他们身体好了,我一定要出去的。

孙红凤到哪儿去了?到广州嘛。杨招弟说着眼圈就红了。戴诺挺纳闷。杨助理替她说,不在了,是自杀的。她死在珠海了。

为什么?杨招弟用本地话说了一句什么,泪光就明显了。戴诺说,为什么自杀?

活得不好嘛。她以前给我写过信,说天天上工,天天加班到半夜十二点,日本人一个小时给她们一块八。上厕所都有规定时间嘛。过年都回不了家,因为买了车票,就没有钱买礼物带回家了。她就寄了两百来块钱回来。后来,人家带她到一个酒店,酒店嫌她不够好看,也不会溜旱冰,不要她。说因为城里的酒店,端盆子都要会溜冰的。真是奇怪。是不是?我就不相信,那怎么端菜嘛?

戴诺知道有些大酒店是这样的,踩着旱冰鞋的服务员来去如风。戴诺含糊地点了头,让她往下说,反正店里有人理发也不好调查。杨招弟说,别人又介绍她到一个小酒店,身份证什么东西都被老板管起来,还给她们添置了衣服,没有几天,她就知道了,原来就是做婊子嘛。她当然不做。她跟我说要找新的工作,还想学电脑。后来,就跳大桥了。现在尸体还没找回来嘛。

你们三个很要好是吗？姐姐妹妹怎么排？

我最大，素宝第二，红凤最小。素宝比较吃苦能干，脾气也好。以前她在的时候，我们店里生意很好。她公婆都非常喜欢她，他们两个出事的时候，她婆婆大哭，说媳妇在家连吃鱼都是自己吃鱼头鱼汤，把肉让给他们大家吃。素宝是这样的人。不过，好人命也不好。再怎么样，你杀了老公，谁还再说你好嘛。去年这个时候，她送小孩回来，我们两个晚上没睡觉，一直讲话。我就劝她了。她没有听我的话嘛。

两个来理发的男人一直阴鸷地盯着戴诺，那种眼光好像不全是男人看女人的眼睛，令她不快也不安。讲不清为什么，甚至她觉得两个男人，就是来探听情况的。但是，戴诺暗暗兴奋。她知道她马上要进入一个巨大的宝藏了，可是，她不希望有外人在侧，尤其是一直盯着她的外人。

这个问题，等你忙完了，我们好好说，好吗？

前面那个男人走了。第二个男人开始洗头。这让戴诺拉拉都感到诧异，没想到他们也有专门洗头的业务。镜子边的一张杂志大小的硬纸上，用圆珠笔涂粗写着"单洗1元钱""单剪1.5元"等字样。招弟看到拉拉起身看价格表，就说，还是素宝上次来的时候写的。她说城里人爱洗头。

招弟对城市的生活非常好奇，她问了很多关于城市的问题。她甚至说，你们知道吗？农村有很多人是在城市自杀的。所有的大城市，自杀的人，大部分是去打工的农村人。报纸上有统计数字。

杨助理说，你听谁说的？招弟有点得意，一个地质队员说的。他来我这儿洗头嘛。你以为我什么都不知道？我知道的东西多着呢，镇里的人有的还不如我！

一个抱着孩子的妇女走进店来，说，快去了，招弟哟，你公公叫我叫你了。家里有事。

招弟正在兴头上，不想去。妇女说，你公公不高兴了。还不快去？反正我是叫到了，你不去是你的事。招弟似乎拉下了脸，用本地话嘀咕了什么，然后对拉拉笑着说，我去去就来！

可是，招弟去去没有来。一直到中午十二点半，还是没有来。杨助理说，不会来了，回去吃饭。拉拉说，我看到外面有个小店，卖着米粉干和豆腐，我不想回去吃了。

那这店谁看？

杨助理说，这小店，谁要！我们走。

再也没有见到那个叫招弟的姑娘。下午他们在店外等了很久，没人。后来，拉拉陪着戴诺又到店里去找，这次，连店门都不知被谁关上了。什么人也没有。回去的路上，走着走着，拉拉的脑袋就被什么东西打了一下。四顾之间，又一颗小石头飞来，差点打中戴诺。

是弹弓？拉拉说，果然很凶险。

戴诺说，肯定是小孩瞎胡闹。你紧张什么？

我实在不喜欢这里。如果我牺牲了，你怎么运得动我的尸体呢？

你少烦人好不好？！要死人家也是要我先死！戴诺突然火了，甩下拉拉径自跑了。

晚餐的时候，谁也不说话。三只鸟三个客人。晚饭过后，杨助理又走了。戴诺吃了几口饭就上楼了。不知道拉拉去了哪里，两个小时后，他嘭吱嘭吱地脚步很重地上楼，在戴诺的门口，他用奔马一样的指法，敲击着戴诺敞开的门。要不要陪你去办公一趟？

从厕所出来，两人算是和好。戴诺说，我非常想洗澡。昨晚我就没睡好。

我刚洗过。桥的上段水深正好。不过，水非常冷。我练过冬泳，你行吗？

很黑呀。戴诺说，其实她也怕冷，但是，不洗澡她将更加难受。早上起来问过店家，大鸟没有表情地点头，指着小天井上一个有些长青苔的大木盆，表示她可以烧点水。戴诺却步了。

到了黑漆漆的溪边，拉拉说，我就不下了。戴诺不敢一个人摸到黑乎乎的水里，怕水里有些什么，因此犹豫。拉拉说，我是该陪你下。可是，不瞒你说，我的纸短裤忘了带，所以，我只有一条短裤，我必须裸泳。你介不介意？

戴诺没说话。在这里，看人就像剪影。她脱得剩下内衣下水。水比想象的还要寒冷，冻得手指立刻发麻，人也开始哆嗦。拉拉哗哗哗地游动起来，一边吆喝着，快游！别停！

一游马上就热了！快动啊！

两人飞快地游着，但是，没两下就碰到溪石了。因为不知水深水浅，游得放不开，反而更冷。戴诺忍不住叫喊起来，啊——声音在发抖，仿佛被如铁的黑暗弹得粉碎，她自己听了更冷。拉拉游到她身边，将她一把抱住。

原来还穿着比基尼。拉拉的声音也在发抖。戴诺说，回去吧，回去吧。我受不了了。

回到旅店，头发还没擦干，就听到大鸟发出"呜喔"的熄灯信号。一路走来，拉拉始终把手放在戴诺肩上，并没有再说什么。各自回房。头发还是潮湿的，戴诺站到自己房间的窗前，看着村庄一盏又一盏的烛光，相继消失在黑暗之中，黑暗的成色越来越重，越来越厚。忽然间，一阵激烈而空洞的狗吠声，在远远的什么地方骤起，像是谁招惹了愤怒的狗们。慢慢地，狗声、人声，都消失了。

口琴声又出现了，在滞重无边的黑暗中，它纤细得像一束轻烟，那么无依无靠，那么寂寥惆怅。还是昨天的曲子。口琴停了一会儿，一个有点远的男声出现了，他唱得并不大声，但是，静谧之中，低沉的嗓音十分清晰。戴诺仔细听了一下，听不明白：

甘——听——哦——吻——崴——阶——默——
甘——听——哦——吻——崴——哄——嘿——

戴诺回到床上，使劲搓着脚板心。吹奏人的乐感很好，唱得很朴实，但是，因为朴实，里面传达出来的孤独感非常真实强大。戴诺原来想听听自己带的音乐片子入睡，结果被哀婉寂寞的口琴声缠绕得有些感动，听着听着便睡过去了。

但是，她又见到了水流中的女尸，这次，水中裸尸起身躲避障碍物的时候，冲着她突然笑了一下，红红的血流，顿时从牙缝中流下来，牙齿全部染红了。戴诺大惊，原来女尸就是孙素宝。戴诺睁开眼睛。眼睛前方，仿佛一千年的黑暗中，涌出了几个星星般的光亮点，旋转着，快速旋转着，分明是杨金虎剩下的那只眼睛上的白光，向她挤压而来，晶亮而锐利。戴诺失声大叫——拉拉！钱拉啊！

拉拉没有任何反应。戴诺哇地哭出声来，灵动的光点霎时停住了。戴诺一跃而起，嘭吱嘭吱地扑进拉拉的房间。拉拉的鼾声骤然停止，他刚转头，戴诺就蹿进他的被窝中。拉拉猛地坐直了。

什么事？！

……鬼……发亮的……

在哪儿？

我房间……

拉拉似乎犹豫了一下。我去看看。戴诺紧紧抱住他，但很快，戴诺放手了。拉拉跳下床，嘭吱嘭吱地光脚走动着。他的声音很大，可能是给自己壮胆，他说，谁开了楼梯路灯,是你吗?

戴诺蒙头在被子中。拉拉走到戴诺房间,停了一下,嘭嘭嘭地又回头,到床边,把戴诺拖出被子。鬼在哪里?!

戴诺说,在我房间。

屁鬼!你带我去看!

戴诺不肯。拉拉也钻进被窝。说说那鬼是男的还是女的?说啊?

是亮的,在转动,是人眼睛上的光,是他的……

嗨嘿!我的天!你这白痴!我告诉你吧,这里和城市不一样,过分黑了。我们睡下的时候,漆黑一片,你半夜醒来,突然看到有光透过木墙上的疙瘩小洞,你就发生错觉了。不信我陪你再去考察一下?

戴诺基本相信。但是,是谁半夜开了灯呢?她已经不敢再回自己房间了。龟缩在拉拉怀里,她不再说话。我不是柳下惠。拉拉说,我真的不是柳下惠。拉拉大吼了一声。

合作完毕。戴诺说,你回老家干吗?你和你哥哥怎么回事?

他死了,真的死了。车祸。

我觉得你像在胡扯。回家你有工作吗?

我回家就是继承我哥哥的事业,继承他的一切,包括岗位、妻子、女友。他们结婚了,婚礼还没进行,拖拖就突然发生车祸了。

怎么会这样?戴诺说,对不起。

我和我哥是孪生兄弟。我们互相之间总有感应。那天，他车祸前两个小时，我的头就突然疼得很厉害，左半边。我感觉非常不好。我就打他的电话。他在开车，他说没事。他还跟我开玩笑说，高速公路边最好多挂点美女广告牌，否则实在令人疲劳。我说，没事就好啦，你开车小心点。大约三个小时后，我接到电话，拖拖车祸身亡，他左半个脑袋都撞烂了。

拖拖的女友是和我们一起长大的女孩。我们家调动后，她家还在那儿。拖拖是大学毕业实习时，再回到那里的，结果发现那个女孩已经长大了，他们互相一见钟情，并相信曾经青梅竹马。当时，她父亲已经举债创办打火机厂。拖拖为了爱情，辞了公务员，下海和他一起干，三年过去了，现在他们的产品在日本出口势头刚刚转好，拖拖那个笨蛋却出事了。

拉拉停了下来。戴诺以为他在黑暗中流泪了，或者不想再说了，因此也没说话。拉拉说，你想睡了是吗？想睡就睡吧。

我很难过。戴诺说，为你哥哥惋惜。那个童年女友，是叫小鸡毛的吗？

是。小鸡毛长大了。什么叫女大十八变，我才明白是真的。我理解拖拖一见钟情是有道理的。拖拖是个非常强悍的男人，任何时候都意志坚定。他曾说，小鸡毛学的是幼师，因此，说话做事十足的孩子气，连打个喷嚏的声音都像猫咪。她给他带来了极大的柔软感和安全感。参加我哥葬礼后，小鸡毛爸爸找我谈话，问我愿不愿意跟他干，他说，他已经习惯我哥在他身边，他相信我能干好。最重要的是，小鸡毛也习惯了。我一出现在他家，精神几乎失常的小鸡毛就把我当成拖拖了。从第一眼见到起，她就一直叫我拖拖、钱拖。

你爱她吗？

我想……会很爱的。她是可爱的，她天生就是那种激励男人像男人的人，和我们的妈妈不一样。我也喜欢柔软的女人。我们毕竟是孪生兄弟。

你母亲怎么了？

那是个有洁癖的女强人，一个小官员。四十多岁就积劳成疾。她到死都认为，如果没有我和拖拖，她一定会取得更大的进步。记得小时候，拖拖和我经常弄得身上很脏，有一次，她暴揍了我们后威胁说：谁——再不注意卫生，就连人带衣服，统统塞入洗衣机！她将放进很多洗衣粉！当时，着实把我们兄弟俩吓坏了。我认为会被淹死，拖拖认为会先被呛死！她是个天生漂亮、成天拧着眉头、厉声说话、不像女人的人。私下里，我和拖拖认为，她本来是可以驾驶宇宙飞船的，但不幸却驾驶我们家的"拖拉机"——我胆小的老爸，名字里有个"基"字。你看她给我们兄弟起的名字，就知道她英雄的心中，对我们多么仇视和失望。

127

招弟就地消失了。次日上午，戴诺他们又到她的小店前转悠多次，始终门户紧闭。戴诺请杨助理带路到她家去。杨助理说，她公公一家在村里势力很大，闹不好被赶骂出来，没意思。

为什么会赶骂我们呢？拉拉非常奇怪。

你们不知道，这个地方的人，特别心齐的。在镇子里嘛，一个羊公村的人和别村的人发生口角了，只要有一个羊公村人路过，那么，他就一定会不分青红皂白地冲上去，甚至比当事人还火冒三丈地大打出手。不信你到县里打听打听，羊公村的人惹不惹得起？

那这和我们的调查有什么关系呢？

他们的人被杀了嘛！还没关系！不瞒你们说，我二舅这两天就一直交代我，公家的事少管。你交代我要在笔录上签名，可是，我就担心我签了，村里的人对我二舅会不会有意见。还好他们自己都不肯签。我二舅妈说，村里的老人都说，杀掉自己男人，在这个村里，有天有地以来，还从来没有过。有的老人说，看这个女的相，早晚要杀人的。

为什么？戴诺问。唉，杨助理说，老人的话都是迷信。外面传来她杀男人的事后，他们议论说她长得像骚狐狸，还说整个羊公村，最早涂口红的就是她。唉，迷信落后嘛。没什么好说的。

都没有人说她好，是吗？

自己男人都敢杀，谁还说她好。你不是听到，连她最好的结拜姐妹都说,再怎么也不能杀人嘛!

杨助理勉强带他们去招弟的公婆家。其实她公婆家离他们住的地方不远,靠山边一口青砖水井旁,就有一个青石块铺就的院子,院子里鸡鸭悠闲地到处走动,一只红脸黑鸡,咯咯咯像个咳嗽的老人。昨天那个来叫招弟的妇女,在腌制一坛咸菜。一见他们,什么招呼也没打,甩甩手就奔进了里屋。

杨助理说,你们等一下。他也进了里屋。等了一会儿,戴诺也想进去,可是,里面却有了动静。杨助理和那妇女一起出来了。妇女显得很高兴。妇女很高兴地对他们说,病了病了。杨助理说,招弟的头被人打伤了,已经回了娘家。她公公婆婆正在生病。

戴诺发了一阵呆,她不知道是杨助理被骗了,还是她被杨助理骗了。待了一会儿,戴诺说,那么再去金虎家看看吧。也许他们愿意签名了。

杨助理说,肯定白去!就是他敢签名,也会被村里的人笑死嘛。

村里人知道我们是干什么的?戴诺问。

律师嘛。律师都是帮坏人的,村里人都知道嘛。

是你说的!拉拉说,你就这么介绍的!

我来联系的时候,没说什么。他们就是知道!你们还想隐瞒身份?

拉拉猛地推了杨助理一把:你领工资是干什么的?!

杨助理煞青着脸,站住了。拉拉也挑衅地斜睨着他,不动。

在他们中间的戴诺,赶紧张开双臂,挽推着他们走。走吧,走吧,小杨也是替我们着急。没事,走吧,去金虎家看看。

一行人刚踏上歪歪扭扭的石阶,还没走近那个芭蕉丛生的黑瓦平房,只见金虎家的两扇木门,就重重地关上了。他们就站住了,杨助理肩膀脖子配合得很洋派地耸了耸瘦肩。

戴诺说,你学了多少法律?杨助理说,一个多月哪。是在县里办的培训班里。结业的时候,我考的分数最高。我本来想再学一点,去考律师,不过我考了不在这里当,我要去你们那儿,去深圳、去广州当名律师。我要去挣大钱!这里太穷了,没意思。

那你赶紧学啊。拉拉说。

现在不行。杨助理慎重地说,我还在恋爱,也不是恋爱,我们镇长的女儿长得非常非常那个。我还没有解决她。解决了我就打算结婚嘛,结了婚,然后就读书考一个律师,带上她到你们那儿赚大钱去!

拉拉非常不友善地纵声大笑。戴诺说,你很了解律师吗?

律师嘛,就是根据事实和法律,提供证明犯罪嫌疑人或被告人无罪、罪轻或者减轻、免除其刑事责任的材料和意见,维护他们的合法权益。

拉拉说，背得不错，傻×！

杨助理捏起了拳头。戴诺怒不可遏地踹了拉拉一脚。

晚上，杨助理和他们一起住店，两个男人不知道交流了什么黄色段子，在一个房间里不断发出笑声。拉拉力邀杨助理前往裸泳，但杨助理吓坏了，说会得关节炎的。拉拉、戴诺回来的时候，杨助理在玩拉拉的掌上游戏机。拉拉说，如果你表现好，我可以送给你。

两个人的关系又进了一步。熄灯之后大约一个小时，孤独的口琴声，又从黑暗中细带子一样盘旋而起。戴诺到底忍不住，举着蜡烛嘭吱嘭吱地去敲拉拉他们的门。杨助理就在床前就着烛光玩游戏机，拉拉站在窗前发什么呆。

戴诺说不明白什么曲子这么令人忧伤。拉拉随口哼唱，说，《今天我非常寂寞》啦。戴诺还是不明白，吹口琴的人好像是用广东话低声唱的。

杨助理说，他怀念过去嘛。这个是个瘫子，摔瘫了就从城市回来了。城市人当不成了嘛。

杨助理懒得说这个故事，他头也不抬地说，瘫子年年吹，起码吹了三年这首歌，结果，只要有客人下乡，不管扶贫还是计生的，人人听了都受不了，人人都要问。他实在讲烦了。他已经叫瘫子换一首歌，可是，瘫子就是不改。真是无聊。杨助理说。

戴诺把所有的蜡烛吹灭了。杨助理玩不成游戏机，只好讲瘫子的故事。可能很久没讲，讲着讲着，杨助理自己来了激情。他说，瘫子没摔瘫之前，据说是全村最帅的小伙子。四年前和镇上一个镇花，到广东打工。镇花在一个大酒家从普通服务员变成了迎宾小姐，成天旗袍衩高高地站在大酒店门口的风中迎宾，后来酒店开辟了全城最大的洗脚城，镇花毅然拜师学艺，不久就成了最红的足浴保健员，人人进去都点迎宾员 100 号。有人为了 100 号，情愿等两个钟头。

相比女友，瘫子运气很不好，打了多份零工，都不顺。所带的盘缠全部花光，后来都是靠女友接济。女友开始烦他，想给他钱，让他回老家。瘫子不肯。后来看到汽车站点上有招募男女公关的广告，广告称俊男美女一旦入选，即可月收入逾万。瘫子自忖形象不错，硬着头皮再向女友借了 800 元，按广告写明的账户，将所谓报名费培训费全部存入，然后打了对方联系电话。可是，对方确认了他钱进账后，再怎么联系电话也不通了。

瘫子这才知道碰到了骗子。狗急跳墙之下，瘫子铤而走险，想偷回 800 元还给脸色已经不好的女友。他利用曾经送鲜奶对城市大厦的熟悉，踩好点下手。可是，那天，偏偏社区义务巡逻队员发现了他，警车迅速过来。惊慌之中，他竟然从 6 楼跌了下来，当场就站不起来了。也好，人家警察不要他了。所以，人没关，刑也没判，就给遣送回来了。现在，他成天做他的城市梦呢。广东话一句也不会说，偏偏要用广东话唱，好像就他当过城里人。就算你唱得和广东人一模一样，你还不是羊公村人？搞不过城市，瘫着回来了，你还有什么本事？等他瞎眼老母死了，看他还有力气吹口琴吗？嘿，我二舅说，村里人连狗都瞧不起他。

那他的女朋友呢？

谁要管他！听说是和一个大款结婚到香港去了嘛。前几年回来，还来看他，提了点礼物，听说瘫子当场像疯掉了，把所有的礼物摔出门外。"啊——啊——啊——"地鬼叫了两天两夜，从此，不再说话，就开始吹口琴唱歌了。

原来计划两天完成的工作，因为不顺利而耽搁了。金虎的舅舅不知是不是推托，总是传话说没空，要等。连续两天到河里洗澡，戴诺开始发烧，而且发现，每天出门回来，留在住房里的东西，都被人翻动过，相机的镜头盖也失踪了。拉拉脾气很坏，有一天黄昏，猛然拉起戴诺在窗前狂吻，然后突然抄起桌上的塑料肥皂盒，砸向对面的窗户。对面窗帘后面随即传来凳子翻倒的声音。

拉拉放开戴诺，一屁股坐在床上，臭着脸不说话。戴诺猜到了，对面的窗帘后面，有双眼睛天天在窥视。拉拉说，那肮脏的老头，用窗帘遮了大半个脸！拉拉又说，让她死吧，该死的就让她死吧。别费劲了，我们回去！我烦了！

吃中饭的时候，杨助理说，下午四点左右，金虎的舅舅同意送完信报后过来一下，地点还在金虎家。拉拉很高兴，他早就算过了，如果今天再调查不成，那么两天一班的汽车，就意味着他们又要多待一天。所以，他拍着杨助理的肩头,说,小子,能干。欢迎到特区发财去!杨助理瞪了他一眼,一抖肩头抖掉拉拉的手。

杨助理用本地话,让大鸟煎了一份退烧的草药。大鸟交代喝了就睡觉发汗。可是,戴诺睡不着。他们的生物钟,也快调准日落而息日出而作的节奏了。拉拉伏在自己的窗前,饶有兴趣地看什么。戴诺也走了过去。

院子中,三只小鸟和两个肮脏的女童,在树下做游戏。戴诺看了一阵,大致明白了。院中四棵树,孩子们一个占据一棵树,第五个孩子踩着院子中间的一个旧铁罐。他要防止其他孩子冲击踢响铁罐,同时,他还要去拍别的孩子守护的树干。而占据树的孩子,彼此间又互相混战,千方百计要拍击别人的守护树。谁被人拍了,又拍不到别人的树,或者踢不到罐子,那么他就输了,就让出树,到中间做无产者,守那个破铁罐。但是,如果有孩子占据第三棵树,那么所有的孩子,都要上去和他握握手,表示和平。但是,和平总是不持久的,每一次开战,总有孩子想要拍第三棵树,而拥有第三棵树的孩子也可能自毁和平,发动侵略。

拉拉心情很好,说,如果我下去,他们会接受我参加吗?

你可以去试试,但小鸟们肯定不要你。

戴诺尽管有很多思想准备,见到金虎的舅舅还是暗暗惊讶。她第一感觉就是他们把自己往虎口里送了。那个乡邮员就站在金虎家门口的石阶上，仿佛就等着他们来。他的肩膀异常宽，肩头内卷又高耸，身架十分怪异。一双铜铃豹眼精光灼人，但又阴沉如铁。铜铃巨眼下是高耸而发亮的颧骨，下巴却急剧地缩了进去，看上去就像石刻上的外星人。

在他居高临下、阴沉不动的目光下，戴诺觉得有点手足无措，石阶踏得十分不自在。拉拉似乎也感受到不良氛围，把手搭在戴诺肩头，但又马上放开。

乡邮员第一句话是，你们想干什么？！

戴诺说，对不起，我们可以到里面谈吗？

人死了，就是一命抵一命！找我干什么？！乡邮员根本没有请他们进屋的意思。两个老人站在门槛边。老婆婆抱着孩子。戴诺看着杨助理。杨助理用本地话，用非常江湖的表情说了几句什么，乡邮员瞪起眼睛，很烦躁地吐了一口痰。杨助理的表情变得十分讨好，又削削削地说了什么。乡邮员用力地掉过身子，往房屋而去。他们赶紧跟上。

戴诺完全被他的气势镇住了，不由得有些结巴。她很想讨好一把，让他感情顺一顺，可是，因为情绪调度不好，反而显得很虚伪。她只好直接发问要害问题。

七个月前，素宝打电话给你说，金虎在她肚皮上刻字的事，你当时是怎么劝导她的呢？

乡邮员警惕地听着。好久不说话。

素宝说你在家最有文化，有见识，为人也很公正，所以，生活的麻烦向你诉说，心里会比较好受。

乡邮员还是不说话。一双豹眼盯着门厅中间的大岩石，一动不动。

你有没有打电话批评教育金虎？

乡邮员还是不说话。

老婆婆突然用本地话冲着戴诺急急忙忙地说了什么，看那个表情是在指责什么人，准确地说，像是在责怪自己的儿子。但是，乡邮员极其愠怒地瞪了自己姐姐一眼，那目光让人联想到张嘴的狼牙。老婆婆讪讪地立刻住嘴了。紧接着，金虎的父亲用力扭过脸，对老婆低声简短地吼了句什么。

场面一时寂静极了。戴诺觉得这种寂静像胶水一样，她一时难以自拔。拉拉终于憋不住，说，你到底有没有接到过孙素宝的电话？！

戴诺嗡的一下，整个脑袋云蒸霞蔚地膨胀，本来就因为高烧发红的脸，蓦地赤红欲血。她紧张绝望地看了拉拉一眼，果然，乡邮员开腔了。

他吼着：没有！什么鬼电话？小娼妇没有给我打过任何电话！

乡邮员霍地站了起来，咄咄逼人地指着戴诺：自己的男人杀得，还有什么事做不得？！还有什么事算事！还有什么脸请人来调查她的好！良心啊，摸摸良心好不好？！这个家，她公公、她婆婆，一辈子老老实实，对她比亲生儿子还好，全村的人都知道，小娼妇她到底还要什么！啊？！她还要什么嘛？！天上雷公、地下舅公，我这个做舅舅的，我只要公道！杀人偿命，法律上写着的！杀了这个千刀万剐的小娼妇，马上就杀！我就是这个意见！你记下！我签字，我负责！不相信这天下还没王法了嘛！

　　戴诺有点烦躁，发着烧的脑袋，产生了迟钝的昏沉感。她感到有些厌烦，但竭力控制了情绪。杨助理不知为什么在一旁点头不已，好像是向乡邮员表明他个人态度，和外地人划清界限，又像是告诉戴诺、拉拉，他早就知道是这样的结果。戴诺明白指望不上他，只好抱着膝盖，定了定神。等乡邮员发作痛快重新坐下来后，她才小心翼翼地说，这小两口平时很让做舅舅的操心吧？

　　乡邮员死死紧缩着下巴，警觉地看着戴诺，眼珠子非常难看地一动不动，那副样子，就像一只充满敌意的、随时准备一跃而起的猛禽。

　　戴诺说，我看到素宝肚皮上的字了，写的是骂人的字。素宝说，她第二天就打长途，向做舅舅的告状了。我是说，金虎在家有这么发急发狠过吗？

　　老婆婆剧烈地摇着头，乡邮员又狠狠瞪了过去。

　　乡邮员不说话。过了一会儿，他慢慢站了起来。他把整个食指塞入鼻孔，狠狠地掏挖着，像挖一座煤矿。他掀着鼻孔，瞪着戴诺一字一句地说，我告诉你，天下夫妻都会吵架打架，牙齿和舌头都会吵的！不管怎么样，是夫妻，再坏，也没有杀人的罪！你翅膀硬了是不是！你会赚钱是不是！你的男人靠你养是不是！你了不起你离婚嘛。金虎不同意我同意嘛！我叫他离！他从小就听我的！杀人？谁给你这么大的权利？！自己的男人打了几下，就可以杀掉？荡妇？要我刻，索性先刻死她！省得自己把小命搭上！

你怎么知道刻的是"荡妇"？

乡邮员愣了愣，说，不是你说的骂人的话？

但我没说是哪两个字。

我也没说！乡邮员暴怒了。咣地一脚踢翻了所坐的四脚凳子，还不解气，狂怒中又是一脚，凳子被狠狠踢出大门外。凳子飞向芭蕉秆。败破的芭蕉叶在四合的暮色中，剧烈地抖动了两下。小女孩一咧嘴，哇地哭了一声，马上停住了，看看这个，又看看那个。

拉拉将他们带去的四支蜡烛全部点上。戴诺以为乡邮员会拒绝在她的调查笔录上签名，但是，他只是非常仔细地看了几遍，然后提出两点要求：一、把"荡妇？"改成"刻字？"；二、最后那句"我也没说！"补充成"我没说'荡妇'。我从来都没说！"

戴诺补上了，并请他在补过的地方按上指印。他又看了一遍，终于签上自己的名字。戴诺又翻到前面的调查记录，指望两位老人能补上签名。可是，老汉拿眼睛看着乡邮员，并被他的目光鼓励着，接过戴诺的调查笔录，转交给了乡邮员。两个老人的神情，隐约有些像不知道是否做错事而不安的孩子。

乡邮员才看了一页就把调查簿掼在长案上，马上又捡起来，对着老汉激烈地削削削地说什么，一边对着调查记录本指指戳戳。老汉用力指着老婆婆，似乎在急促地分辩什么。戴诺渴望地看着杨助理。杨助理竟然像个和事佬，声音像女人一样，绵绵软软地对老人说说，又对乡邮员说说，再对老人说说。

拉拉猛地拽了杨助理一把。

杨助理看着戴诺，梦醒似的说，不行了嘛。你们还看不出来？走吧。

晚饭桌上，戴诺和拉拉发生了口角。桌上的茄子和酸菜小鱼，令高热中的戴诺没有胃口，情绪败坏。戴诺向大鸟讨了开水泡了饭，又调了些酸菜到碗里，可是，水饭中浓烈的鱼腥味令她反胃。她突然就火了：见鬼！你好好的为什么要突然发问？！

拉拉愣了一下，明白过来是指责他，突然也火了：你可以不记嘛！

什么记不记，你坏了我的计划！

你什么计划？在我看来，完全是诱供！

没有提前准备，我诱供得出来吗？我的调查你别管！

你以为我爱来啊？谁求我来的？是啊，我早就该知道，我什么也不是！我只是不要钱的保镖！

嘭！戴诺摔下手里的泡饭碗，站起来就奔上了楼梯。

这一夜，戴诺也不知道自己是不是睡着了，反正迷迷糊糊间,一丝细细的、微微响起的口琴声,在无边无际的黑暗中,在她昏昏沉沉的意识中,无穷无尽地萦绕穿梭、穿梭萦绕。

她是被人猛烈摇醒的。起来。吃饭。赶车。拉拉臭着脸,背窗而立,站在牛奶一样的晨光中。

回家!马上就要回家!马上就要离开这里!一连串念头闪过,戴诺心情马上敞亮轻松起来。下楼梯的时候,她感到冷。吃了半碗不热不冷的稀饭,她更感到冷。拉拉始终给她一张臭脸。上厕所是杨助理替她站的岗。

等收拾好行李出门,拉拉已经结算好,靠在大门上看院子里孩子们的游戏。还是和平与战争之树的游戏。当一个女童赢得和平之树的时候,所有的孩子都奔过去和她握手,背着行李的拉拉也过去,笑嘻嘻地和那个脏兮兮的孩子认真握手。女童羞怯地笑了,用另一只小胳膊遮挡自己的小脸。

一行人快走到牌坊的时候,一只小鸟追了出来,在后面拍了拍拉拉的背包。拉拉一转身,小鸟将一只黑色的镜头盖塞给他,就飞快地跑远了。拉拉用力吹了一声响亮的呼哨,孩子回头,停了下来,笑着。他和拉拉隔着五六十米远,他们开始互相挥手道别,另外两只小鸟和女童不知从哪里冒了出来,他们一起向拉拉大幅度挥动着细小的胳膊。

戴诺有点想向拉拉道歉,可是,开不了口。

过桥的时候,风非常大。本来就感到发冷的戴诺无法克制地全身颤抖,她觉得骨髓都在结冰,她才知道冷到这种地步你就有想哭出来的冲动。拉拉突然伸手摸了她的额头,额头如炭火。拉拉停下,把双肩包取下,他把外套脱了下来。

戴诺想拒绝,因为拉拉里面只是一件紧身的保暖黑内衣,但是,她没有说什么。拉拉知道她想说什么,低头耳语说,我也不愿意,但我是保镖。

杨助理要将骑来的轻骑摩托开回镇里。三人一路往车站走去。到了山边车站,三个人站在竹林丛中,俯望着下面溪河边三角形的千年山村。在时浓时淡的茫茫雾气中,它像一个远古的老梦。杨助理说,这趟班车永远都不准时。

有人在身后轻轻动了动戴诺的胳膊。戴诺回头,竟然是金虎的老母亲。老人扎着一个头巾。头巾中,一张枯黄落叶般的脸,纵横着干涸的土地龟裂般的皱纹。老人是想露一个礼貌的笑容的,但是,却把表情弄得既愁苦又羞怯。老人从腰部什么地方摸出一个平整整的手帕包,小心打开后,里面有一张纸片,还有折得平平紧紧的一百元钱。老人摇着头,把钱还给戴诺,又点头用普通话说"谢谢谢谢"。纸片呢,她自作主张地塞入戴诺所穿的拉拉外套口袋中。

不等助理翻译,戴诺就猜出来了,连忙把钱往她手上塞。老人坚决不收,推辞间老泪纵横,清鼻涕也出来了。戴诺眼睛潮红了。老婆婆擦着鼻子转身就走了。

戴诺把钱交给杨助理,然后又掏出200元,也放在杨助理手上:请你帮我追上她。一定交给他们。你现在就去吧,不要送我们了。杨助理正在迟疑,戴诺想起来什么,又掏出

200元，交给杨助理：这个，请你转给那个瘫子吧。

杨助理像做梦一样，跨上轻骑，启动了还在回头傻看。拉拉侧身空踢了他一脚，他终于加速离去。永远不准时的破烂班车终于来了。杨助理还没回来。拉拉说，他会不会私吞了这些银子？

戴诺打开了纸片。纸片上的字非常大，有点幼稚（没有签名）：

让素宝回家。孩子小，我们老了。

像从深井中东倒西歪地盘旋出来，汽车慢慢慢慢地接近天高云阔的正常世界。

羊公村越来越低，越来越细小，仿佛上面的人，随便吐一口痰都可以将整个村庄覆没。本来就难受的戴诺，一路呕吐着绿色的胆汁。她怕弄脏拉拉的衣服，坚持自己独坐，她闭着眼睛，头仰靠在破烂的靠背上。拉拉在听戴诺的耳机。来时戴诺曾说，喜多郎的东西太精致，像日本插花，不耐听，但最后一首《和平之歌》不错。拉拉听到那最后一曲时，将一只耳塞塞入戴诺耳朵，两人一人一只耳塞听着。戴诺闭着眼睛。尽管一人一只耳机，声道单薄的《和平之歌》依然控制了戴诺的情绪。两人默然无语地沉浸在音乐中。

来的路盘旋而下，归途盘旋而上。来和去，究竟有什么分别呢？

戴诺的泪水难以控制地悄悄流了下来。

拉拉终于发现。别这样。拉拉说，人各有命不是？我能证明你问心无愧。行了，行了。这么好强，你会和我妈妈一样，英年早逝，还人见人不爱。喂？

到小县城打了退烧针，戴诺坚持马不停蹄地乘坐跨省快运回省城。快运的长途车要豪华得多，戴诺睡了一觉。晚上近十时，到了省城，戴诺还在发烧。拉拉坚持先带她到中心医院挂了急诊打针后，再去找了下榻处。

按计划，这一天要把调查材料交到省高院。戴诺原来在这里实习过，也有两个同学分在这儿。但她只想见一个人，她需要见这个人。当年在这儿实习的时候，那人就是刑庭负责人，戴诺知道，那人对她格外细心关照，这是女人心领神会的关怀。同学说，他现在已经提为分管刑庭的副院长了。

睡了一大觉，面对酒店颇为丰盛的自助早餐，戴诺依然没什么胃口，只喝了一碗清粥。烧退了，额头至少不再烫手了，也不再呼出热烘烘的气息。戴诺说不需要拉拉陪她去送材料，拉拉还是很忠诚地将她送到高院大门口，并约好十二点在原地再见。

一个同学在合议案件，另一个不在办公室。戴诺公事公办将补充调查材料交到刑庭，随后到小办公楼找那个原来叫老师、现在叫副院长的人。那人在开会，戴诺打了他的手机，他请她在他办公室等他。看了两期《人民法院报》的《正义周刊》，那人就进来了。胖了。

那人一见戴诺，热烈握手，随后进了里间。戴诺听到电动剃须刀转动的嗞嗞声。那人在里面说，快五年了吧？越长越漂亮了，一直没你的联系电话，把老师忘了？

戴诺不敢抽烟，特意看了看指头，有点黄，但不是太明显。有一些男人令她感到危险。有危险，她就特别不愿意抽烟，瘾头再急，也忍着。因为在戴诺看来，抽烟的女人，会给人一种暗示，这个暗示将导致更大的危险。

那人胖了，老了，但是官态十足了。那人坐在戴诺身边，开始泡茶。戴诺把案子情况介绍了一下。那人说知道知道。戴诺知道那人并不太在意案件的事，更不在意她千辛万苦的调查。那人给戴诺茶的时候，捏了一下她的肩头，说，你要再胖一点。

戴诺说，累的。活着回来了。这次死在那儿也不是没有可能。那今天就见不到老师了。

嘿，有那么难吗？凡事不必太认真呀。

我觉得杀人情形太奇怪。一调查，果然被害人是个虐待狂，包括性虐待。如果你听我说仔细，你就明白他是什么人，杀人动机是怎么回事。但是，我这次取证很难、非常难。我也知道，这个调查材料在法律上，有点……

那人来了兴趣。

十二点差五分的时候，戴诺说，我请你吃饭好吗？明天一早我就回去了。

那人说好，边吃边聊，把你的故事讲完。

拉拉就站在大门口。他又买了新的游戏机,正歪着一个肩头靠在一棵树下聚精会神地忙碌着。远远地,戴诺指着他说,这人帮过我大忙。无业游民,人不坏。明天我将和他同路回去。我说好要请他吃饭的——喂!拉拉!

为他们互相介绍之后,副院长的黑凌志车,就轻轻靠了上来,将他们送到南湖公园边大榕树下的冬妮娅餐厅。戴诺点菜的时候,老师和拉拉寒暄了几句。她听到拉拉一本正经地说,我在菲律宾领事馆工作。菲律宾人都很麻烦。老师就和蔼地笑了笑。

没有喝酒,老师说下午政法系统有个会,脸红影响不好。戴诺在绘声绘色地介绍羊公村之旅。老师一直点头,说不容易,你这样真不容易。来实习的时候,我就觉得你会有出息的,就是太认真了点。老师说话的时候,悄悄地把放在桌下的手,置于戴诺的膝头,后来戴诺感到那手开始慢慢移动。垂下的三角形白色桌布,可能掩饰了他的忙碌。戴诺没有把腿移开,并保持着语音速度和内容的生动。这些都鼓励了那只手。

拉拉去了一趟洗手间。回到座位的时候,听到戴诺说,好啊,请我吃什么?

老师说,云中漫步,行吗?如果不喜欢西餐,就换一家。

云中漫步,太好啦。我喜欢那个调调,就是贵了点。就那家吧,不宰你宰谁。晚上几点?还请别人吗?

老师说，不，就和你叙叙旧吧。六点行吗？

戴诺说，OK！不见不散！

回到酒店，拉拉说，我要好好睡一觉。到了时间你走你的，别吵我。

晚上我们一起吃饭。

拉倒吧！我不想当灯泡！瞧你那老情人，恨不得生吞了你。我干吗自找没趣？

谁说我要去啦？

哼，我就不明白那家伙为什么还要点西餐。西餐两只手都要在桌面上忙，吃中餐好歹方便腾出一只手私下活动。是不是？你问问你的右大腿？

戴诺有点难堪，马上厚颜无耻地说，你怎么发现的？

我前面就是大墙镜啊，一对狗男女！我本来去了卫生间就想先走的，后来怕你怀疑我吃醋，不值得，只好奉陪到底。

戴诺说，告诉你，蠢猪，晚上我不去！因为我不去，我绝对不想去，也绝对不会去，所以我马上说去！我兴奋地说去！我恨不得马上干点什么！是不是？我像个准妓女是不是？蠢猪啊，你这个蠢猪，你懂什么女人！傍晚我就打电话，告诉他我在我同学家，上吐下泻。不可抗力发生。

这又是何苦？人家鸿门宴不也赴了，说不定你这一趟就救了人家一条命呢。

如果我的证据过关，不赴鸿门宴也行，反之，赴了也白赴,还腐蚀了好干部。戴诺笑了笑,再说,女人这样救女人,太糟蹋法律的尊严和男人的尊严了。是不是,蠢猪?——这样不好。

分手晚餐还是选在旋转餐厅。戴诺原来想送拉拉一张回家的机票,被拉拉轻蔑地谢绝了。你要知道,拉拉说,我的事业正在早上的太阳里。

为了弥补拉拉瘦了四公斤的抱怨,戴诺点了很多菜,两人喝了一瓶葡萄酒。拉拉还想再开一瓶,戴诺不同意。旋转餐厅的用餐者越来越少了,透明的大玻璃餐厅在城市的星空中,慢慢慢慢地转动着,在酒后的眼睛里,天上的星星和地上的街灯已经迷蒙地连成放纵的灿烂银河。

餐厅的背景音乐传来了《和平之歌》。两人互相看了一眼。戴诺招呼侍者,把音量开大点。两人不再说话,看着天上星光和脚下灯光在和平之声中慢慢慢慢地斗转星移。

戴诺说,要分手了,这辈子可能都不再见了,说句临别赠言吧。

说真话还是假话?

各说一句吧。

拉拉点头,说,你知道在沙妖酒吧,我为什么救你远离警察吗?——我当时以为你也涉毒。

为什么?

至少在那天晚上的光线中,你长得很像我妈妈。我记忆中的妈妈。

你是夸我漂亮吗？

是说真话，临别赠言中的真话。不过，男人都不会希望女人像我妈妈那样。

那么假话呢？

我——爱——你。现在轮到你说了。

我把真话假话放在一起说，你自己鉴别真伪，有一真，必有一假。一、你肯定不适合做我丈夫；二、我不相信我不爱你。

天哪，拉拉闭上眼睛，我搞不懂哇！

新年前两周，戴诺接到老师电话。老师在电话里声音低沉恳切：对不起，维持原判。

你一定很难过。你付出了太多，我相信那背后是客观事实。可是，老师低声说，审委会三票赞成四票反对，死缓通不过。还是证据问题。裁定周内就下。老师说，真的对不起，我做不到更多了。戴诺说，我知道。没事。

戴诺到看守所又见了一次孙素宝。孙素宝看到她异常兴奋。那是求生者意外抓住救命稻草的兴奋。戴诺暗自内疚。她孙素宝本来一被捕就心如死灰，可是，戴诺彻底失败的努力，又鼓励起她的生存希望。这是残酷的。

孙素宝兴致勃勃，近乎巴结地反复探问孩子情况，也问公婆身体情况。最后她竟然说，如果判我不死，我一定好好改造,争取早点减刑、假释,然后把我公公婆婆接来,一起好好生活。

每个关进来稍长一点的都这样,法律知识进步很快,她知道死缓,知道无期后面是什么。戴诺无话可说,抽完一支烟,她干巴巴地说,保重好身体吧。就退出会见室了。

宣判大会在新年元旦前两天进行的。那天风非常大,平时只有夏季热带风暴过境才有的情形,在冬季那个行刑日子,也相当程度地发生了。狂风导致了市府大道的多棵行道树倾倒。一支飞离女主人的疯狂花伞,突然挡住一辆出租车前窗,引发了不大不小的交通事故,塞车出现了,警笛长鸣,无济于事。

其实一大早就警笛长鸣。戴诺没有到中院去听判决。这种判决都是立即执行的。站在办公室的大玻璃窗下,听着隐约远去的刑车警笛声,戴诺在猜测孙素宝的反应。她陷入深稠的自责中。

主任过来,踱到戴诺身边陪着她看了好一会儿狂风中的街景。什么也没说,离开几步后主任又回头,递了一支烟给戴诺,说,有张晚上爱乐新年音乐会彩排的票,要不要?

戴诺接了过来。

下午去法院签收判决书的时候,很跩的法官看到她就说,嘿,早上怎么不来送送你的当事人?今天六个人,就数她厉害。哭是哭了,但马上就恢复正常了,还转着脖子到处看,是找你吧?听法警回来说,刑场上反绑着走的时候,她掉了一只鞋子,她竟然还很有礼貌地请求等等,后来还说"谢谢"。这个女人哪!——你去找老王,她还有东西给你。

审判长老王一见戴诺说,哦。老王从口袋里掏出一个绿色的折纸,是只半截指头大小的千纸鹤。是绿箭口香糖纸折的,也许就是第一次会见时,戴诺给她吃的那块糖纸。

戴诺捏着小千纸鹤尾巴,反复看着,离开了法院。

戴诺是音乐会的常客。今天心情极其晦暗。下午开始,天空中灰蒙蒙的细雨不住,她有点不想去音乐厅,但后来还是去了。新年音乐会总是一些大家都熟悉的老曲子,但令人意外的是,在观众不知是礼貌还是激情的持久的掌声中,灯光再度转暗,加演的曲目竟然是《和平之歌》。

一支轻起的长笛,像白鸽发亮的翅膀,婉转地在大地上掠起。戴诺有点发愣。闪亮的翅膀,推远了灰蒙蒙的长天厚地,向着天边、向着天边明亮的群峰山峦飞行。万水千山在聆听一个风向的声音,晨风中黑色的瓦片在等待阳光,芭蕉叶听到了清冽的溪水在千年的拱桥下流淌,孩子和童声一起奔跑,黑暗中,一线为深切的孤寂所控制的如丝口琴声,终于在井底挣扎而出……戴诺的身体僵直了。萧瑟的琴音皈依着发亮的翅膀,向着一个方向,渴望着,辗转着,滑翔着,明亮的远方在呼唤……

铜钹闪爆了,闪爆在整个世界。是戴诺的心脏,而不是耳朵,听到了这声振聋发聩的铜钹重鼓。戴诺霎时泪流满面。沉重鼓声又一声,冲击着她的心房。沉重的鼓声中,闪亮的翅膀还在有目标地飞翔，向着远方，盘旋着向着远方，它引领着越来越多的脚步。地平线上，越来越多的光明仿佛来自山峦后面的天堂。贫穷和落后、男人和女人、城市和村庄都在这光里。艰难而凝重的脚步声，越来越辽阔，在和平之光里，一声一步，一步一声……

戴诺泪水长流。她感到无法控制自己了。她扶着椅面轻轻起身，然后猫着腰踩过通道红地毯，快步奔出音乐厅。

戴诺一直冲进了霏霏雨幕中，伞丢在了音乐厅。她拐进了到处地灯微明的中央公园。公园的风雨清凉带着奇怪的微香。戴诺深深吸了一口气，突然尖声长号了一声。湖心亭上两个受惊的女人，相挽着迅速下了楼梯，匆匆走远了。

蒙蒙雨粉还是打湿了戴诺的全部头发。音乐厅里人们已经像黑色的蝗虫散了出来，又如散乱的蚁阵，移向各个街道，有一些黑蒙蒙的人影，三三两两往中央公园而来。戴诺从口袋中掏出小小纸鹤，托在掌心看了好一会儿，然后轻轻把它抖进湖水中。纸鹤歪倒在水面。这是一只小小的、不能飞行的纸鹤。

戴诺掏出手机，打了拉拉的电话。拉拉终于有了自己的手机，而且后面的四个尾数是一样的，也许就是拖拖的手机号。拉拉的声音听上去神气十足。

你好吗，律师？

很好。我想告诉你，维持原判。她今天上午被执行枪决。刚才，我听了一场音乐会，最后一曲是《和平之歌》。

你对它有印象吗?

……你哭了,律师?……

没有,蠢猪。小鸡毛好吗?向她致意。

她怀孕啦!

谁……的……

我不清楚。但是,我和钱拖有区别吗?

我想没有。恭喜你,钱拉。雨大了,我要走了。

保重好吗,律师?

穿过欲望的洒水车

电话

我找……马先生……

我就是!请问您有什么事?

我……想找个人……

好的。请问您是……?

你……那个……要多少钱?

请您先介绍一下情况,费用嘛可以商量。请说!声音大点。

一个人,突然就不见了——不知道收费到底贵……不贵?

请您过来面谈好吗?您不用担心费用,我们会控制的,再说,您是我们第一个寻人业务,我们会更注重业务形象的。请过来吧!

如果……很……贵,就……再看看吧……

不贵不贵！您请过来谈吧。要不，您先介绍一下情况？

突然就不见了……我也不知道……一点情况都没有了……我很想知道他到底在哪里？

他是什么时候不见的？请您大点声！

两个半月前。

这么久了？

是，突然就不见了。他一个人回他妈妈家，结果就不见了，他妈妈以为他回自己家了。他老婆怀孕了，他都不知道。

那么，不好意思，请问，他是您什么人呢？

我……找一个人……一般要多少……钱？

咳，咳，不是说了吗？根据情况再定嘛，有复杂情况，还有不复杂情况，复杂情况也是可以商量的。其实，能不能成功，前提是看您能提供多少材料。请您过来谈好吗？要不我上门服务？

不……不要……

一

深夜的马路，比白天要更宽广和深远，有点不像是人的世界。橘黄色的路灯光，像一吹就破的薄粉，从深深的黑暗中，悄无声息地洒向悄无声息的大街，等洒水车沿着这个薄粉色拱形通道，把水均匀地洒过去时，整个大街的马路，就像梦一样黑黑地发亮了。坐在驾驶室的和欢总会通过后视镜往后看，一直往后看，就像紧贴着梦的感觉，往前看，当然也深远，但也就没什么意思了。

这种德国进口的洒水车，驾驶座比原来那辆高。高高在上的和欢，常常觉得自己不是在开车，而是坐在一个前进的喷泉的中央。深夜静谧无人的时候，在一个前进的喷泉心上，她会恍惚起神仙一样的感觉。和欢就使劲卷起舌头，嘴巴扁得像鸭嘴，一个非常怪异的呼哨——非常响的那种，就出来了。有时候，和欢只呼啸了一下就闭嘴了，有时候则能一声连一声地呼啸完整个东十字大街。

这个时候，往往是凌晨三点最多是凌晨五点。反正不会超过五点半，因为零星地就有晨练、赶路的人冒出来啦。有人了，意境就大大地坏了，和欢打呼哨的意兴就阑珊了。但也可能是凌晨两点多一点。规定夜班是三点半，她可能在两点多一点，就把洒水车开上空旷的午夜大街。

那个教她打呼哨的人在哪里呢？

那天和欢又是提早上班。在渺无人迹的大街，她把车慢慢地、轻轻地——突突突突地开进每一个人的梦的边缘。她还决定来回开开，反正要把时间用掉。那天肯定不到三点，她开的是高压水枪，十几道水柱箭一样射出去，白刷刷的，非常急。和欢在高高的驾驶座上，眯着眼睛看后视镜，她甚至懒得看两边。突然她吃了一惊,有个人湿乎乎地蹿上了驾驶座踏板,用力地捶着驾驶窗门。也没捶几下,那人似乎马上就发愣了:他没想到深夜的洒水车上,竟然是个女人。

和欢的吃惊也很快消失,她懒得恐惧。她又开了一段,洒水车本来就车速很慢,也是可以快一点的,但是她不想快。那人就吊在车外。

那人显然是被冲得湿透了,尖头尖脑的,很像人们说的那种下了汤的鸡。想到这个,和欢笑了起来。那人好像知道她在想什么,在车窗外,奋力腾出手,把自己湿漉漉的头发,朝天拉直,让头发一缕缕鸡冠一样站起来。

和欢就把车停了下来。

那个家伙原来是喝多了。一坐进来,和欢就闻到了浓重的酒气。

和欢又开始行驶,轻轻地、突突突地,洒水车喷射出翼形水箭,恢复了马路的冲洗。寂静的大街像残梦一样线条简单。二十米宽的六车道大街,都在密集的白色水箭的冲击中伸展。

那个人专注地看了一会儿,然后开始在座位上雀跃。可能是全身湿透的缘故,那个欢快姿态让和欢觉得,他屁股底下有橄榄之类物品。他怪异地扭动着身子,热烈地说,很好!好!很好!

突然,和欢听到水晶一般,极其嘹亮的呼啸声。她扭头,就看到那个醉汉,嘴巴扁得像鸭子。和欢看着他,不禁点了一下头。那人重新扁起鸭嘴,嘹亮的哨声,再次超越了一道道水箭,穿透了整个黑夜。

和欢扁起嘴巴,但嘴里只发出嘘嘘的气声。那人把舌头伸出口,然后和手掌同步做了个曲卷的动作,又一声金属般锐利的哨声,飞翔起来。和欢卷好舌头,扁起嘴巴。那人歪头端详着,用力扁着鸭子嘴,又像检查扁桃腺一样,把嘴张得极大,再闭拢,然后伸手捏住了她的两腮,提提她的脖子,结果,还是他自己的鸭子嘴发出了哨声。

等和欢完全掌握呼啸技巧时,洒水车已经把东十字大街,东四、东八、南五、南六大街,全部冲透洗净。天蒙蒙亮了起来,路灯一盏盏相继熄灭。马路是湿的,街景之间有轻蒙蒙的淡雾,清新的早晨就从淡雾下面黑色的大街开始了。

又是一天了。

大约是四天后的一个凌晨两点,在海洋之心广场的取水点,和欢刚刚把那条像消防水带的帆布取水带接好,打开闸门,那个呼哨老师就过来了。他已经不再像汤里的鸡。

和欢扁起鸭子嘴巴,来了尖厉的一声。那人马上就跟上了一声更远的长啸,接着又是一声。和欢也扁嘴再起呼哨,但不响。可是,几乎同时,一个像烟灰缸一样的物件,从旁边的金河银河大厦上砸到了马路边的洒水车水箱上,还未开始蓄水的空水箱,嘭地发出空洞而惊人的声响。

两人疯了似的笑起来。叽叽叽、咕咕咕的,半天不停。

那个人笑完后把手搭上和欢的肩，和欢也把手搭在他肩上。那个人说，这抽满水要多久？和欢说，十分钟。一天洒几次水呢？和欢说，三点半到七点，十二点到十五点，十七点到二十一点。

哦，三次。那一天要用很多水呀。

要啊，两百多吨吧。

走不走？那人说，我喜欢半夜没人走的大街。

我也喜欢。因为我不能睡觉，所以我总是提早上班。

你为什么不能睡觉？想男人吗？

是，就是。

一声呼哨又锐利地划过夜空，紧接着又一声响了，在深夜，它们像流星一样闪亮。刚走过两个街角，一名警察和三名联防队员挡住了他们的去路。警察把他们马上分开了。相隔十来米，两个人看住一个。

警察说，干吗呢？

和欢说，走走。

走走？他是你什么人？

朋友啊。好朋友。大家都睡不着觉。

你的好朋友叫什么名字？在哪里工作？警察同时伸手要她的证件。

和欢愣了一下，没想到警察问这个问题。非常讨厌。街角那一边，两个联防队员也在问那个曾经像汤里出来的男人同样的问题。和欢一时还没想出怎么回答这个问题。那边一个联防队员，捏着那个男人的身份证小跑过来了。警察打开手机翻盖，借着手机屏幕亮光，看那男人的名字。

是忘了吗？警察嘲弄地笑了笑。和欢没看出警察嘲弄的意思，说，是！一时忘掉了。

够了！警察喝了一声，带走！

联防队员掏出了手铐。

哎，和欢伸手就推警察，你想干吗？！我马上就要上班去！

给我闭嘴！下班了！今晚你挣得不错吧！

见鬼！我三点半的班！我车子还在前面呢！冲不了地，你负责啊！

已经走了两步的警察，停了下来，又想走，但还是扭头说，你到底是干什么的？这深更半夜的，你，还有他，趁早说清楚！

和欢是在派出所把事情终于说清楚的。警方终于没有认定她是暗娼，当然也就谈不到打击处理了。至于那个曾经像汤里出来、教她呼啸的老师，也不知道是不是免于被认定为嫖客。反正以后，和欢再也没见过他。她都想不出那人长得什么样，记忆中常新的，只有第一次那鸡冠一样的头发和她嘴里越来越老练的呼啸。那天警察的效率很高，她倒也没耽误洒水喷水工作，而且，她一下子有了和执法部门打交道的经验。

警察说，你和他想去哪里？

走走啊。

走完以后呢?

走完以后就不走了。

不走以后呢?

不走的时候,就不走了。吹口哨吧。

什么都不做?这半夜三更素不相识的,什么都不做?

嗯。不做。做也……想不到钱的事。

警察像一支卡了壳的枪。

电话

喂……你是谁?

我是福尔事务调查所!林侦探就是我。乐意为您效劳。

我想找个人。

请说,请详细说。

我想知道他现在在哪里,我非常着急。

儿童被拐案子,我们目前暂不受理。

不是儿童,是我丈夫。

哦。对不起。他什么时候失踪的?

九个月前。今天是他的生日,我很想知道他到底在哪里。

唔,您知道,现在金子银子都好找,只有人是最不好找的。

你们这要收多少钱?

相信您是个懂行的人,您可能已经问过几家。不是吹的,货比三家的您,马上就知道我们的效率——当然,这还得看您能提供多少相关资料。

如果很贵,我不一定请得起。我收入很低。

噢?噢,您是他太太?请您告诉我,他走的时候你们为什么事争吵?还吵得很厉害?

争吵?谁说的?算不上什么争吵啊。

这个我不用问,问我就不是福尔林侦探了。肯定有争吵!我告诉您,您别小看小争吵,男人的心您不懂。有的男人就是这样,一气之下,走了,永远也不想回来了。所以,我劝您根本就别找了,白花钱,不是我瞧不起您,就是有那个钱也别花!

没有争吵!我们没有争吵。是我不吃蒜和葱,他要我学着吃。要知道,把我调过来,他花了多大的心血,他非常……对我好。我们没有争吵,不是你说的那样!

唉,你们这些傻女人。这我见多了。外面彩旗飘飘,家里红旗不倒,听过没有?家里的红旗还竖得特别高,每天还举行隆重的升旗仪式呢!这就是男人。哄你们女人真是再简单不过的事了。——我劝您别找啦!就当他死了吧!

你才死了呢!

好好好，找去吧您。看不住男人，又没钱，还想雇私人侦探？省省吧，留俩小钱照顾自己吧。私人侦探不是谁都雇得起的。得，对不住啦。您另请高明吧！

二

不管是洒水车、公交车，还是普通小轿车，驶在千竹路上就像人踩在地毯上一样舒服。这条改性沥青铺就的黑灰色大道，是全市最高档的大马路，没有人想到，往右边的千竹湖方向一拐，一条五十米的树木掩映的黄土路，就会把人带到三角梅和橡皮树、大王椰子树的培养园。花木培养园的最外围，全部是两层楼高的灰秆小叶桉，靠湖水的那一面，则全部是竹林，就是说，外面的人，奔驰穿梭在市中心最繁华高档的大街上的车里的人，没有一个人具有这个世外桃源的想象力。不是有人领着，根本也没人能看透树木深处是什么。

树木深处，花草深处，是一个竹篱笆围绕的青砖小平房。

走过高高的小叶桉林，再穿行过大王椰子和小棕榈及矮矮的凤竹丛，就看到扎成X形的及膝竹篱笆，竹篱笆间隔里面是栽在各种圆缸子中的各色三角梅，深红、水红、粉白、纯紫——纯紫色的几乎没有叶子，枝干上一小堆一小丛的，全是花。还有很多现在的女主人叫不出的花名。竹篱笆中心靠湖一侧，就是那栋青砖小平房了。五间单房一字排开，西边第一间放置的是专用花木肥料、杀虫药剂以及硬塑料或泥制的花钵花盆，空的，层层叠叠。每到五一、十一什么节日之前，园林绿化工人就一拨拨过来，从大卡车上把它们搬上搬下，忙着去布置街景。第二间放置的是各种园林工具，包括花锄、修枝剪、大型剪草机之类。第三间、第四间都是和欢的家，说是暂住的，除了床、衣柜、写字桌、小套双人沙发，就没什么东西了，一间做厨房，一间就是卧室了。第五间房是仓库，很少开门。最后就是水池和水池边的厕所了。

这里就像城市里的村庄，非常小的村庄。平时除了几个穿绿衣服或黄背心的园林花工，将一盆盆一缸缸花草抬进搬出的，剩下只有花鸟虫声了。有时高高的小叶桉树梢会越过一些汽车的喧嚣，但层层树木花草的过滤之后，反而简直有点不真实。

和欢现在就是一个人住在这里了。

虽说有照顾夫妻团聚的政策，真正调动还是一个比引水工程还复杂的工程。丈夫是职业中专学校老师，社会关系有限，结婚四年，老婆接收单位都找不到。好在校庆大典上，丈夫碰到了一个同学。同学是市园林局分管负责人，次日那同学又见到了和欢，同学热情友好地说，我来试试。结果，通过关系他就把和欢介绍进了环卫部门。

和欢原来在小县城，是个粮食加工厂后勤司机，那个同学又托关系，帮她弄了个驾驶B证，因此一上岗就进了驾驶新型洒水车短训班。房子本来也是问题，丈夫一直住在学校租的单身宿舍，又是那个同学，利用小职权，提供了临时过渡性住房，也就是这个世外桃源，唯一的条件是，每天给培养园的花草按要求浇水、定期施肥。租金就相抵了。

这个改变他们生活的同学，就是吴杰豪。

环境是美好的，房屋实际是简陋的。不知道为什么这栋小平房五个房间的墙壁，都不抹白灰，而是抹的暗色薄水泥，也许本来就是放置林林总总侍弄花草的工具用品的，相对白灰会耐脏而显得干净一点，但是，人住进来，就感到冷飕飕的，有待不住的感觉。和欢看了新房第一句就说，要粉刷一下吧。丈夫说，我问问，他们说不能改变原貌的。后来说行了。和欢说，我要粉刷淡黄色。丈夫虽然觉得怪怪的，但还是同意了。利用晚上时间，他们一起戴着报纸折的帽子，就把房顶四壁都刷了三遍。

家就马上粉黄粉黄的，很温馨了。虽然家具简单，冰箱和小天鹅洗衣机还是旧货市场买来的，丈夫说，过渡吧，反正到时候自己的新房，什么都要买新的。

粉黄色的家真是温馨啊。当晚，两人很早就开始做爱。和欢在做爱的时候，和以前任何一次一样，掩面咯咯咯地大笑，不同的是，后来像拔河一样叫喊起来。丈夫慌忙捂她的嘴，后来自己也无声地乐了。是啊，今非昔比了，这湖水树木深处，哪里再和单身宿舍一样，到处是人的耳朵呢。

但是，丈夫还是有一个问题：你为什么总是这样笑呢？

和欢答不出来，又咯咯咯地大笑起来。

我其实不自在，丈夫说，真的，第一次你这样笑的时候，我以为你是个老练的过来人。我才动你，你就笑，可是，你其实是……处女呀！

和欢为丈夫注意到自己那样的笑，有点难为情。她觉得自己是有点奇怪，她也不知道就那么掩面大笑了。丈夫可能认为她是个傻妞，被丈夫这样说，她有些不好意思，所以，还是笑。

丈夫说，我知道。你其实是非常害羞的人。过于害羞了，你才有这样的反常表现。你从来都不敢看我，你不想让我看到你害羞，是不是？对不对？我知道。我告诉你，我会让你幸福的，不过，以后，不许你这样笑了，因为，你这个样子，让我有点不自在，好像我做得不好，唔，也不是，反正不自在。

你记住了吗？丈夫想睡了，他含糊地又强调了一下：不许笑了。

泥土其实是有味道的，浇水的时候能闻到，深夜的时候，也能闻到。深夜的泥土，像活了似的，发出很重的气息，像人在热烈地说话。比如现在，脚下的那堆碎瓦片，那堆还带着太阳味道的碎瓦片，和碎瓦片缝隙中的青草，还有这有点潮湿的泥土，就气息很重地彼此裹在一起。它们在一起热烈地说着什么。

和欢就靠在院子里竹篱笆旁的一张帆布旧躺椅上，不知是前面哪位园林师傅遗留下来的。开始,和欢还嫌它有点脏,后来,她经常一个人就这么半躺在这张帆布躺椅上,挺舒适的,那么看着风动的树梢,看天,看星星或者月亮,有时什么也不看,只是依赖性地半躺在这旧椅子上。院子中间是棵树干笔直的老木棉树,当地人叫它英雄花。丈夫说,这是他见过的最硕大的花朵,一个花瓣就有两指宽,合起来就像成年人撮起五指的手,砸在人脑袋上,简直像被榔头打击了一下。但是,这棵老树早就死了,空留着伟岸的英雄躯干。

和欢从来没见过英雄花,回忆中丈夫当时拍着树干介绍它的样子,每次都令她不由得追想木棉花究竟的模样。外面的汽车灯光和来往动静,就像从深空中隐约传来。其实,树木和花草也在无人喧闹的月光下发出问话一样的气息,有香的,也有谈不上香味的气息,还有一种酸酸的味道,像奔跑的孩子发出的声音,一下就过去了。她不能分辨谁是谁的气味。她能辨认的花草树木太少了。

后来有男人被她带到这里来。男人一见这里总是惊喜,好像那种偷东西没人管的惊喜。做爱的时候,她会咯咯咯地大笑。有的男人不问,埋头做事;有的男人会好奇,会说你为什么这样笑?她就大笑着说,我丈夫说了,不许笑!男人也就大笑起来。

失眠严重的时候,她一个晚上都这么靠在这张椅子上,到了夜深人静的上班时间,或者还没到上班时间,她就出来了。队长说,你这样熬不是个办法,要不你改上长白班吧,反正你一个女的也不方便。她想了想，还是上混合班，就是含夜班的那种。队长说，还是不要啦。她说，要。我喜欢半夜没有人的马路。

队长说，老金说得没错，你真是变死了。

老金就是队长老婆。开始，老金介绍了很多治疗失眠的中医专家给她，还送了五味子配什么的祖传偏方来。在孩子流产后，老金甚至来陪她住过两个晚上，炖鸽子炖鸡什么的忙个不停，挺热心的一个人。后来，老金就当面呸她口水，每次见面都呸她，呸到队长都难堪起来。和欢就笑，后来学会打呼哨了，她就打个响亮的呼哨，回应队长老婆老金的呸。

很多个男人都说喜欢这个地方。但是，和欢拒绝任何男人停留在这里。一个人在星空下的院子里，在树木四合的躺椅中的时候，她不愿意有人在她旁边。有的男人似乎留恋天上的月色星光，看了天看了地，说我抽一支烟就走。她说，不要。你走，马上走吧。

三

十二点到下午三点这趟中班的出车，可以看到略带疲惫的街景。从海洋之心广场的 7 号取水点，汲满一车十吨的水，就可以把郑成功东大街、郑成功南大街，还有台湾东街，一片一片变成雨后的大街。疲惫的城市就像醒来一样，有了短暂的清新。洒水车队里，几乎所有的司机都喜欢开着提示音乐，路人一听就纷纷避让。还是有居民投诉，尤其临街的居民说，半夜鸡叫啊，知道你们在洒水，知道！可是，凌晨五六点钟，这不是人家正好睡的时候？！

投诉多了，队长就说，好了，从今往后，凌晨的出车不准再放音乐，开提示灯就行了，但中午傍晚还是要开提示音乐。

洒水车的提示灯，也就是像警灯、救护车灯那样的东西。和欢从来不喜欢放提示音乐，和她交接班的圭母（当地话：母鸡）喜欢放，圭母在踢破和欢的脾之前，放的是《爱拼才会赢》《双人枕头》，等和欢出院再来上班，和她对接的换成了一个蔫蔫的落榜生，他放的就不是闽南歌曲，而是周杰伦的《双截棍》和《简单爱》了。

因为白天半夜都不放音乐，有关洒水车噪声扰民的投诉，就从来没有女司机和欢的份，但是，别的有，比如，把路人弄湿了，把私家车辆弄脏了。投诉还真不少。队长说，你开提示音乐好不好，我的姑奶奶？和欢说好。又有投诉。队长就弯下身子跺脚说，你开提示音乐好不好，我的姑奶奶！老是心不在焉！和欢说，噢！好。

这种德国产的洒水车，喷出的水径二十多米宽，很壮观。车子慢吞吞，非常宏伟地行进着，和欢就从高高的驾驶座上往下看行人，看街景，看比它快的公共汽车。行人有时有惊慌的感觉，逃窜时步态显得狼狈。有时，和欢不想淋湿谁，就停一停，或者控制一下喷水按键。天气干燥尘土大的时候就使用喷雾功能，那时候，东边或者西边的太阳，有时想穿透她制造的弥天水雾，往往彩虹就不太明显地出现了。眼尖的路人就惊奇起来，连声赞叹。和欢也不惊奇，依然慢吞吞、突突突地带着彩虹前行。

每一辆汽车的屁股都是美好的。因为从汽车的正面或者侧面看，都不可避免地会看到里面像虫一样的人，汽车所有的动作就成了人的动作延伸。可是，从后面看，汽车很像另一种生物，看不见人，它不仅有力量，有速度，而且纯净、克制、含蓄，通常显得比人有教养，好看极了。

嘉禾银座。洁荷堂——洁荷堂是干什么的？不知道。阿嫂烧饼，汕味蒸鲍翅，陇上人家，湘厨小苑，船头煎蟹，上海故事，雅子，华山论剑，曼巴之恋，鹿港小镇。从来没有——从来没有说是吃什么的？深海苏眉。有人说苏眉是一种美丽惊人的深海鱼。陶然居，黑伙计的陶然居。太阳门。

台湾东街的女人很多，买到称心衣服的女人一眼就能看出来。郑成功南街的男人就明显多了。所有的脑袋都那么陌生、令人讨厌，它们深深浅浅地移动，移动在各种招牌下面：金德啤酒——我就要你，专业水带、三角输入管，龙人汽配，蟠龙明星，筛网，江木专卖，盛世华城。围墙上有字——多段龄游泳池，成就您海阔天空。十字街头隔离栏上有条红布拉的长标语：见了车祸速报警，患难之中见真情。上次那个位置有一幅长布标语，第一天挂出来的是"热烈祝贺我市住交会胜利召开"；第二天，它就变成了"热烈祝贺我市性交会胜利召开"。听说市长非常生气，住宅交易会受到了影响，市长要查出那个破坏城市形象的凶手，但是，听说没有办法查出来。上面还有一个大幅的喷绘公益公告：巩固创建成果，提升花园品味。

来来去去的公共汽车，凭着车身广告和欢就能猜出是几路车。埃及艳后，7路。第五大街，2路。蓝色天空，43路。动感地带，9路。我家咖啡，3路。百年皖酒，87路。有个长通道车上戴着耳机的女郎，不知道做什么广告的。一个男人说，你长得就像那个女人。和欢知道是有那么辆车，被评之后，她就留意那辆车了。她为那个女人的漂亮而发愣，马上想到丈夫第一次见到她时说的话。她在那个小县城，在粮食系统算一枝花吧，但是，高中肄业，靠着会计爸爸给人做假账才得到工作的她，总是担心丈夫看不起她，但是，丈夫说，你比我们大学里的女生可爱多了。

后来，她多看了几次那个美女广告，就不再发愣了。那个美女脖子以上的图案画在车窗上，以下呢在车厢上。车窗拉上的时候，她身首正常，只要有人拉窗，她就身首异处了，头脸和身子就像不是一个人。有一天，她忽然觉得没错，这个女人就是她。身首异处的女人就是她。

有个抱小孩的大汉猛然挡在洒水车前。她定睛一看，一看到那个小童全身湿透，就知道有人要找她吵架了。她就把车慢吞吞地停了下来。

男人厉声咒骂着，动作幅度很大。那个湿漉漉的小童有点怕。男人看她心不在焉，但明显垂头丧气地站着，似乎心里好受起来，语气忽然就轻了一些。结果，警察正在往这儿走过来，他就抱着湿猴一样的小童，伸手招拦起出租车，走了。和欢看着他的背影，忽然觉得十分可惜，他的背影太像她的丈夫了，连后脑瓜高高的发际线的头型都像。她一直看着那辆出租车远去，也许，丈夫抱小孩的样子，就是那样了。

电话

请问是福尔事务调查所吗？

是的。请问我能为您做点什么？我是汪侦探。

寻人业务费用多少？一般什么时候有回音？

噢，是这样。寻人嘛，比较棘手。您有什么资料提供吗？根据资料我可以大致回答费用和时间的问题。

要什么资料？

什么人、什么名字、身份证号码、手机号码、最后走失的时间和地点、亲友关系、同学朋友通信录、个人爱好。——失踪是最近的事吗？

不，一年前，一年零七十四天。身份证号、手机号我都有。我是他老婆。他老家在临州。

他做生意吗？

不做。

他受到打击了吗？

没有。

最后见他时，有什么特别情况吗？你们吵架了？

没有。如果在闽南地区找他，多少钱？如果到深圳找又是多少？

唔，如果你提供的资料准确，七八千怕是要的；全省范围吧，我只能说尽量控制在一万五以下吧。深圳可能会再高一点。你知道的，那种地方，什么费用都高。其实我们真不爱接这种案子。

那什么时候有回音？

签合同之日起四个月内——有没有都有回音。我们做事很清楚的。

五千不行吗？

嘿嘿，小姐。值得找的人，十万八万一百万也值；如果不值得找吧，您就随缘吧。我们可以先预收五千。请您先到我们调查所来吧。

四

那天是个快下雨的星期六。和欢被队长通知要去上"市民与法"的培训课。丈夫说，我去看看老妈。你不便去了吧？和欢说，不敢了。才调来又有了这个好岗位——我才知道很多人想争这个位子呢。丈夫说，那这样吧，我就多待两天，反正我周一周二都没课。

丈夫的母亲身体不好，原来还一直反对这桩婚事。儿子是名牌大学生，又在特区工作，找个条件好的特区媳妇不好，偏找个小县城没见识的姑娘。大学三年，有个女同学对儿子非常好，有年暑假还跟来玩了，普通话说得好听，模样也好，看得出对儿子很有意思，可是，儿子就不喜欢她。现在，听说在深圳一个大公司做管理什么的，钱多得很，全家人都迁过去了。说到这儿，丈夫的母亲就不住地叹气，总说儿子没有福气。

有了小县城女友，周末一点时间，儿子不再回这个两小时就能到的临州老家，而是起大早，长途奔波直往北面那个小城赶，更别提什么寒暑假了。老太太偷偷拿了两个人的八字找人算了，人家回话说，鸡狗不配。成婚的鸡狗到松树下，松树都会掉叶子。但儿子还是不听，鸡狗还是成婚了。老人家暗中生气，一直不太搭理媳妇。后来看到儿子为调动伤透脑筋，老人就说，调吧，把头发都调白了，还不知道调得动调不动！现在知道苦了吧！老人对和欢积累了越来越多的不满，倒也不当面说什么，但是，眼光十分锐利，时时刻刻都像评委。和欢就有些怯怯的，只要丈夫不在，和老太太独处她就浑身不自在，因此，能避开就避开了事。

那天早点是和欢出去买的。丈夫看了说，我说过我要那种放大蒜的海蛎煎饼嘛！和欢买的是煮茶叶蛋和豆花。和欢把蛋剥好了，送到丈夫面前。和欢说，偏不买！一种臭蒜怪味！

大蒜有益健康，你怎么就教不会呢！

丈夫推开了茶叶蛋，似乎不高兴。这个场景经常在和欢脑海回放，到了后来，她甚至也相信，丈夫当时真是生气了，丈夫是生了很大的气出门坐车去的。

丈夫看了看天，拿了伞又放下了。和欢说，还是带上。丈夫挡开说，算了，算了！

和欢看着丈夫走过木棉树，穿过竹篱笆，再穿过比他身子矮的芙蓉、橡皮树等不见了。可是，和欢在换衣服的时候，丈夫又匆匆回来了。和欢自作聪明地笑嘻嘻往他怀里送伞，丈夫把它推开，到桌子前面开了那个电脑。

和欢说，不是赶车吗？怎么还回来弄这个？

收个邮件。

什么事这么急啊？

去去去，电脑的事你又不懂！

不给你吃海蛎大蒜饼你就生气呀。

去去。

结果和欢反而比丈夫先出门去。

直到晚上，和欢才发现丈夫的手机忘了带。

丈夫就这样走了，留在和欢记忆中的还是穿过竹篱笆的样子，因为知道这个身影并非是走远，而是又折了回来，回到了那个电脑前。所以,丈夫究竟怎么走的,甚至走了没有,在和欢记忆中都有些模糊起来。丈夫究竟是什么时候消失的呢?不知道。当天晚上不知道,第二天、第三天、第四天也不知道。事实上,永远都不知道了。当天晚上,和欢看着《还珠格格》哭哭笑笑着就睡去了。第二天、第三天晚上也依然看电视,睡得很踏实。

丈夫说是周一周二都没有课,当然也就不用赶回来。小夫妻已经团圆了,刚团圆的那个黏糊劲也过去了,丈夫和朋友的走动自然多了起来,电脑也会玩到半夜。和欢不懂电脑,丈夫玩电脑,她就看电视。她想,生活正常了,是该分一点时间给那个厉害的老太太了。

周三下午,丈夫学校的老师打来电话,是打的丈夫手机,可是,和欢没接到,因为她上班时,不会带丈夫的手机去,手机倒是开机的。丈夫的手机入了教育网,听说接电话不要钱,所以,和欢始终没有关掉手机。即使她在家,她也不会去接电话的,丈夫说过,丈夫反复说过,他非常讨厌不尊重人的行为,每个人都要有自己的私人空间。

学校当天实际上打了三个电话。第二天,学校又打丈夫的手机。和欢听见了,从隔壁厕所里奔出来,犹豫了一下,没接。她当时转的念头是,是不是他自己打的?该回来了呀。后来,电话又响了。还不接。电话安静下来,她无意中发现,手机显示已经有五个未接电话。她心里说,再响起来,我可能还是要接一下,告诉对方,我丈夫不在家,来了让他打过去。

直到中午电话就不再响了。下午去环卫大队，一进门，正在接电话的队长就看着她说，来了来了，她来了！队长招手叫她听电话。和欢以为是丈夫打来的，正想埋怨怎么还不回来，却听到陌生的声音：祝老师生病了吗？怎么没来上课？电话也没人接？

和欢说，噢，回老家了。不过前天该回来的，有课。他手机忘了带啦。

对方说，也没给你来电话吗？有什么事应该请假说一声啊！

和欢说，是呀，一个电话也不打。可能用他妈妈的电话，怕她不高兴。这样说，和欢马上就觉得不妥，因此嘻嘻笑起来。

学校那边很严肃：请你马上给祝老师去一个电话，说学校在找他。请他立刻回来上课！

和欢下班的时候，都晚上九点了。她想给丈夫打电话了，可是，她发现记他妈妈家里电话的小本子找不到了。找了一通，又到厨房那个旧课桌抽屉翻找，都没有。她就生气了。气了一阵子，想起《还珠格格》，赶紧打开电视，只看到了小半部分。关掉电视去洗澡的时候，她忽然就十分气恼了。讨厌你！她诅咒出声，她骂的是丈夫母亲，拉住儿子也拉不住他的心，有本事，你就别叫他讨老婆！丈夫得意的时候，有炫耀过女同学喜欢他的逸事，加上婆婆有时一句半句的，和欢就知道世界上还有深圳那个女同学。

睡觉的时候，枕巾上都是丈夫头发的气息，她使劲闻了闻，不知不觉地哭了起来，她呜呜地说，有什么了不起嘛。

第二天丈夫也没有回来。和欢也没有找到婆婆家里的电话，倒是接到了丈夫学校的电话。和欢承认自己把婆家电话弄丢了，联系不上。学校的人就说，手机不是在你那儿吗？你查查里面的电话簿。和欢查了，可能是家里的电话太熟悉了，丈夫并没有把家里电话存进去。学校说，我看你有必要跑一趟。

第二天，和欢就跟队长请了假，直奔长途车站。一到婆婆家，和欢推门就说，学校生气了！祝安没请假。婆婆说，颠三倒四的，说清楚来。

和欢说，祝安要被学校处分了！

婆婆生气了：我儿子犯什么错了？

和欢说，学校有管理制度，不上课要请假。我就是来催祝安快回去的！

你说什么？！婆婆从椅子上站了起来，祝安早就回去了！

和欢就愣怔着，眼睛往卧室里睃。婆婆愤怒了：不用看，我不会藏着他！婆婆这么说，转身却把卧室门用力关紧了。婆婆说，大前天就走了！

和欢迟钝地看了一眼婆婆，迟滞的目光在房间里打转，眼光不由自主地停留在卧室门把手上，马上她就把目光调开了。婆婆还是觉察出了。

你也用不着专门跑这一趟,打个电话我就会告诉你他走了。我还骗你啊。

和欢的脑子慢慢地空了起来,轻飘飘的。她说,那会去哪里呢?真的没回家。我一直以为祝安在妈这儿,所以我……

天下的儿子都一样,娶了媳妇就忘了娘!在我这儿?多久没回来了?不吵架恐怕还不会回家呢,我就说怎么好端端的会一个人跑来看我。

妈——没有吵架啊。

那人呢?一个大活人?母亲眉头阴恶地拧了起来:我早就知道松树叶子要掉的。

妈——和欢有点心虚,没让他生气啊,要不要……报警啊?

你真的没气到他,就报吧。反正不要闹得让所有人看笑话!

和欢眼泪冒了出来。婆婆似有所动,说,吃饭吧。

和欢摇着头,退出了婆婆家。婆婆追了出来,喊了一句,他同学朋友很多呢!

五

祝安是确定失踪了。没有一个人能告诉和欢祝安在哪里。和欢开始以为婆婆知道,因为婆婆知道松树的叶子会掉下来,而且和欢很难忘记婆婆当时马上关紧卧室的门,生怕她多看一眼的样子,还有,她能感到的婆婆认为他们吵架的那幸灾乐祸的眼神。她甚至怀疑丈夫到外地去了,比如那个女同学所在的深圳。这不是婆婆最愿意的事吗?后来,和欢就想可能是冤枉婆婆了,因为半个月后,婆婆赶到学校,找学校要人的样子,和一个老疯子没有什么区别。婆婆反复哭喊着:生不见人,死不见尸,你们要给我一个交代啊——我一个好好的孩子交给你们,怎么就会不见了啊?!——

相反,和欢倒是一天天安静下来。

发现自己怀孕是祝安失踪的两个月后。婆婆非要这个孩子,但是,祝安和和欢还没有办下准生证。婆婆又赶到丈夫学校和居委会拍着桌子又哭又闹,还把居委会主任的不锈钢太空杯摔得满地滚。人家说真的临时批不下来。婆婆就像猛兽一样吼吼吼地哭,哭得整个办公小楼都摇晃起来,非常吓人。

和欢也不想要,因为她越来越想不清楚,丈夫为什么离开她。当她终于把孩子流掉后,婆婆就一病不起,两个月后就去世了。垂危的时候,家里人说,叫媳妇来吧?

奄奄一息的婆婆流出了眼泪。她说,祝家……没有这个媳妇。叫祝安回……

祝安就这样彻底消失了。和欢开始总是梦见他穿过竹篱笆的背影,她一直在后面叫,声嘶力竭地叫,祝安仿佛听不到,就是不懂得转身,慢慢慢慢那个背影就汽化消失在树叶之间的光影中了。

自从明白祝安走了,和欢就开始不容易入睡了。她想办法。原来她和祝安一人一床被子,祝安的被子有很重的体味,和欢就爬到他的被子里睡觉,不再睡自己的被子。后来她开始穿祝安的内衣睡觉,再把祝安用过的枕巾围在她脖子上,或者搭在嘴唇鼻子之间,鼻息之间,就好像祝安依然睡在身边。

祝安的电动剃须刀一直放在窗前的镜托架上。和欢每天都能看到那个黑色的小盒子。那天,她习惯性地把它拿在手上闻着闻着,无意中就打开了,里面有着许多铅笔粉似的东西。忽然和欢惊醒了:这是祝安的胡须,这是祝安身上唯一留在这个家里的东西!和欢找出了那个装猫眼石的精致的红绒面宝石盒。猫眼是祝安送的,已经镶在戒面上了,和欢天天戴着。和欢剪了一张大小刚好的干净白纸,小心地垫在小宝石盒里,然后,把胡须粉末仔细地倒了进去,有小半盒呢,轻轻关上。和欢把它放在祝安的枕头下面。和欢感到奇怪,胡须反而没有被子、枕巾上面那么明显的祝安的气息。胡须粉末好像只是用过的头梳的味道,贴近了、闻深了有时还呛到和欢的鼻子。她咳嗽起来。

那个时候,队长的老婆,也就是老金对她非常关心体贴,尤其是和欢流产期间,老金像呵护自己的孩子一样,非常霸道地照顾和欢。和婆婆相反,和欢对这个突然的变故显得十分安静。尽管出奇地安静,队长和车队所有师傅都知道了这件事。说那个新调来不久的女司机,丈夫突然就没了,把她一个人撂在这里了。在车队办公室泡茶的时候,大家忍不住地有着种种猜测,但是,人人都真心实意地同情这个新来的女司机,包括圭母。

圭母是个快乐的鳏夫,非常彪悍,冬天也经常穿上短袖T恤。圭母个性豪放,语言下流,乐于助人。和欢一来他就像师傅一样,给和欢各种指点和帮助,送她铁观音茶、汽车香水,帮她擦洗汽车、保养维护,一切都进行得粗俗而热忱,喜欢讨嘴上便宜。有时粗俗得令和欢非常难堪,所以和欢很不喜欢他,但是,和欢以前总是嘻嘻笑着。

后来情况就变了。大家公认新来的那个女司机变化了,大约是和欢丈夫失踪一年多的时候。

男人们多的车队,不是太擅长猜测和议论和欢的生活,但是,司机们经常在背后比较放肆地调侃圭母。圭母慢慢也觉得自己同和欢可以是那么回事,行为语言就比较猖狂,好像圈了地似的。和欢却不搭理圭母,连以往捧场的嘻嘻笑声也没有了。

随着丈夫失踪的时间越来越长,大家对和欢的看法也复杂起来。人们看到和欢身边常有陌生男人。队长警告她说,不许再有外面的男人坐在洒水车驾驶室里。外面单位也有人说了,说环卫车队里有个漂亮的女司机是妖精。说的人多了,队长就问和欢是怎么回事,和欢嬉笑着说,没有啊。

后来，和欢和呼哨老师一事，不知怎么就捅到了环卫处负责人那里，上级再转达给队长，情况就很正式，而且十分严重了。一男一女进派出所，听起来几乎就是一个嫖娼卖淫案。

大家都认可了老金的评价：这个女人变死啦。

只有圭母说，这个女人不像坏人。大家就笑他。圭母说，要不要打赌啦？！人家说，打什么赌啊？圭母又说不出名堂来，大家就哄笑起来，圭母也大笑起来。但是，就是这个圭母，一脚踢裂了和欢的脾。

那天，参加完政治学习，圭母在车场里碰到和欢在擦车。圭母说，我来啦。和欢不接他的话茬，手上不停。圭母说，没有老公的女人可怜咯。其实，说这话的时候，圭母是心疼的，可是，话从他嘴里出来，就有些流里流气。和欢还是不睬。两个也在擦车的男司机在相视偷笑。圭母见了，口气就更流气了，动手要抢和欢手上的抹布。我来啦！我来！你就当我是你老公好了，不收你的钱啦。

和欢轻轻吹了声口哨，走到了取水栓那边。圭母大擦大洗间，嘴上不肯闲着：喂！你老公走了快两年了吧。

和欢吹着口哨点了头，把水桶提了过来。

有人了。圭母小声说，我觉得他是外面有人才这样干的。信不信？

屁！和欢又退到取水栓那边，靠墙站着。

两个司机不知为什么吃吃笑，圭母看到他们在看他。圭母大声大气地说，喂！这样的老公走了更好啊！

两个司机又吃吃笑。

圭母说，你要是想男人，找我就是了。喂，你知道我有多壮吗？

两个擦车的司机放声大笑。圭母扔下抹布，扭身曲臂做了个健美亮相动作。我全身，圭母拍拍自己的肱二头肌，都和这儿一样！

和欢把脸扭向车场大门口。圭母大喊，我！绝对比你老公，比你那些半夜找来的野男人，更好！更厉害！喂——

圭母还没"喂"完，和欢提着开取水栓的大铁闸冲着圭母的后背砸了过去，正站在驾驶室外的踩脚上往车顶上擦的圭母，疼得一转身，一脚就踢了出去。和欢叫都没叫就倒了下去。

和欢住院。圭母调到圆桥区扫大街去了。

六

丈夫的手机依然是开着的，和欢没有办理停机。说不清为什么，也许是坚信祝安哪一天会打电话回来；也许手机开着就表示主人还在。手机一旦没电，和欢就立刻换上电池，一年这样，两年这样，第三年还是这样。第二年的秋天，学校那边有个新调来的办公室主任，想把这部电话清出局域网，这样学校方面可以减少一点开支，但是，学校领导犹豫了半天，没有同意。

和欢已经对这部三星手机非常熟悉了。没事就反复把玩，手机所有的功能她都弄明白了。开始，有些祝安的同学朋友打电话进来，后来就没有了。但是，有短信，不少短信。后来，和欢才知道，可能是电子邮件的提示短信。

这些短信有时让和欢困惑和难过。

睡了吗？我想和你聊聊。

最近心情很糟，找不到可以倾诉的人。你愿意听吗？

其实我非常寂寞，但我真的很难开口。

我在宾馆，你呢？要不要过来？

每次看到这种短信，和欢心情就复杂得很。这些短信是发给祝安的，短信的嘀嘀声，就是等于说，在什么地方的祝安，还被什么人联系着；但是，和欢更多的是恼恨。她始终没有勇气回打过去，问问对方是谁，好像一问，对方就会告诉祝安，祝安就知道她不尊重他个人隐私了。有人告诉她，短信看了和没看，图案不一样。她就有点不安，但是，每一个短信提示嘀嘀一响，她还是想打开，根本控制不住自己，就是想看。

有一种是看不到具体内容的，它只有英文主题，往往只有几个字：

人呢？

讨厌。

照片太糟糕了。

我病了。

有一次接到的时候，吴杰豪正好在她家，见和欢看了手机发愣，就说，怎么了？和欢就给他看，他一看就说，邮件提示，有信到电脑里了。

是深圳的信吗？

那只有看电脑才清楚。

和欢就过去打开祝安的电脑。她请吴杰豪来操作。吴杰豪狐疑地看着和欢。和欢摇头，表示不会。没有登录密码，吴杰豪又狐疑地点了空白确定，进去了。吴杰豪停了下来。和欢紧张地瞪着电脑。吴杰豪叹息着，点了关闭。他说，没有别人的邮箱密码，进不去的。再说，这样并不能帮你找到祝安，这没什么意义了。

你为什么不换个号码，吴杰豪又说，手机还可以用的。

我喜欢。我就要这个号码。祝安的电话和短信，我都喜欢听。

傻。

吴杰豪走了以后，和欢和一个面谈过的侦探通了电话。这个胖胖的侦探，目光锋利，喜欢假笑，但是，看上去十分能干而且随和。他不像别的侦探，不是眼里只有钱，就是认定她丈夫抛弃了她。而他总说，查了再说。所以，和欢对他印象良好。

胖侦探说，什么，查邮件？你只是委托我查电子邮件？这个要多少钱？

这个……我们还没有这个单项收费标准。唔，要请电脑专家，懂网络的……我看还是全面委托，要不先见面吧。

见面的时候，胖侦探仔细看了祝安的手机。然后，两人聊了好一阵子。胖侦探说，你是说，那天临走的时候，他突然回来开电脑、收邮件？

是，已经出门了，突然又折回来的。好像比较急，也……不让我靠近。

还有什么特别的举动吗？

回老家也是突然提出的，我没空，他就说自己去。我当时也没多想。后来，他妈妈也觉得突然，以为我们吵架了。

以前都是你们一起去的吗？

是，只要我和他在一起，都是一起去的。不过，他妈妈好像一直不喜欢我，喜欢那个深圳的有钱有势的女同学。

他的衣服什么的，都没带走对吗？

是的，我不知道他是怎么走的。平时是他管家，我后来看到抽屉里的存折。

钱有多少——我是说，有被提走吗？

没有。

里面有多少钱？

……一万四千多。

这是你们全部的储蓄吗？——请别误会。我是帮你思索呢——他不可能另有账户？

我不知道。没有其他存折了。我们调动花了很多钱，他有说过我们没有什么钱了。

如果这样，不像是抛妻出走啊，当然，他可能根本不在乎这点钱——噢，对不起，我们这个行当，就是要有想象力。请原谅，我知道你们感情不错。

你不是看了手机上面的东西了吗？你还觉得他对我的感情……

当然，这年头谁都不敢保证爱情。手机里的东西吧，怎么说呢，可能是交友台干的，我也收到过。邮件短信嘛，还是先放一边吧。我们先理大思路。

其实，我慢慢地也想通了，无所谓了。和欢说，他要真跟别人走，我也没办法。即使找到他我也只是想告诉他，你没必要不辞而别，我知道我配不上你，但我不会拦着你的。

你刚才说，深圳那个女同学非常有钱有势？

听说是这样。祝安不怎么爱说，但有时那个女的会打电话来。我听到过的。

说什么呢？正常交往也有啊。

我们屋里信号不好，他总是出去接电话。我不好意思跟出去。

那么出走之前的那几天，那女同学来过电话吗？

我怎么知道呢？反正，我婆婆说，当时那女的升主管后，一直要祝安辞职下海过去的。还找我婆婆劝他。今年过年又到我婆婆家拜年，送给老人一个玉镯。我婆婆说，祝安没有福气，要是那样，祝安早就发财了。

这么说，你丈夫净身出户还真是没有问题。要不，我先去深圳一趟？你把那女的公司告诉我。

我不知道。我婆婆知道，她死了。我只能肯定在深圳，是个大公司。

那么，我去一趟，你先预付八千吧。我尽量省着花，多退少补。

那……我……再想想吧……你不查邮件了？

没意义。你果断点。现在都失踪快一年半了。时间越推移，证据灭失得越多。别到时候花了钱还没结果，人家说不定已经双双飞美国、飞澳大利亚啦，你一分钱也拿不到。好吧，你快想清楚。我等你电话！走啦。

七

深秋就这样地又快过去了。满地的落叶欢快地追逐汽车轮子，每一阵秋风扫过大街，尤其是汽车驰过，它们就在路面无声而疯狂地追舞，汽车像个领舞者。只有纪念大道上有这么多落叶。和欢每天突突突地过来时，那些被水流冲击的巴掌形的梧桐落叶,就会一队队向两边的路沿奔去。它们一直退守到路沿底边上,但往往还是会被激烈的水流,激得在路沿上蝴蝶一样弹跳起来,甚至跳到那些矮墙一样的绿化带上。

因为是凌晨,整条大街四下无人,和欢把左右水开关统统打开。两侧的水丝绸一样扑了出去。开到移动公司公交站点时,等她觉察到站点的地上好像躺着两个人,已经来不及控制开关了。她开了过去。可能开出了七八米远,内视着脑海里余留的记忆画面,她感觉到,在洒水车洒向地上的两个人时,那个男的好像侧身想为那个女的挡水。和欢倾身从后视镜看,那两个人已经站了起来。想了想,她把冲水开关关了,车停了下来,然后开始慢慢后退,一直退到那两个人身边。两个人都像大学生,尤其是那个个高的男孩子。女孩的衣服还是敞开的,小胸罩是粉色的。男孩的裤子拉链因为洒水车的后退,正匆忙拉上。一个大学生背包扔在不锈钢椅子上。

和欢把窗户摇下。对不起,和欢嘟囔着说,看见的时候来不及了。

两个人似乎想骂人,看了看彼此,笑着抱在一起。

要不,送你们一程吧,没有车了。

男孩带头爬了上来。女孩也上来了。男孩帮女孩扣上扣子。

本来想去她外婆家,可是,一直等不到车。这么晚了也回不了学校。

男孩子对车上那么多的开关十分好奇,一个个触摸着考察过去。他边动边问,这是CD键吗?

女孩说,如果你刚才放了提示音乐,我们就可以躲起来。

外面的音乐和里面的一致吗?男孩子说,如果打开的话。

和欢还没有点头,男孩就把音响打开了。

歌词。

女孩跳起来,像被水流击中的树叶。她一下就抱紧了男孩子:想——简——简——单——单——爱——想简简单单爱。两人一起唱着,用懒洋洋的声调,好像是无所谓至极,但是,女孩的一只手,在歌声中,轻轻摸索着男孩湿漉漉的脖子耳朵这边;男孩和着节奏,不住地用脑袋点着女孩的脑袋。

和欢看着心底突然温热了起来。

想……简……简……单……单……爱……

和欢说,你们肯定互相知道名字?

废话!一个系里的。男孩说。

女孩吃吃地笑起来。

洒水车在千竹路培养园的路口停了下来。和欢掏出房间钥匙,说,从这路口走进去,一直走进树木深处有个小平房,开着灯的那两个房间,一个是厨房、卫生间,一个是卧室。你们可以用到明天上午七点。走的时候,把钥匙放在台阶上的茉莉花盆底下。

两个学生有点惊异地拿过钥匙。男孩说,你的家?没人?没人。

你真的不进去了?女孩说。

还要浇洒四条大街。和欢说,不能把我那儿弄脏弄乱。

嘿——!

噢——!

两个人抱在一起。下车的时候,男孩子用劲拍拍和欢的肩头。

八

祝安说,吴杰豪在大学里一点也不引人注目,为人和个性都没什么特点,就是那种不好不坏、不咸不淡、不温不火,模样不丑不美,个子不高不矮的类型。如果那次校庆,他们不是偶然坐在一张桌子上,恐怕也不会聊上,更不会知道彼此在一个城市,祝安也是随口说了,还在忙妻子调动。

但是,对吴杰豪来说,只有他心里有数,如果次日不是见到了和欢,恐怕他也没有帮助祝安调动的激情。事实上,这个时候的吴杰豪已经仕途顺坦,不显山不露水不得罪人的世故为人,总是让领导和左右共事者愉快。

调动、工作安排,甚至暂时住房,一系列大事,吴杰豪都一手搞定了。祝安想领着和欢到他家坐坐。吴杰豪说,过一段时间再说吧,我妻子身体不适。祝安后来带了些长白山野参等贵重物品去办公室找他,吴杰豪死活不收。祝安说,我有个老乡承包了一个鱼塘,那两家一起去钓鱼好不好?可以吃,也可以玩,风景非常好。吴杰豪还是以妻子身体为由谢绝了。

祝安有点不高兴,吴杰豪却突然来电话请他们吃饭。祝安第一次到渔村大宝船吃饭,那是全市最高档的海鲜酒家。每人一盅鲍鱼鱼翅,一盅就要两百四十五元,祝安在这里工作六年了,还从来没敢进来过。他踌躇着是不是该他付款买单,因为就他们三个人。但是,吴杰豪没有让他们买单,上果盘的时候,他非常轻地叫过服务小妹,说,买单。发票给我。

祝安那天回家的时候感慨地说,不知道杰豪是不是真的能报销,不会是为了让我们放心才要发票的吧?起码要九百块呢,肯定能报销。和欢说,但他为什么老不让我们见到他太太呢?我以为今天晚上能见到。可能真是病得很重。祝安说,下次你要主动过问他妻子的情况。女人嘛,好关心的,别像小孩一样,什么事都不管。那个东北野参,下次还是你给她送去。我们欠杰豪家人情太大了。

和欢到底还是没见到吴杰豪的妻子。吴杰豪的妻子大约是在祝安失踪的两年后病逝的。但这时间,和欢根本想不到她。

祝安失踪十天后,吴杰豪来了,找到培养园这边,宽慰了一番,也没说更多的话。小心门户。走的时候他说。后来，他会经常打祝安的电话，因为知道祝安的电话，和欢随身带着。他在电话里问问祝安情况、学校情况，也不多话，问了就挂了。春节、端午、中秋，他分别会叫人送些海鲜、粽子、月饼什么的。但是，和欢人工流产的时候，他自己又到了培养园一趟。当时，和欢见了他，说不出为什么就忍不住泪水。也许她忽然感到，这个城市，最让人想起祝安的，只有祝安的同学、他们的恩人吴杰豪了。看她泪水直淌，吴杰豪说，没关系，以后再要吧。

祝安失踪的第一年春节，单位照顾和欢，让她回老家，允许她过了十五再回来；第二年的春节，和欢回去了三天。元宵的那天下午，看到吴杰豪在千竹路口等她，手里提着一盒红色鞭炮图案的元宵。正是这一天，他们一起就在小平房里吃了元宵，快吃完的时候，和欢的一条手机短信提示音响了。和欢告诉他，祝安的手机里有很多短信。

吴杰豪看了一下，有一大排数字，然后是SUBJECT：我火冒三丈啦。吴杰豪说，是邮件提示。吴杰豪指指电脑。

和欢说，是深圳的邮件吗？

吴杰豪说，不知道，要看电脑内容。

和欢把电脑打开了。吴杰豪迟疑地拨弄着鼠标，告诉和欢没有密码是无法进入的。和欢非常执拗，眼神在鼓励和央求什么。吴杰豪说，这样并不能找到祝安。吴杰豪又说，你不要再用祝安的电话卡了，换上自己的吧。

和欢自己在键盘上乱敲。

吴杰豪说，祝安不可能在深圳或者什么地方。就是他真要离开你，一定会跟你说清楚。他不可能是那样的男人。他母亲不是也不知道吗？

和欢说，有时候我觉得他母亲像同谋。她本来就不喜欢我。

你胡说什么，吴杰豪说，他要是有外遇，干吗费那么大劲调动你呀？

就是费了那么大的劲！和欢喊了起来，而我才来几天，他就跑了，他才不敢说！

说了你又不会杀了他。他怕什么。

他不好意思。我知道他那种人，把我人生地不熟地丢在这里，他会不安的。前些天还梦到他回来了，满头的白发，流着眼泪叫我原谅他。那个女同学追求他太久了，人家的条件比我好，我只是个环卫工人，没文化……

你想到哪儿去了？

那你以为他会在哪里？现在这个社会，死了也有尸体啊！去年一年，所有的报纸，我只看寻尸广告！我翻啊翻啊，我天天翻，我把报纸拿到院子里的月亮底下，我捧着报纸对天上说，如果祝安没死，你就不要让我在这里看到他，如果他死了，你就让他出来吧，可是，都没——有——啊——！

和欢失声哭喊起来，那你说他会在哪里？在哪里——？！

和欢把祝安的手机摔了出去。

吴杰豪说不出话来。他把手机捡起来,好一会儿他说,那你就当他死了吧。

和欢像触电一样跳了起来,眼睛直愣愣地瞪着吴杰豪。吴杰豪慌乱了,连忙把她扶着坐下:对不起,我是……和欢还是直勾勾地瞪着吴杰豪,吴杰豪嗫嚅着,是啊……死一个人……没那么简单的……

九

吴杰豪再来培养园是几个月之后,也就是听了和欢卖淫被警察当街捉到派出所的事之后。这事在环卫部门传得很厉害,园林部门也听到一些。吴杰豪慢慢地也听到了一些和欢轻浮浪荡的传说。那天晚上,说不清为什么,他就是想到办公室看完一份材料才乘出租车过去,而且事先没有打电话。走进小叶桉林时,他甚至想象出小平房里慌忙走出一个男人的情景。但是,还没跨进竹篱笆,就看见一个人从木棉树干后面站了起来。

正是星稀月明,清清朗朗的月光下,和欢穿着黑白条纹的睡衣睡裤非常清晰。她似乎靠躺在旁边那把旧椅子上很久了。没等到吴杰豪走近,她就站了起来。

刚好加班,吴杰豪说,本来也想来看看你。

和欢笑了笑:我没事啊。什么都习惯了。

吴杰豪控制不住眼神，因为老想看后面的屋子。和欢说，你是不是想喝点茶？我去烧。吴杰豪跟了进去，里面当然没有人。吴杰豪突然抓住和欢的手：我不相信你真会被警察弄进去。你不可能是那样的女人！

和欢吓了一大跳，可是，很快就笑了。咯咯咯的，声音非常脆。吴杰豪逼近了一步，声音很轻，但是很狠：不是真的，对不对？

是真的。和欢说，因为我说不出那个男的名字，他当然也说不出我的名字。但是，后来，我都会先问他们的名字。吴杰豪就突然抬手了，和欢以为他要摔她耳光，他却是把和欢手里的电水壶，一把横扫到地。

这之后，吴杰豪很久没给她打电话。又过了一两个月，吴杰豪又开始打，有时转给她些不知哪里来的泰国米呀、进口樱桃等物品，还有购物券。后来和欢都谢绝了。吴杰豪就有点心灰意冷。再后来两人见面，就是在中山医院的住院部，和欢被司机踢裂了脾脏。

吴杰豪说，告他。

和欢笑嘻嘻的。吴杰豪说，要让这个大老粗赔偿一切损失。我会招呼这件事。

和欢还是笑嘻嘻的。吴杰豪被她那种轻浮的笑脸弄得很不舒服，他本来以为和欢见到他会哭泣，但是，和欢始终笑着，有点无耻。她说，不要！她笑嘻嘻地说，我这种人，活该。

吴杰豪终于把不快明显地放在脸上。他把脸拉长了。这个女人令他感到陌生，甚至有点反感。只是脸还是那张熟悉的脸。静默了一下，他转身离去。

身后突然响了一声呼哨。吴杰豪非常吃惊地扭过头，病床上的和欢咯咯咯地笑着，她说，我也是大老粗。

这是祝安失踪后一年零十一个月的事。

日子非常快，祝安离家快两年了。

十

吴杰豪突然接到了和欢的电话。这是祝安失踪后两周年零十个月的事。才进办公室，电话就响了，吴杰豪认出是和欢的电话。电话通了，和欢却没有马上说话。吴杰豪说，我听着呢，什么事？

昨天晚上，我梦到祝安了……他身上都是血，他责怪我……吴杰豪能听出和欢像是哭过之后的声音。这种声音让他马上联想到第一次看到和欢的那种温婉的感觉。他说，我在开会。下班的时候，我来看你吧。

和欢说，等你来。

吴杰豪没有叫司机，是自己开车去的，到培养园的时候，天还没有黑透，大块大朵的灰云，把天压得很低。吴杰豪把车开进黄土路，小心地转过小叶桉林，和欢也许是听到了汽车的动静，已经穿过竹篱笆，过来迎接。下车的时候，吴杰豪看到一份晚报散着放在木棉树下的那张旧躺椅上。

吴杰豪说，要不一起去吃饭，边走边说？

和欢迟疑了一下，说，祝安突然来了。他走以后，我一直睡不好，靠吃药，吃药睡了就是乱七八糟的梦，有时里面有他，也经常没有他，有的好像是回忆的片段，还有一次是又看到我们结婚……我都不知道是不是睡着了，经常头痛……最近半年来，我的睡眠好了一点，不靠药有时一天能睡四五个小时了，但是，就没有梦了，所以，很久很久都没有梦到祝安了。

和欢停下来，看了吴杰豪一眼，说，昨天他突然来了，浑身是血。我觉得奇怪，好像他从战场上回来的一样。他却说，你怎么搞的，这么久了，都不去看看杰豪一家。我说，我是想等你回来一起去的。我一说，他的身子就在雾气中慢慢化掉了。

和欢说得平静，可是，眼泪却掉了下来。

用手背轻轻擦了眼泪，和欢说，你老婆身体好了一些吗？吴杰豪还没回答，和欢就往小平房那里走，他就跟着她走进房间。和欢从一个密码箱那样的包里，拿出了一个椴木盒子，比笔盒更长更大，抽开盖子，里面的红绸缎衬着一根老参，最细的参须弯到盒子边，只比头发粗一点。

这里可能太潮湿了，我也忘了，都蛀虫了。和欢把参拿起来，果然参体上面和盒底，都是粉状物。祝安一直要感谢你，你老婆身体不好，祝安更是要把它送给你们，可是，祝

199

安走了。昨天梦到祝安后,我半夜就爬下床,把它找出来,没想到都蛀了。这个,你老婆还能用吗?

吴杰豪说,她已经病逝半年多了。肺癌。

和欢怔住了。

我以为你们单位可能有人会告诉你。吴杰豪把参放回盒子,推上盒盖。走吧,我们去吃饭吧。

树丛深处有只什么鸟,在黑暗中尖声尖气地叫,孤单而任性。两人一前一后,穿过竹篱笆,走向汽车。和欢上车的时候说,我昨天感觉不好,不知道为什么,特别……难受。那个梦也不好,我很怕看到他身上都是……血的样子。前年他走的时候,有一件睡衣,因为有他的味道,没洗,一直没洗,我要留着那个味道,可是,慢慢地味道就不像他的了,我还是没洗。昨晚做噩梦醒来,我把脸埋在那件衣服上,怎么它也变得好像有点血腥味……

吴杰豪看到一颗眼泪从她的脸上慢慢爬了下来。

吴杰豪觉得,和欢主要不是为了东北参的事,而是想排解有关祝安的噩梦。

吃饭的时候,又变成没什么话讲了。

吴杰豪说,这个世界真是荒唐,在我妻子被确定肺癌住院的时候,就有人来提亲,越到后来越多来说话的人,有介绍人带着姑娘到我办公室,假装找我有事,然后说媒。提了副局长后,有人做得更露骨,好像是订货。那些姑娘也很主动。我一个都不见,那些人太世故了。人还没死呢!

和欢没有说什么。吴杰豪以为和欢不会对这个问题发表任何意见的时候，和欢说，那你现在可以好好挑一个了。

吴杰豪摇头，她们不可能比你好吧。

送和欢到培养园的时候，吴杰豪说，我也下车吧。

和欢下车的动作停顿了一下，说，已经很迟了。

我知道。

和欢看了看安静的院子，那只尖声尖气的鸟已经不叫了。和欢忽然笑了。她笑着把手伸进车里，抚摸着吴杰豪的脸和脖子。祝安说过了，我们欠你的人情太大了。来吧，下车吧。

吴杰豪僵直了一下，把她的手拿开，启动了汽车。他以为他掉头的时候，可能会听到吹起的呼哨。他是从和欢的笑声中推断的。他不愿再回头，一踩油门将汽车开出了小叶桉林，一口气冲上了千竹大街。

那时候，和欢已经慢慢走到了木棉树下的躺椅边，她坐了下来。离上班的时间还有三个小时。

电话

和欢吗？最新数字！我刚认识一个警察。你知道我们这个城市每年失踪的人有多少吗？一千一百多！

赵侦探啊。那又怎么样？

你知道能找回来的数字是多少呢？十分之一！

我也找不动了。你要再想努力,那是凭你的良心做事。还是没钱,也累了。

嘿,什么钱不钱,一家人不说两家话。我晚上可以去你那儿吗?我有很多新情况。

你说说。

电话里不好说。

不说就别来!

好吧,随便说一个给你听。警察告诉我,有个女的和她老公老是吵架,那天吵完后,她就跑出门去了。老公气头上也不找,不就是回了娘家嘛。连续几天那女的都没回来,老公只好给岳父母家打电话,哇!才发现人丢啦!有人发现了她在桥下的衣服和鞋子。人们都说,早都不知道给水冲到哪里去了。那男的不甘心,哭着连续在下游寻找了一个月,没有。最后,你知道是怎么回事?

早就被人打捞起来了。

不!她和她的相好金蝉脱壳私奔啦!

呸!

还有一个,也是真事。一对夫妻关系不好,男的有一天在上夜班的路上就失踪了。到处都找不到。周围的人,包括男的父亲都怀疑女的杀了老公。警察来调查,果真发现那女的有情人,结果,统统关起来,查来查去查了半年,没有结果。那人失踪就是失踪了,反正谁也见不着,警察又没有证据破案。哪知道三年后,抓住了一个杀人狂。杀人狂交代说,他把那个男人杀了扔进了钢水池!红红的钢水池啊,连骨头都化啦!

胡说八道!

哎!是警察说的。呃,真的,我想你。今天晚上,我特别想听听你的笑声。

把我老公找到再说。

找到了,还有我的份吗?!

你一点进展都没有。

你没给我一分调查经费哪。你知道我两趟到深圳花了多少?不说啦,不说啦!

谁知道你去没去!让你给我车票,你一次也没带来。

天地良心啊!车票造假还不容易呀。我们是侦探啊。听说你又雇新侦探了?

少来。你到底还有没有新线索?

我今晚过去?

等我电话吧。

十一

在南方,在这里,春天和夏天在人的眼睛里,是没有明显区别的,绿树葱茏,鲜花竞放,每一条大街上绿化带里的三角梅、美蕾花，还有扶桑，都在吐艳。所以，每当洒水车张着水翼迤逦而过时，湿漉漉的街景，在鲜花绿树的摇曳下，真是满地深春。可是，这是夏天了，这的确是个海风明媚的凉爽的夏天早晨。

这是和欢丈夫失踪的第四个夏天了，如果过了这个夏天，祝安就失踪整整四周年了。

祝安的手机在包里响起来，是连续而零碎的小鸟叫声。每次一听，和欢就自然会想到祝安领着她，第一次到培养园的那个清晨。那个无人打扰的清晨，丝缎般的阳光穿过高高的小叶桉，穿过相思树木，星星缕缕地洒了下来，各种小鸟远远近近的叫声，也像阳光一样，穿透绿叶，从他们头上一串串跳落；弯腰一看，竹林那边，白鹭在有淡雾的湖面上飞翔。

小鸟铃声还在啾啾啾啾地持续着。和欢没接。早上的大街行人太多，如果接电话，往往顾此失彼，倾身调整开关的躲避行人动作不好操作。实际上，和和欢换班的那个蔫蔫的落榜生，前两天刚刚因为一手去关右角喷开关，一手持方向盘，结果控制不住，开到了对向车道上去，引发了对向车道上两辆汽车追尾事故。

和欢没有接电话。她就让那电话响着。

电话停了。

电话又响了。

啾啾啾啾，轻轻重重、远远近近的啾啾啾啾声，叫出了一个清凉而透明的早晨。和欢微微扁着嘴唇，想吹口哨。三四年来，这个随身携带的祝安的电话，并不常响。一旦响起来，和欢第一感觉就是祝安！祝安来了！祝安的。当然不是祝安，事实上，它总是和祝安的现身毫无关系。日子，就那么一天天、一月月、一年年地过去了，三年，眼看四年也就那么过去了，渐渐地，电话终于渐渐地用事实教育了和欢，和欢也就渐渐地不太容易将响铃和祝安联系起来了。吴杰豪说得对，早就该换上她自己的号码了。

啾啾啾啾的声音又起来，好像副驾座的包里有一窝快乐的小鸟。和欢开始轻轻地吹起口哨。和欢决定开到前面一段加油站的空旷地，就停下来接。她边开边想，是谁这么急啊，吴杰豪？十有八九是他，吴杰豪有事的时候，就是这样连着催的。吴杰豪上次就是这样的，非要当天晚上见她。和欢说好啊。和欢说，什么事这么急啊？吴杰豪迟疑了好一会儿，说，祝安不回来了，我想陪着你。如果你不同意，我可能就必须考虑跟别人结婚了。

和欢一时说不出话来。停了一下，她说，祝安会回来的……吧。

吴杰豪听出了她肯定的语气最后的转变。所以，吴杰豪说，要回来早就该回了！只要你一句话，我可以陪你等。要我等吗？

和欢摇头。和欢说，你为什么对我这么好？没必要的。

那天晚上他们没见面。凌晨三点，海洋之心广场，也就是和欢出班的必经之路上,吴杰豪,或者说非常像吴杰豪的、穿着风衣的男人站在路口的猩红色的立邦漆广告牌下,他并不避让和欢的洒水车,等和欢意识到,那人已经淋湿了。和欢转到另一车向道,却看见那人还在,只是站在了大街的这一边,这个时候,和欢已经感觉是吴杰豪了。但是,等快开到他那儿的时候,和欢闭上了眼睛,她不想看到到底是不是吴杰豪站在水中等她,她不希望看到这样的情景,她觉得会受不了。洒水车就那样越过了那个身影,车子就那么开过去了,直到很远,和欢才睁开了眼睛。

一个月前,也就是五一节,吴杰豪结婚了。听说是个未婚姑娘。他没有请她,事后,和欢主动打电话过去,吴杰豪客客气气地说,只是请双方小范围的亲朋好友坐了坐。谢谢你。

和欢眼泪就冒了出来,喉咙发胀,而且隐约有醋意。我已经不算他的好朋友了。和欢已经打听到了,他那个妻子比他小十岁,有点混血,搞中医研究的。

今天吴杰豪有什么事呢?和老婆吵架?离婚?

到加油站那边的时候,和欢掏出电话看,却意外地看见不是吴杰豪的,三个是陌生电话,是同一个号码。另外一个是队长办的。和欢决定先回那个打了三次的陌生电话。

谁打我电话?

对方是个男的,说,你是谁啊?

你打我电话,问我是谁?和欢有点不高兴,口气就粗鲁起来,打了三次,到底干吗?

对方说,谁?谁打三次?——噢!噢!你等等!

换了一个人接电话,也是个男的。那人几乎在叫喊:是小和吗?有祝安消息了!你现在在哪里?我们来接你!

和欢没说话。

对方大喊起来,我们是祝安的学校!你在哪里?!

祝安他在哪里?深圳?……

不,不,你在哪里?我们来接你。

祝安在哪里呢?

隔壁县,临州郊区,他老家。你在哪里?我们马上赶过去。

他出了什么事?

还不清楚,反正有他的消息了。我是校办曾主任,我和你一起去。

十二

曾主任戴着眼镜,有点胖,但一副精明强干的样子,当年要把祝安手机清出局域网、减轻学校负担的就是他。和曾主任一起来的是个老司机。一路无话,曾主任便说了句像玩笑的话,他说,你们开洒水车的,开起小车一定比周师傅更厉害吧?和欢说,和开那个水泥搅拌车是一样的。和欢说,他到底怎么了？

我也没有详细情况，是当地医院打来的电话，后来是当地交警。

和欢就不再说话了。周师傅的车子开得很快，外面的香蕉林在视野里飞驰。和欢脑袋里乱乱的。交警？出了车祸？——既然不要家了，干吗倒霉了就想起我呢？你同学呢？

其实那个交警大队是在临州的郊外。周师傅把车开到一个叫天涯饭店的四层楼前。原来那个交警大队就在那里借了一层办公。总台小姐并不问他们找谁，他们看着标志上了四楼，没到楼梯口，就听到好多个嗓子在高高低低地叫嚷，有人在猛烈地拍桌子。看那门口标牌，正是他们要找的事故处理科。进去一看，两拨人因为肇事赔偿正在沙发那边面对面地吵架。办公桌旁，两个警察低头在看一张血糊糊的现场照片。和欢一看，心就揪了起来，又想再看，警察却把卷宗合上了，说，哦，你们来了。哪位是家属？

曾主任就指和欢。警察打量着和欢，一边从抽屉里拿出一个塑料资料袋，他抽出几张白白黄黄的纸张递了过来。和欢一看：《无名氏尸体法医检验鉴定书》，还有一张报纸，一块比名片小一点的方框被红笔圈了起来："认尸启事"，还有一张纸的中央，贴着一张医院病房照片，一个头裹绷带、面目不清的人，躺在氧气瓶、点滴架旁。

和欢已经听不到沙发那边一摊人物的争吵了，她在想这照片上躺的人是谁，突然，耳边响起一个轻声：什么？！2000年！2000年！我们还以为……曾主任的声音越来越高，最后这句就是厉声质问了：为什么现在才通知？！

我们三年前就登了启事。

这什么报纸，你们地区的小报！我们那儿根本没有！

那总不至于登《人民日报》吧？一直无人认领，我们还以为是打工仔。要不是这次医院清理无名氏遗物，你们现在还是没有消息！

和欢盯着照片看。曾主任说，这照片上的是他？

警察点头。

肯定是他？

警察点头。

曾主任说，那其他遗物在哪里？

临州二院。曾主任说，你们哪位是事故处理警察，请带我们去医院。两个警察互相看看，其中一个抓起帽子。

临州二院是个小医院，但是，那个一路抓着帽子，但始终不戴上帽子的警察说，这一带交通事故多，别看它小，这里很多医生手术水平还挺高。曾主任哼了一声，又看和欢。远远的，老周停好车，也疾步追了上来。和欢一直没说话，脸上也看不出任何表情。

接待他们的是个年纪不轻的护士长，一张大脸上布满黄褐斑。警察好像跟她已经熟悉。护士长看着和欢，眼睛里闪出了莫名的兴奋：哎呀！也真是怪呢，我们都是定期整理

209

无名氏遗物的，不可能这么久的东西还在。它偏偏不在正常的柜子里，偏偏我昨天突然就想连那个柜子也一起收拾一下，偏偏我又整理得特别细——平时你不可能这样做的，忙啊——听说是个年轻的老师？

没有人搭理那个兴奋的老护士长。曾主任嫌她慢，自己伸手夺过了她刚从一个白矮柜中提出的一个塑料小袋。曾主任把里面的东西，一一取了出来。

一本两指宽的小通信录，上面有很多人的电话号码，有的页码快掉了；一张工商银行卡，背后有祝安的签名；一张折小的职业学校的便笺，上面有学校的电话，也就是曾主任办公室的电话；还有两张名片，一张是吴杰豪的，还有一张是不认识的人的；此外，还有一个穿着红线的小玉片，这个和欢知道，是祝安母亲求来的护身符，平时是挂在祝安的脖子上的。

如果照片很模糊的话，那么，这些遗物已经能百分百地确认，它们的主人，的确是死了。早在三年半以前，在那个初秋的下午，他的骨盆和脑颅骨都碎裂了。

和欢身子忽然摇晃了一下，老周急忙扶着她。和欢把祝安的护身符拿了起来。曾主任看和欢站稳了，又迟疑而仔细地看了看通信录和银行卡后面的祝安签名。

我想问一下，曾主任口气很冷，既然祝老师的所带信息这么完整，为什么当时不联系我们？为什么要等三四年之后？！曾主任指着桌上的遗物：这！这！这！这里任何一样东西，只要你们有心，都能指引你们在当天就联系到我们！联系到家属！你们说说，这到底是怎么回事？！

护士长一时难以接受曾主任的指责，她用无辜的眼光看着警察。警察说，这可能有误会。按我们的工作程序，总是积极查找被害人亲人的。他身上没有电话——不然肯定没这些事；当时抢救的现场比较乱，他的穿着也像外地打工仔，颅骨破了，根本没醒过来——不然也好办；等人不行了，我们登报认尸体，也没有结果，所以就分析那些东西，会不会是偷来的。所以……

你们就不能试打一个电话？小偷？！太荒唐了！我这辈子还没听过这么荒唐的事！一个电话就足够了！曾主任重重地拍了桌子，祝安的银行卡和小玉片在桌面轻轻跳了跳。

警察说，你干吗？！

老周说，胡闹嘛！一个人又不是一条狗。

曾主任说，既然在这儿，我们想向抢救医生问点当时情况。警察说，我们已经调查过了，当时的医生已经找不到了。

那入院记录呢？

他们也来调了，护士长拿眼睛看警察说，结果也找不到了。还好找到了这些，多少也是个定心的事。要不你到现在也还不知道你丈夫去了哪里。护士长侧脸看和欢，你说是吧？和欢木然地盯着窗外一个点。

那肇事者在哪里？判了多少年？曾主任又说。

警察说，还在抓捕中。他逃逸了。

211

逃逸！那祝老师骨灰呢？

无名尸处理当然就没有骨灰。

都是屁话！曾主任说，简直太不负责任了！

戴眼镜的！你说话注意点！

荒唐绝顶！天下还有这么浑蛋的事，你还让我注意说话？！

十三

回程途中，老周用感慨的口气说，主任啊，你这人真的很仗义，简直比自己的事还急呢。

曾主任不知道老周是真心赞美还是贴切的马屁，反正听了直笑。曾主任说，的确太过分了。小和，你别怕，学校会支持你找他们讨说法的。我看恐怕要请个懂法律的来办。

告谁？医院还是警察？老周说。

我看都该告。看谁在草菅人命！曾主任看着和欢，和欢一直漠然地看着窗外飞驰的景色。曾主任说，小和，你怎么一直不说话？这事肯定有人要负责的，好好的一个人，三四年没下落，不可能谁都没责任。是吧？

和欢点了点头。这时，电话响了。曾主任听出是和欢包里的电话在响，看和欢仍然盯着窗外，似乎没听见，就动了她一下。和欢迟钝地看了他一眼，几乎同时也听到了自己电话在响。

是那个蔫蔫的落榜生打来的。和师傅,我想问一下,你是跟我整个换班,还是让我只替你中班?

和欢说,我快进城了。我来了。车还放海洋之心吧。

那太好啦!晚上正好有场足球赛。好,我把车就停那儿。噢,和师傅,听说你丈夫有消息了?听说在外面开了大公司?

和欢没有说话,也没有挂机。她的眼睛始终看着车外。电话里停留的时间太长了,那个蔫蔫的落榜生醒来似的说,嘿,那回来再说吧。晚班就交还给你了。

一路无话。到市区的时候,曾主任说,你要去哪里?我们送送你吧。

和欢没有讲话。老周回头看了他身后座位的和欢一眼,又拿眼睛看曾主任。车子又跑了一段路。曾主任说,小和,是不是要接班了?我们直接送你到广场好吗?顺路。

和欢看着华灯初上的大街。远远的前方,更加繁华锦绣、星光灿烂的郑成功东西大街发出梦一样的光华,接近地面的夜色苍穹被染得金红氤氲。曾主任以为和欢不会回答什么了,正在和老周交换困惑的眼神,和欢却开腔了,声音很轻:你要是不想和警察打交道,你就要先问清楚他的名字;他也要问清我的名字——要和身份证上的一样——不然麻烦就大了——

你说什么?小和?

213

到了。谢谢。

曾主任和老周目不转睛地看着和欢像梦影一样下了车,往海洋之心的郑成功东路天桥那儿走去。一辆白色的高大的洒水车就在凤凰树下。

十四

海洋之心广场放射出去的五条路中,郑成功东大街、郑成功南大街都是双向八车道的繁华大街,台湾东街也是六车道大街,它通过紫荆大道可以一直连到海天大桥。

下班的高峰期刚刚过去,但是,来来往往的车灯依然喧嚣,被洒水车喷洒过的路面,黑黢黢的成了水路泽国,把车灯的灯影拉得很长,让人想回家。看不到人影的汽车,来来去去走走停停的样子,总是非常可爱。郑成功东大街、郑成功南大街,再取水,然后洒水车上了台湾东街。就像在一个喷泉的中心,和欢在水中央突突突地行驶着,所到之处,汽车的灯光都映照出满地的莫名的忧伤。其实,不仅路人,还有汽车,尤其是私家车,看到那张着巨大水翼的行进的洒水车,都有了畏缩和逃避的姿势。

并不喜欢使用音乐提示的和欢司机,忽然打开了音乐开关。她把音量开到了最大,车里车外,机动车道、非机动车道,甚至是洒水车水翼接触不到的绿化带边的人行道上,人们都听到了那个蔫蔫的落榜生最喜欢放的周杰伦的《简单爱》。

> 我想就这样牵着你的手不放开
> 爱　能不能够永远单纯没有悲哀
> 我　想带你骑单车,我　想和你看棒球……
> 爱　可不可以简简单单没有伤害
> 你　靠着我的肩膀,你　在我胸口睡着
> 像这样的生活,我爱你,你爱我
> 想——简简单单——爱——

开关已经不能再开大了,但是,和欢突然把左边右边的洒水开关统统变成冲水开关,这原本是规避行人车辆、夜深人静时才使用的冲击清洁方式,她突然全部打开了,而且冲水转速和车辆时速都开到了极限。

劈面激流中,车辆,几乎所有的车辆都停下了。

劈面激流中,行人,几乎所有的行人都愣住了。

紫荆大道上,那辆有着女人图案的公交车,看到这辆飙行的洒水车,有人慌忙关窗,那个身首分离的美丽女模特儿变成了一个完整的身姿。

洒水车和它猛烈地邂逅。

这辆恐龙般的洒水车,在震耳的《简单爱》提示音乐中,向两边喷射着激烈的水翼,就像一只巨大的翼龙在夜色中几乎要离地飞翔。它挟持着两侧巨幅的水的翅膀,奔驰着横扫台湾东街、紫荆大道,一直冲向海天跨海大桥。

爱　能不能够永远单纯没有悲哀……
爱　可不可以简简单单没有伤害……

海天跨海大桥上,传来一连串紧急的汽车刹车声,汽车车灯在惊慌地互相交错。而那辆水势磅礴的洒水车,终于像一只真正的翼龙,它超越了大桥护栏,在音乐中,在海天之中腾起、飞翔。

想——简简单单——爱——
想——简简单单——爱——

鸽子飞翔在眼睛深处

也许它真是青铜古刀

　　所有的故事都发生在鸽子眼睛能看到的地方，而鸽子，经常在他们的眼睛里飞翔。

　　粽子最后一次回到度道山二十二号，是老太婆去世两个多月后。

　　最后一次站在老太婆的屋子中，他看到外面阳光灿烂，室内却依然灰暗，凉飕飕的。老太婆那幅杂志大小的带框遗照，有点歪地靠在桌上。她依然是凶狠又不耐烦的表情。粽子很不喜欢她的脸，但是，如果老太婆还活着，说话间，有时会露出浅浅的笑意，尤其是眼睛，那两只核桃深缝中的圆溜溜的眼睛，间或会有柔和温润的光泽。这是粽子可以接受和现在有点怀念的地方。老太婆死了。老太婆已经死了两个多月了。

　　粽子走过去把遗像翻转，向着墙。

五房两厅的大屋子里，钢琴没有了，除了旧电视，什么电器都没有了。到处都是旧报纸片，旧药瓶子，单只的旧拖鞋，仿佛遭遇了洗劫，连卧室内最老式的窗式空调，他们都20元卖给回收电器的人了。粽子不由得哼了一声。他想起老太婆那对来奔丧的儿女。那把刀，那把马首刀，据说是青铜制造的古刀，当然也没了，早就没了。一年多了，粽子在这里出入数十趟，这个屋中最令他魂牵梦萦的就是它。他曾偷偷配了荣誉陈列橱钥匙，后来背着老太婆，偷着打开荣誉橱，将刀偷着拿出去。他让粪扫带他到古玩市场巷的一个叫狐狸的干瘪老头那里鉴定，却半天鉴定不出所以然来，可是，粽子发现，这之后至少有四个玩古玩的家伙，主动和他套近乎，想看刀，打听那刀的来历。粽子就有数了。

当时，狐狸搁下放大镜，眼睛从老花镜框上探出来。他是这么说的：也许就是仿制品！也许值一两千，也许一两万，也许价值连城！狐狸不想吓着粽子或者他自己，他说"价值连城"的表情，和说"我要尿尿"差不多。他真的就起身去撒尿了。

夭夭九也是因为这把青铜马首刀，不理睬粽子两个多月了，也许就此绝交了。从老太婆住院开刀，夭夭九就说，把刀拿走。粽子没拿。老太婆死后，粽子还是没拿。两人忽然就互相指责，吵了起来。夭夭九甩了粽子一个耳光。后来，粽子又把这个耳光甩还给她了。那时老太婆的儿子女儿像盯贼一样盯着他，并把所有略值小钱的东西统统出卖时，夭夭

219

九大光其火。粽子的确是贼,和她一样的贼,但粽子却是个至少有偷它上百次机会的贼,可是一年了,粽子没有下手。

这是夭夭九无法原谅的、永远的错。

夭夭九当时破口大骂。粽子一时失控,就一巴掌甩了过去。夭夭九发了一阵呆,转身就走出了那个台湾上包餐厅。夭夭九再也没有回来。粽子马上就后悔了,给她打电话,不接;给她发短信,不回。夭夭九喜欢在这个上包餐厅喝意大利浓汤,吃火腿米汉堡,更主要的是,她指定要坐在幾米那幅《小鸭、小船、小渡轮》漫画的对面座位;粽子必定是坐在《风吹了我的草帽》漫画对面的座位。他们喜欢边吃边看他们各自选中的画。后来约吃饭,只要一个说,小鸭小船小渡轮,另一个就说,风吹了我的草帽。或者反过来,一个只要说,草帽,草帽!另一个就说,小鸭,小鸭!几点钟?

粽子到处找夭夭九。有一次,在马路对面,透过上包餐厅大玻璃,他看到夭夭九坐在餐厅里,她的侧影他太熟悉了。红灯一过,粽子奔过马路,夭夭九却已起身离去。在那个《小鸭、小船、小渡轮》对面的餐桌上,遗落着她的鲜黄片小太阳镜。粽子坐了下来。他仍然坐在《风吹了我的草帽》漫画对面的座上。他只要了一杯奶油蘑菇汤,慢慢喝着,看着墙上的两幅漫画诗;看着墙上的两幅漫画诗,他慢慢喝着。慢慢慢慢地,粽子泪水满眶。

老太婆的遗物

　　这五房两厅已经在一家物业挂牌求售了。这是老太婆的孩子在离去时,对粽子说的。老太婆的女儿说,钥匙你先留着,有空来看看房、浇浇花。也可能物业公司很快就把它卖掉了,也可能不好卖,太大啦,结构又老。反正我们是不会再随便飞过来了。

　　儿子说,里面的电视、餐桌、红木沙发,要是你喜欢,就拿去吧。

　　儿子的老婆说,是啊,谢谢你照顾我们老妈。老的脾气很古怪的,难得和你有缘。那次她突然青光眼手术,谁都没空,请假要扣奖金的!本来我都决定要来了,老的突然神经发作,说我来还不如你!还摔了电话。

　　做儿子的用肩膀撞了老婆一下。她做了个"有什么大不了"的表情。

　　粽子不想和他们再说什么了。他曾经提出,荣誉橱里那些老太婆的勋章纪念章,能不能送他一块做纪念。他们三个人马上同声拒绝了。他们拒绝得非常快,粽子觉得那种速度表明,他提出任何要求,都会被拒绝的。那时候,他对那把刀,依然保持非分之念,只是,他希望他们能自愿赠予。但是,的确是不可能的。当他还只是提出要勋章的当天下午,那把刀就不见了。有人把它收起来了,显然是提防他的觊觎之心。

老太婆活着的时候，五房两厅就因为空寂而四处潜伏着衰朽的声音，现在，老太婆死去两个多月了，随便一个响动，甚至一根针落地，粽子都能听到发自另一世界的气息。他隐约不自在起来。老太婆是多大的干部，粽子始终没搞明白。从一年前被老太婆强制弄进这个门后，他就知道，老太婆都是独居。一年多来，除了办丧事，他从来没见过老太婆的孩子孙子们。他们在外省。

粽子在这个灰褐色光线笼罩的五房两厅中走动。他一个一个房间看过去。原来五房只有老太婆卧室的吸顶灯是亮的，其他房间都没有灯。粽子后来为老太婆修复了另外两间的灯，本来还要再修下去的，但老太婆突然发怒地说，不要啦！

每一个房间，都能闻到老太婆身上特殊的腥气。老太太并不爱吃鱼，可是不知为什么腥气很重。老太婆手术的时候，粽子帮她洗衣服。粽子撒上极多的洗衣粉，可是，即使这样，即使衣服刚刚从太阳的暴晒下收回来，把鼻子贴近一闻，还是有淡淡腥气。因此，夭夭九每次进屋，都放肆地掀鼻孔，而且她要是想告辞离去，她从来不说，只是看着粽子用力掀掀鼻孔。如果不是那把刀，夭夭九很不喜欢来这里。

推开老太婆卧室的门，腥气扑面而来。粽子不由得也像夭夭九那样掀了掀鼻孔。他忽然有点想笑，有一种怀念的愉快。他在老太婆只剩光板的大床上坐了下来。床板认生似的,猛地嘎叽了一声。粽子继续掀鼻孔,后来他瞪大了眼睛。他看到了床头柜上的一个大文件纸袋。袋口有上下两个一分币那么大的圆纸片,白棉线通过它们上下绕行,用以封口。他有点疑惑,记得他们是把老太婆荣誉橱里的东西,统统装到这样的粗皮纸袋子内的。当时,他们拒绝给他任何一枚纪念勋章。

粽子俯身将袋子拿到手,还只是拿着,他就明白了,是的,正是勋章之类的东西。打开一看,没错。粽子还是无法克制地奢望那把青铜马首刀,可是,他再一次失望了。没有,没有刀。他把它们统统倒在床板上:珠江纵队纪念章、东江纵队纪念章、德河谷战役奖章、香港抗日游击队纪念章、港九独立大队成立六十周年纪念章、大浪湾歼灭战纪念章、新界乌蛟腾抗日英烈微型纪念碑、中国十大元帅头像纪念群章……

为什么没有带走呢?是忘了还是最终决定抛弃?对老太婆来说,这些勋章是伟大的青春,是一种不寻常的回忆。但对于别人,就不一定是这样的,是吧?不过,粽子费力地想了想,觉得儿女应该比别人更珍惜老人的东西,因此,更大的可能性是他们匆忙之中遗忘了。

老太婆屋子的后窗外,是个小山岗,那是天牛岭的尾巴。矮矮的,满岭巨石,靠楼房这面,大大小小的卧石上,地衣似的,匍匐着很多美人樱草,粉紫色、抱成碗形的细小花朵,随便一点小风,它们就会娇滴滴地抖动。再往上走,上面有网球场大小的一块平地,有很多橡皮树和方竹丛。老太婆经常在上面练太极剑什么的。

从房间里就能看到,前厅走廊上的阳光开始浑浊变软了。粽子走上光秃秃的阳台,牛岭山腰上的几架高压电铁架前后,依然是鸽群翻飞。太阳渐渐西坠,变得又大又红又软。忽然粽子听到阳台下面有声音高喊:舅舅好!舅舅好哇!

粽子随声就看到楼下那个智障小青年。他一手拖着一根黑胶水管,一手高举着,向粽子猛烈挥动。智障青年非常友善,身形像个中年妇女,可是脸蛋永远红扑扑的,两条淡淡的络腮胡子像淡墨一样画在脸边。据说他只有十七岁,但逢人就喊"舅舅好"。

粽子的私生活

如果不是那个智障浇花工,粽子是不可能和老太婆相遇的。

粽子的生活说起来也很简单。他的生活计划是这样的,每个月平均偷十二部手机,赃机均价三百多元。每个月,他需要两部手机钱支付房租,三部手机钱寄回乡下,给母亲、姐姐——当然,母亲和姐姐永远都以为是他打工的钱。他自己用七部手机费用生活,尽量节余,想买房子,把母亲、哥哥接来，但是，他觉得目标太高了，因此灰心。

有时月度计划完成得太早，他会放自己的假，或者帮广告公司送些邮递广告，当然，除非计划外途中，碰到了太过分的诱惑，他才出手。像那次，在公交车上，一个时髦美眉颈子上挂着一个最新款的 TCL 原韵 3288 小手机，乳白色的。粽子眼睛都看别处去了，他真的不想下手。可是，那个讨厌的丫头却挤到他跟前来，简直就是非要挤过来送手机的。不是眼睛，是他的胳膊他的手，看准一个拐弯，自动地左胳膊顺势一抬，估计车轮只转了小半圈，右手就闪电般摘下了那个精美的小东西。

可笑的是，那个小丫头一点感觉都没有，到站的时候，就那么戴着一段空绳子隆重地下车了。看那身姿，还挺拔得不行。

还有一次，在厦大那边。他背着一大沓邮递广告，也是准备干正经事的。可是，公交车开到文化宫站的时候，上来一个黑脸男人。那男人一上来，就对驾驶员出示了一个什么证件。可是，驾驶员说，我不认识这个证，下去！

黑脸男人低声解释了什么，驾驶员根本不看他，只是依然傲慢简洁地令他下去。争执就大声了。车厢前段所有的耳朵都听到，原来上来的是反扒便衣警察。他说凭此证不用买票，因为上车是开展工作。可能是身份暴露，便衣突然就态度粗暴起来。他厉声说，我的身份被你暴露，一切后果你负责！有种，给我开到你公司去！

225

驾驶员声音温和了一些,但是并不让步,他说,我没有接到任何通知。难道你想耽误这么多乘客赶车吗?!他煽动性地向车厢后一展臂膀,很多乘客立刻说,是啊是啊,去拿通知来吧。我们还要赶路。

下去!下去!粽子身边的一个穿真丝T恤的男人说,警察就不要买票啦?了不起了嘿!

更多的乘客起哄起来。便衣警察的头脸骤然涨红得像猪头,他非常孤单。他恶狠狠地拧过脖子说,你!你们!——我是为了谁?你们被偷了是活该!

很多人笑起来。便衣噌地跳下车,几乎同时,司机啪地关上车门,快得简直要夹住便衣的尾巴。很多乘客都在互相议论。真丝T恤大声对司机喊过去,老噻!(师傅)你——到行风评议办投诉去!警察就能作威作福啦!我呸!你给我先投诉他!司机假装没听到,也许他在掂量自己是否闯祸了。

就在这工夫,真丝T恤皮带上扣着的摩托罗拉手机,被粽子从皮套底部一捏挤,就像捏挤一个成熟的豆子,手机就到了粽子手心。粽子下车的时候,把智能卡取出,扔进下水道缝里。他一路把玩着那款手机。他想,那痞子怎么看都像两劳释放人员。那个黑脸便衣倒也令人愉快,嘿,不就是马、洪(警察)之类的麻烦东西吗?

那天他在度道山投完所有邮递广告,下山的时候智障浇花工看见了他。舅舅好哇,舅舅好!粽子便走到他身边。

粽子说，今天只是浇水吗？不施肥？

小浇花工吃力地挠挠脑瓜，想了好一会儿。他说，已经很肥啦，舅舅。

邂逅暴烈的老太婆

如果不是智障少年浇花工，粽子觉得自己一定不会碰上老太婆。不认识老太婆，那么，他心里就会依然保持原有的稳定。但是，与老太婆的奇特往来，模糊了一种稳定，他对自己的真实需要，产生了眩晕感。

那天，他和小浇花工瞎逗的时候，老太婆出现了。

一个白头发的老太婆像螃蟹一样，横着腿歪着身子地走上坡来。腾腾腾地，身子很冲，像是跟谁赌气。粽子看着有趣，他这辈子还没见过人腿可以这样迈步，不由得聚精会神，身子还跟着她横晃。小浇花工嘿嘿笑着，身子也剧烈地摇晃起来，像一个大母蟹。老太婆横行到他们跟前，手里的塑料袋突然断了提耳，一兜西红柿突地蹦到地上。粽子抬脚想阻挡，可是，好几个西红柿，骨碌碌地滚下坡道。粽子只好起身，追逐而去。

老太婆双手叉腰，看着粽子把西红柿一个个捡了回来。老太婆不接粽子交还的西红柿，双手依然叉在干瘦的腰上。她叉着的手肘晃动了一下，一指地上的豆腐、芹菜之类。粽子就把它们一一捡起来，可是，老太婆还是不接。老太婆侧过身，依然像螃蟹，腾、腾、腾地开步了，粽子看她走了几步，只好提抱着东西跟上。老太婆停在右拐弯处一排高大的相思树前的红砖小楼前。已经走到红楼的楼道防盗门外，她的身子还未停，两脚还是横张着，左右一二地踏了几下，身子才停稳下来。老太婆开始按密码。粽子准备趁机把东西递给她。还没走近，老太婆厉声说：

输密码啦！退下！

粽子只好后退一步，甚至有点心虚，这和他当惯小偷有关。但是，他真的不想送老太婆进去了。显然老太婆似乎赖上他这个劳动力了。这个楼有五层高，粽子只好希望老家伙不要住在五楼。后来他才知道，度道山上，尤其是这栋红砖楼，住的都是非同一般的离休老资格。普通的离休干部，连一楼都享受不到。

老太婆开了楼道大门，更像螃蟹，不，以比螃蟹更滑稽可笑的姿势，不倒翁一样左摇右晃地一层层横上楼梯。粽子终于忍不住窃笑起来，只好跟在膝盖几乎不打弯的老家伙后面，慢慢上楼。好在老太婆住在三楼。她用钥匙把门打开的时候，粽子赶紧说，呃……婆婆，这个，菜……

老太婆不接。粽子想把它们放门口，刚弯腰，老太婆尖厉的声音就响在头顶：放厨房去！你进来！

粽子只好把菜提抱进去。

那次，是他第一次走进那五房两厅的大房子。老太婆像监工一样，兀自点着头，指示他把菜放在厨房水池上。你来！老太婆又下指令，然后，她腾、腾、腾地往客厅走。客厅起码有二十平方米，一大套发暗的红木沙发，笨重又难看，沙发前面是一个老款电视，电视后面满墙带框的老照片。大都是很久的老照片了，颜色黑的部分发灰，白的部分发黄，有的书本大小，有的却放到杂志大小。沙发后面是一架钢琴，钢琴边是两只一米高的大花瓶，乱糟糟地插了很多孔雀尾巴毛。钢琴边，有个玻璃门大橱，像个工艺品橱窗。

粽子对城里居家的结构装修缺少认识和比较，他只是觉得挺冷清的。夭夭九就不一样，虽说总是深夜出现在各色人家，鬼魂一样游荡洗劫，但是，也毕竟是见多识广的阅历，所以，她一见老太婆的家，就嗤之以鼻地说，垃圾！破烂！

老太婆把粽子首先领到玻璃橱前。这就是粽子第一次见到那青铜马首刀的时刻。老太婆在身子的摇摇晃晃中，摸出了一把钥匙。那个玻璃门上的锁，就像商店里陈列首饰等贵重物品的柜子上装的长把子锁。老太婆抖抖索索地插不准锁孔，粽子想帮她一把，老太婆暴躁地摇晃了下身子，表示拒绝。

这是香港新华社纪念章，这是港九独立大队纪念金币——不要用手摸！

老太婆拿起一张纸头：这是香港回归庆典邀请通知书，我去了……

粽子看到各种金色勋章，被轻轻取出又小心放回去，它们不断地在一只苍老的手上闪光,有的精致,有的粗糙,有的有绶带。有两个什么章,老太婆还把它们贴在干巴的胸口上。粽子想,老太婆是个人物吧,有了不起的过去。可是,粽子没法儿深想,一方面他本来就是想应付一下马上离去,另一方面,他突然看到了刀,那把黝黑的、透出暗绿的刀。一见到它,他感到心脏异常地收缩了一下,这是和企图占有新款手机不一样的心动。其实他至今也不算真正认识那把刀,但是,他感到震荡和异样。

那是一把黑褐色的刀,长约20厘米,轻度弧形,造型像一面迎风的芦苇叶子,中空的柄首却是个极精神的马头造型,马鬃迎风而起。整把刀有种说不出的超拔和洒脱。粽子从来没见过有如此色泽和造型的刀。

参观完毕,老太婆把橱门锁上。过来!老太婆走到电视机前说,看看这里面哪个是我?

粽子跟了过去。那面墙上挂着七八个老照片镜框。粽子仔细看了一遍,除了一张两个少年抱白鸽的题为"我们爱和平"的黑白照片,其余全部是半个世纪以前的军人照片,好像是电影里八路军的服装。他专门看女兵的合影照片。那些女兵都是齐肩黑发,扎着皮带、绑腿,服装宽大不合体,不过个个挺英姿飒爽的。可是,没有一个女兵像身边的老太婆。粽子连指两个,都被老太婆很不高兴地否定了。因为老太婆不高兴,影响了粽子的直爽,他只好指了指一个非常美丽的女兵:这个。

老太婆的眼睛立刻像火炬一样燃烧起来，亮得简直晃粽子的眼睛。老太婆几乎要把脸伸到粽子眼睛上，是我吗？老太婆的脸进一步逼近：她像我吗？你从哪里看她像？是从哪里？

粽子结结巴巴，因为哪里也不像。粽子困难地感到，天使和巫婆都在他跟前。粽子含糊其词：眼睛、脸型吧……唔，反正都有点像。我要走了，婆婆，我还有事呢。

你能肯定她就是我吗？

粽子艰难地点头。老太婆第一次露出了慈祥的笑容。可惜那笑容一闪即逝，老太婆恢复了严酷的或者说霸道的表情：坐沙发上去！你是谁啦？

女贼的出现

夭夭九的声音非常沙哑，有点像没变好声的男生。她的声音在粽子看来，简直是刺激耳膜。因此，夭夭九在电话里厉声训斥完还是陌生人的粽子时，粽子连连说抱歉，就赶紧挂了电话。可是，夭夭九的电话再度追打过来，粽子再挂掉逃避。夭夭九再追击，粽子不胜其烦，只好关机。可是，到晚上一开机，夭夭九的电话就追杀进来。粽子说，我已经道歉了！我不能再做什么了！我讨厌你的声音！

夭夭九像只公鸡一样，突然大笑，说，请我吃饭，这事才算完。这个时候，粽子还不能确定夭夭九是男是女。

夭夭九有一双比常人至少长四分之一的细长眼睛，浓密的睫毛在眼尾处长得打弯，看上去老是眯缝着看人，傲慢和纳闷的眼神奇怪地混合在一起，瞟你一眼，感觉怪得不得了。头发细软而蓬松，向脸侧轻曼地飘张着，好像不愿挡住那个特别的眼眉。平时，夭夭九都是把头发扎成马尾巴，可是，深夜，她穿着袜子，在某个陌生的人家，翻箱倒柜搜索主人裤袋手袋时，必定是披头散发，咬着一只钢笔大小的手电，实在是比鬼魂还要人命。据说有失主半夜醒来，看到一个披着头发的女人，在卧室梦游般无声飘动时，吓得当场尿了床；有不信邪的失主，一睁眼就判定是贼，但往往再度闭上眼睛装睡，等到天亮面对看现场的警察，他们又往往十分夸张，把夭夭九描绘得如同才出棺的鬼魅，身手非同寻常。夭夭九也有失手过，碰到英勇的事主，她只好光着脚逃窜，发足狂奔。她总是留着门，甚至留着来时的出租车。三次历险，她被迫送给事主两双半好鞋。

有一次，她没想到那家有狗，仓促中她从阳台爬跃而下。白天来看现场的两名警察，怎么都不相信是个女人作案，因为阳台上的钢筋防盗栅栏，未经训练的人是撬不开的。当然没有人想到，夭夭九出生在消防特勤大院中，用一根棍棒，从一个特别角度旋转破拆防盗栅栏是基本功。如果没有防盗栅栏，她从七八层高的顶层，可以徒手通过阳台，一层层翻下，自由进入任何一个未扣死阳台门的房间。这也是消防队员的基本功夫。后来,夭夭九和同道人交流出一种一字形和十字形的门锁后,这种杂技式的道行才几乎不用了。那十字形的门锁,专门摧毁锁心,被撬时声音极小,而且带上门几乎看不出任何异常。因此只要现场不乱,有的事主早上还傻乎乎地锁门上班去呢。

粽子使她再次历险。那天凌晨四点,正是人们沉睡的时光。夭夭九鬼魅般的身影,飘移在凤凰山庄靠隧道口的一户人家客厅时,第一次忘了关手机。平时哪怕安全系数再高,她在作案现场也绝对是关掉手机或根本不带。在现场,她忌讳制造任何声响,因为即使不惊动失主,也会分神而影响手上工作。可是,那个深夜,她自己竟然忘了关机。悄无声息地弄开门后,她脱了鞋子,然后习惯地在玄关站了站,一方面是定神,一方面是等待适应感,或者是想听听主人的鼾声也成。而这时,一个陌生电话竟然打了进来。哪怕反应再快,她也无法在三秒钟内让手机噤声。她恨不得一脚将手机踩得粉烂,或一口吞下手机。她咬紧牙关,隔着牛仔裤袋,飞快地用拇指将手机整片按键,狠狠地压磨过去。不管是接通还是关机,手机不响了。夭夭九冷汗汹涌而起。

谢天谢地,失主居然没有醒。夭夭九的全身第一次被冷汗湿透。

她惊魂甫定,退了出来。穿鞋的时候,只是顺手提走了沙发上的一个便携电脑。这个电脑不是放在电脑包里的,而是在女人的大手袋中,似乎是主人没及时拿出来。后来夭夭九才知道，没有充电器和辅件。那个手袋皮质异常柔软，是POLO的。但是，因为没有配件，笔记本电脑不好卖也不好用，因此，夭夭九对那个半夜打入的电话，越想越光火。

两人第一次见面、第一次吃饭，就在台湾上包餐厅。因为当时粽子正在那儿吃他的晚饭。因为难以摆脱，因为便宜，粽子就说，你过来吧，我在台湾上包餐厅。十五分钟后，夭夭九就到了。粽子完全不能猜认她，因为他下意识里觉得对方是个痞子少年。他的座位就面对大街，透过大玻璃墙，他边吃边浏览着来来往往的众人。他看到一个穿黑红色细吊带棉布背心、土红色低腰牛仔裤的女孩穿过马路，女孩推门而入时，有两样东西令他注目了好一会儿，一是那双特别黑长的怪异眼睛，二是她肚脐上一个银亮的脐饰，后来他才看清那是一只小指甲大的银蝎子，蝎子的尾巴，勾卷上来。

女孩看着他径直向他走来。粽子还起了一点虚荣心，觉得自己够帅有吸引力，以为女孩想坐他身边位置。可是，女孩停在他身边，突然就拍了他戴帽子的脑袋，比公鸡还糟糕的嗓子骤然响起：你倒自在啊！

粽子措手不及。他告诉对方自己戴着长舌牛仔帽，人家一下就认出了他，他却很没好气地以为在等一个少年痞子。粽子因此说不出话来，后来开始嘿嘿傻笑。夭夭九就又用力拍了他的头一下。

这一次，他们都没有看到墙上有着他们各自喜欢的幾米漫画。他们彼此都把注意力放在了对方身上。粽子分辩说，他的确没有使用电话,当时他在睡觉。他真的不明白他的手机怎么会自己打她的。夭夭九把铁证如山的手机电话记录拿出来给他看,粽子看了有点理亏但十分困惑。他确实没打,他说他的手机在充电。夭夭九听罢又抬手想打粽子戴帽子的脑袋,粽子一把抓住她的手,连忙说,你想吃什么?

夭夭九认为半夜四点用电话的人,一般不是好人,好人这个时候该睡觉了;另外,她认为粽子的声音和语气特别好听,所以她认为有必要来看看。她边吃边告诉粽子,手机响的时候,她正准备入室盗窃,因此她差点被害死。粽子笑了,他觉得这个女孩太能编故事了,有趣。

最后,他问夭夭九痛不痛?夭夭九说,什么?粽子指她肚脐上的饰物。夭夭九眯了眯长眼睛,牵了牵一边嘴角。夭夭九就拍拍屁股走了。粽子觉得她是在笑。

没有交换名字和电话,实际上至今他们都不知道对方的真实名字,但是,电话却是在他们之先,就自动互相认识了。

与老太婆交往:被迫与主动

粽子并没有像他原来想象的,帮老太婆把菜送到,就可以马上脱身离去。老太婆问了他干什么的,第二句就问他会不会跳舞。粽子说不会。粽子说,我真的还有事,婆婆,我下次再来玩。

　　老太婆说，我会跳舞。打仗的时候，非常苦，可是，我们很乐观，我们大家爱唱爱跳。大薰山那次突围，我们冲出敌人包围，和刘和光、王庆忠他们队部的同志失散了，十多天后，我们突然在大雨的山坳里相逢了。我们激动地扑向对方同志，我们互相握手、拥抱，热泪满眶。欢呼声在大雨中比春雷还响，后来不知谁带的头，大家不约而同地高唱：

　　　　为了国为了家
　　　　我拿着枪骑着马
　　　　生活在战斗的黑夜里
　　　　也驰骋在火热的阳光下
　　　　战斗已经几年了
　　　　我还没有回过家
　　　　眼前是金黄一片
　　　　又是收割的时候了
　　　　回去吧！不！
　　　　我不能把枪放下！
　　　　我不能把枪放下！

　　老太婆苍老的双手，卡在腰间，剧烈地摇晃肩胛。有着不好打弯的膝盖的长腿，像没有上油的木偶，失控地舞蹈。老太婆以稀奇古怪的动作，扭动着僵硬的身躯，又唱又跳，上气不接下气。那头又干又白、硬巴巴的白发丝，随着动作，麻绳一样生硬地飘动着，像一顶糟糕的假发。粽子瞠目结舌地看着，十分担心老太婆会跌倒，或者闪了老腰。

一曲终了。老太婆老脸上春花带露。她说，好不好看？

粽子连忙说，好看！婆婆，再见，婆婆。他直接往门口走去。老太婆说，等一下！等一下！我锁了门啦！果然门拉不开。老太婆抖抖索索地摸出钥匙开门。要防一防，老太婆抱怨地说，现在小偷太多啦。

老太婆开门很慢，照旧是瞄不准锁眼，但是，粽子不敢擅自接过来替她开。这工夫，老太婆说，本来我可以留你吃饭。我的微波炉坏了，找不到发票，他们就不上门修，我又没办法拿过去。好了，开啦。下次再送广告的时候，你要来找我。

下次就是两个月之后了。粽子又去度道山送过多次邮递广告，但每次都暗暗希望不要被老太婆逮住。小浇花工看到他，仍然老远就挥手高喊，舅舅好，舅舅好哇！每次，他都担心会被老太婆的耳朵听到。后来有一天，粽子突然想到老太婆的微波炉。回想当时老太婆说，坏了，不能请你吃饭。粽子就有点想笑。感谢这个破烂微波炉，要不老太婆就不开门，他只好在那儿吃饭了。如果吃了饭，老太婆再不开门呢，说不定只好在那儿睡觉了。

微波炉坏了，就没办法请人吃饭，说明老太婆很依赖不生火的东西。粽子想了想，觉得老家伙有点可怜。想了想就过眼云烟去了,反正人老了,都是这样。再后来,他在一个偶然的机会碰到认识狐狸的道上朋友,那朋友想出手一件刚盗来的什么古玉,粽子便第一次接触到他感觉肮里肮脏的倒腾古玩的家伙们。他猛然想起老太婆荣誉橱里的马首古刀。

他去按老太婆门铃的时候,已经是两个月后的夏天了。老太婆嗓门尖厉而不平衡,通过门铃喇叭,那声音像是和人吵架:谁啦?!粽子说是我。老太婆还是恶狠狠的,是谁啦!粽子说我是粽子,我送广告,来看看你。

门扣嗒地开了。到三楼再开门的时候,老太婆猫着腰,脸贴在防盗门不锈钢条格子中,像小偷一样,盯视了粽子半天,才说,等住!我开门。

老太婆认出了粽子。她说,报纸箱里我收过很多次广告单了。你没有来看我。

粽子嘿嘿笑着。

今天怎么想起来了?!

老太婆很严厉地追问。粽子被她问得不好意思。粽子说,今天时间比较早。你的微波炉修好了吗?

叫我一个老太婆送到维修站,怎么送?我跟你说,现在的人心坏了,什么售后服务!都是骗钱的花言巧语!你去看看什么牌的——去看看!

粽子只好起身,看了报告给她。记住!老太婆威严地拍着桌子,以后不许买这个牌子的!我本来叫报社记者来曝光,他们也要看发票,12315也说要发票。都是什么话!难

238

道还是我自己造的？现在的人都是什么东西！为老百姓，谁为老百姓？我们那一代的人，心里才装着老百姓！

那次，粽子把老太婆的微波炉带走了。一周后，他把修好的微波炉再给老太婆送回去。老太婆很高兴，脸上也比原来和蔼悦目多了。人老了，门牙等所剩牙齿，个个好像都变得很长，一根一根的，还显出黄褐色。老太婆笑起来的时候，粽子不由得就想到老兔子之类的食草兽类，他怎么也无法把她和墙上六十多年前美丽的女兵联系起来。

粽子说，婆婆，你的腿是打仗受伤的吗？

这边是，现在里面有块弹片；这边不是，是走不好路摔的，加上风湿，医生说膝盖骨变形啦。

老太婆不再跳舞了，那真是要了粽子小命的疯狂舞蹈。但老太婆经常唱歌，用十分尖厉而不平衡的嗓子，也蛮折磨人的。老太婆还弹钢琴，最喜欢弹的有《渔光曲》《绣红旗》《松花江上》《游击队歌》。在粽子听来，钢琴也弹得不怎么样，因为听来声音十分单薄，也没有力气，像小童初练琴。但是，老太婆总是自弹自唱，这个让粽子有点佩服。

最多的时候，老太婆喜欢讲过去的事。老太婆坐在阳台上，看着牛岭山腰上，看着那群不断俯冲、不断飞翔的鸽子，经常出神，有时就会回忆和讲述她过去的故事。在她青光眼发作，什么也看不清的时候，她就会先问粽子，现在有鸽子在飞吗？

粽子就说，有啊，一大群呢，正在飞过高压线塔，哦，又转回来了,往山岗上去,拐弯了,它们现在冲到那高楼底下去了,上来了,又都上来了……

女贼的私生活

粽子和夭夭九再次共餐的时候,仍然没有看那两幅他们后来各自非常着迷的幾米的大幅漫画。第一次他们在他们各自喜欢的漫画下面邂逅了,但是擦肩而过,第二次,他们不在那个台湾上包餐厅进餐,因此,和那两幅漫画再次无缘。

那天凌晨两点左右,粽子的手机响了,是个陌生的号码。他喂了一声,就听到了男女界限不清的独特嗓子:过来!我请你吃龙虾!

粽子迟疑着,他不是犹豫,他是在紧急判断夭夭九是否在恶作剧。夭夭九说,来不来?味道鲜美极了!本港龙虾哦,不是澳洲的那种。不过,是偷吃,有风险!

粽子从床上一跃而起。

真的是偷吃。地点是虎头工业区旁一个不大不小的餐馆。餐馆已经打烊,只有厨房灯火通明。夭夭九出来接他,两人从后门一个蓝色的大塑料潲水桶那儿绕进厨房。厨房内热气腾腾,只有夭夭九一个人,她居然还围着及膝的长围裙。夭夭九指着锅里说,那是红膏蟹,蒸熟了我们打包带走。你看,这是生龙虾,我片好了。芥末、酱油、嫩姜丝你要不要？最好别放醋。

粽子不肯承认他是第一次吃龙虾，更不承认是第一次吃生的。他学夭夭九的样子，蘸了口酱油芥末，刚入口，顿时五官暴动，泪水直冒，既不便吐又不敢吞，鼻子也被冲得恨不得一把揪下。夭夭九眯着浓黑的长眼睛说，你只能轻轻蘸一点，这样，两头蘸一蘸，否则鲜美的味道就被芥末盖掉了，人还难受。对不对？

粽子终于五官复位后问，这是谁家的饭店？

夭夭九说，我叔叔的。嘻嘻，过瘾吧？我经常这样，非常安全。你不知道，这种中小酒家的厨房，是最安全的，一般没人值班。

粽子后来才知道，夭夭九把被她侵害过的所有失主，都叫叔叔。这是我叔叔的假劳力士；这是我叔叔结婚用的白金钻戒；这是我叔叔的新款商务通；这是我叔叔女友的卡地亚手袋。

两只龙虾不过一小碗肉。吃完，夭夭九灭火揭开大铝锅盖，连尼龙网兜一起提起，起码五只肥红的大膏蟹被提出了锅。

出门的时候，碰到两个巡警，巡警路过他们身边，又折了回来。喂——

两人都吓了一跳。

巡警说，干什么去？

夭夭九用鼻子哼了一声。巡警开始打量粽子手上装着红膏蟹的黑塑料袋。粽子主动打开塑料袋,让他们看到是蟹后,粽子干咳着说,请老婆回家去,咳,她生气了。夭夭九用力推了粽子一把,扭身疾走。粽子尴尬地冲警察笑笑,嘿嘿两声,然后哎——地追了过去。

两名巡警看着他们,又互相看看,摇了摇头,又往前巡去。

夭夭九住在一个农民房里。四壁贴着碎花浅色墙纸,地上铺的是木纹塑料地毡,看上去不过是虚假的整洁漂亮。但是,里面什么电器都有。两人喝着葡萄酒,吃着红膏蟹。夭夭九说,你不是好人,好人看到警察都说真话。你绝对是非常糟糕的坏人,很糟糕的坏人才能把假话说得那么像真话。

粽子嘿嘿笑着。后来就全招了。

招完,粽子说,你父母在哪里?我看你像本地人啊?

夭夭九扬起下巴,眯着浓黑的细长眼睛,像要睡过去的猫咪。夭夭九不回答这个问题。可是,粽子和夭夭九第三次共餐的时候,是在有那两幅大漫画的台湾上包餐厅。粽子的位置在《小鸭、小船、小渡轮》下,夭夭九的位置在《风吹了我的草帽》下。面对面,他们互相看到了自己最动心的漫画。夭夭九忽然就说了她的家。夭夭九第一次说了一点她的家。她把她妈妈叫那女人,爸爸叫那男人。她说,那女人在我十一岁的时候,和一个太监一样的娘娘腔走了。听说,那太监的爸爸倒地皮、倒房产,有点臭钱,所以,那女人又勾搭上娘娘腔的爹,把娘娘腔给甩啦。那个男人,别看他救火

242

的时候很神勇，有一次加油站爆炸，他的两个同事都被炸飞了，他也差点就死了。他家里的奖状比垃圾多，他毕生的乐趣就是听到火警警笛长鸣，如果没人报警，他就梦想自己纵火，然后英勇救火。可是，这么不怕死的家伙，就是对付不了自己的女人。如果那时候我有现在这么大，我就会建议他把他女人炸死算了，何必吵吵吵，丢人现眼，大男人一点出息都没有。

粽子后来才知道，夭夭九的爸爸是消防队员，而且已经是个高层领导。可是，夭夭九从初三毕业就决定自己过日子了。她父亲原来经常找她回家，但找一次，父女俩就暴吵一次，后来他就绝望了，除了送钱来，他只是恳求夭夭九千万别碰毒品，其他的他不想管了。

男贼和女贼的往来

台湾上包餐厅是连锁店，每个店的装修装饰很一致。餐厅老板可能特别喜欢幾米的漫画。每一个连锁餐厅的墙上，都有六七幅漫画，每一幅都有小报那么大，每一幅下都有一盏向上打光的小射灯。夭夭九不管在哪一家，总是要坐在能看到《小鸭、小船、小渡轮》的那幅对面，边吃边眯着浓黑细长的眼睛欣赏那漫画。

那幅漫画上，是一个大头小女孩，光着小脚丫，单薄地坐在木桥上。小女孩的小光腿悬空在桥水之间,她佝偻着小身子看着水面。桥下的水面上,有一只玩具小鸭、小船和玩具小渡轮,水流就要把它们带走了。画旁边有几行幼稚的字:

小鸭、小船、小渡轮
拜拜,我不再想你们,不再爱你们了
昨天我爸爸、妈妈大吵一架
夜里我们抱在一起哭了很久,现在你们还害怕吗?
以后再也听不到吵架的声音了
这一切都是为了你们好
再见了,不要为我担心……

有一天,很突然地粽子想到夭夭九住地去玩,他想把一个刚到手的会跳舞的新款夏新 A8 手机送给她,打算把她的老摩 V998 卖掉。夭夭九却在洗钱,真正的洗钱。粽子敲门而入的时候,她正弯在自动洗衣机前倒洗衣粉。粽子和她说着话,靠近洗衣机时,大吃一惊。里面沉浮着至少两三千块钱,都是百元面额的。

夭夭九喜气洋洋。正好来帮忙,她说,再臭的钱,洗洗就好啦。

粽子直看夭夭九的眼睛,怀疑她是否有毛病。

夭夭九啪地翻上机盖:哼,那女人送来的。她哭着求我要呢。她倒每年还记得我生日。孝顺。我知道她的钱都是臭钱。小时候，她给我的钱，我统统找人换成另一张，虽然都是一样的十元、五元，可是不换我就不舒服！我讨厌经过她手的钱。现在，这个办法是不是更有趣？

钱居然没有被洗烂。夭夭九开始把软塌塌的湿钱，一张张往墙上贴，并要粽子学着做。没多久，墙上蓝灰、粉红一片连一片，四壁都像起了皮，怪诞得不得了。夭夭九在床上狂蹦了几下，像一只炸锅里的青蛙。她说，好，我非常满意啦。

高处都是粽子贴的，他腰酸背痛，不胜其烦。粽子说，要不下次放微波炉或者直接进臭氧消毒柜吧。

夭夭九尖叫起来：对呀！你怎么不早说！

粽子把夏新A8掏出来：要不要？要就把你的手机拿来换。

夭夭九立刻把自己的手机丢过来。粽子还是不给她，转身到洗衣机边掀开机盖，把A8咚地扔进了空桶中。夭夭九扑了过来。

这个不要洗吗？它昨天还是别人的，也许是人家叔叔花了四五千块的血汗钱买的。赃物就是脏物，是很脏的东西，对不对？

夭夭九已经把手机抢在手上。不，她说，这是利益再调整，我叔叔会愿意的！这不脏，不脏！不用洗啦。

老太婆、夭夭九互相厌恶

　　粽子没有想到，老太婆和夭夭九是那么的互相不喜欢，甚至是相互讨厌。老太婆管夭夭九叫"你那女的"，夭夭九从第一次见到老太婆就叫她"老疯婆"。第一次见面是在老太婆家。夭夭九走进来的时候，老太婆就像老猫问候小鼠那样，一句话也没有，横移着腿，不断在夭夭九身边转圆圈，上上下下打量着夭夭九。夭夭九脑袋跟着老人的身子转，一边放肆地掀着她漂亮的鼻孔。

　　老太婆伸出手，她想摸或者是想取下夭夭九肚脐眼上戴的东西。夭夭九飞快地一掌把她的手打掉。老太婆瞪起眼睛，再次伸手还是要动，夭夭九还是出手把她的手打回去。不仅如此，夭夭九竟然像印度女人那样，狂扭几下腰胯，瘦平紧实的腹部中央，银亮的小蝎子跳跃闪动着，极大地刺激了老太婆。

　　难看！丑！你丑！老太婆非常愤怒。

　　那时，粽子只要去送广告，都会去老太婆那儿转转，听老太婆说说话，然后看看橱柜里的青铜马首刀。就是说，那时候，粽子和老太婆已经是朋友了。所以，粽子时不时会说到老太婆一点什么——夭夭九对老太婆也不是太陌生，即使她们原来从来没有见过面——尤其是刀。

　　夸张地扭着胯，夭夭九闪动着银蝎子，径直往陈列柜走去。其实，任何一个客人，不管你愿不愿意，老太婆都会命令你参观她的荣誉陈列柜，不管你感不感兴趣，老太婆都要当她的讲解员，从第一块纪念章讲起。因此，夭夭九主动一过去，老太婆就左右摇晃地紧跟过去了。可是，夭夭九竟然自己想拉开橱门。老太婆兴致勃勃地尖叫：我拿钥匙开啦！

橱门一开，夭夭九伸手就摸向马首刀。老太婆出手更快，夭夭九的手背已经被打了一下。

两个女人互相瞪视着。

老太婆厉声说，我来拿！都是历史文物啦，随便你摸啊？你到博物馆，人家让你随便伸手吗？！一点教养都没有！

夭夭九粗声哼了一声。老太婆先拿出的是一块军功章。老太婆在讲解来历的时候，不是以前那种沉湎于往事里的表情，而是不断看着夭夭九，边说边打量夭夭九。她也许是在怀疑告诉夭夭九这些有没有什么意义，果然，她说了几块纪念章后，停了下来。

夭夭九又把手伸向刀，她想让老太婆说到刀。老太婆也许误会了，她猛然将橱门重重关上，赌气似的转身就走。更令老太婆不悦的是，老太婆在阳台上看鸽子的时候，夭夭九竟然冲着那边的鸽子猛吹口哨，老太婆当场翻脸，马上要赶她出门。

初次见面，她们俩的关系就拧住了。夭夭九走后，老太婆投诉了夭夭九很多劣习。比如，你那女的在卫生间不关门，还在马桶上跷二郎腿；你那女的眉眼不正，不像好东西，少在她身上花钱；你那女的贪吃，说话不实在。老太婆直截了当地对粽子说，不娶她！以后我给你介绍好的。

夭夭九对"老疯婆"的评价同样不佳。夭夭九恶毒地说，老疯婆活该被子女抛弃；老疯婆是个十足的小气鬼、抠门精，拿出来的喜糖，全是孩子都上学入托的人结婚时送的，还一人只给一颗！夭夭九最恶心的是，老太婆让她用自己的贴身破汗衫做洗碗布——那次夭夭九洗碗，一看用那洗碗布，坚决不干了，后来是粽子洗的。因此，"你那女的"的罪状多了一条："非常非常——好吃懒做！"

老太婆是极其节省的。有一次，粽子被她叫去，比说好的时间迟到了半个多小时，老太婆勃然大怒，令他马上上厕所。粽子以为是军人痛恨不守时的作风，却原来是老太婆小便了，算计着他正好要来，好等他用了一起冲水。他却迟到了！

即使这样，粽子还是不大接受夭夭九那么说老太婆，他后来还是没事就自己一个人来。老太婆跟他说了刀的故事，他也偷偷背着老太婆到古玩巷走了一趟，但事实上，不知是不是他和老太婆真的有了友情，他渐渐感到困惑：究竟是为了看老太婆，还是为了看青铜马首刀呢？再后来，夭夭九明确反对粽子去那儿，粽子脱口就说，我不是陪老疯婆晒太阳，我是为了那把刀。

一说出口，他就更迷糊了。但夭夭九非常认同这种解释，后来还不计前嫌地专程去一趟，带了进口甜枞果贡献给老太婆，然后大大方方地掀着鼻孔，虚心央求老太婆打开橱门，让她摸摸刀。老太婆还是断然拒绝：不要你摸，不要。老太婆虽然吃着杧果，但满脸嗤之以鼻的表情，就像夭夭九当时断然拒绝老太婆摸她的脐饰。

所以，两人的关系一直比较糟糕。

每一只鸽子都是一位同志

老太婆喜欢坐在阳台上，看着牛岭前面翱翔翻飞的群鸽。她会出神地看很久很久。那天粽子到她家的时候，老太婆在数着鸽群的飞翔阵次，421，422……

老太婆看了一天的鸽子，中午用微波炉煮的西红柿方便面。老太婆没有胃口了，面还剩在桌子上，一条条膨胀得粗粗的。阳台上，老太婆说，有一只领头的，它拐弯改变方向的时候，所有的都会改变方向；也可能没有领头的，但是，它们是有组织有训练的，高飞的时候，没有鸽子下降，下降的时候，也没有一只鸽子高飞……

粽子就陪着老太婆看，看着夕阳中鸽群飞翔。老太婆叹息了一声，说，每次看到它们，我就想起我年轻的时候，想起我们的同志，每一只鸽子都是一位同志，谁是谁呢，我眼睛花了，看不出来，可是，他们是在那里。大家都那么年轻有力，朝气蓬勃。每一个人都充满热血，随时准备在战斗中牺牲，因为，我们要把国家民族从危亡中解救出来。

老太婆要粽子到电视机前面的墙上，仔细看那张八个女战士的合影照片。粽子胡乱看了一下，眼睛停留在年轻美丽的老太婆身上。那时候，老太婆的眼睛真是好看啊，目光中还有一点得意，那是知道自己受人欣赏受人宠爱的女人目光；嘴巴非常饱满，有点肉嘟嘟，尽管是褪色的黑白照片，一样能感觉到它当年的丰美鲜艳。粽子简直想象不出，五六十年后，同样一张嘴巴却完全两回事，现在老太婆的嘴唇，尖尖薄薄的，一条条皱纹，交叉通过嘴唇，那嘴就像盐的腌制品，它还经常合不拢，暴露着里面衰老的长牙齿。

只要在阳台上，老太婆的眼睛永远追随着鸽群。鸽群也永远在那灰岩巨石和绿树相抱的山岭上，在天空中，在楼房的边角，整齐地俯冲和上扬，像飞速奔驰的活云。阳光透过高大的相思树枝，打在笨重的木摇椅上，老太婆目光迷离，鸽子在她的眼睛里面翻飞。粽子就靠在她对面的阳台扶手上。

1944年夏天吧，珠江纵队根据抗日的需要，一部分主力挺进粤中，粤中的部队要保持和上级的密切联系，需要组建电台，我们这八个，就是那十七个人的电台队中的女战士。我们每天要收抄新闻，翻译电讯，缮写电稿，学习报务技术。部队从五桂山根据地出发，渡过西江，向粤中挺进。由于这一路没有根据地做依托，战斗行军非常频繁，电台的通信十分困难，我们一直和省台联络不上。大家非常着急，无论白天黑夜，只要行军一到达目的地，我们就立刻选择位置，架设天线，点起豆油灯，开始试机联络。我们不停地按着电键，呼叫，一边始终静听搜索对方的呼叫，希望能在夜空的无线电波中，听到自己人的讯号。有时候累得难以支撑，我们就用冷水洗脸继续工作。山里的蚊虫又多又毒，还有蛇！可是，我们和男战士一样，毫不在意。每当新华社发布胜利战报时，我们会高兴地搂在一起跳。你们现在根本不可能理解我们的快乐。

你知道我们那时候有多大吗？最大的只有二十三岁！比你还小。薰山战斗中，个子最小的白玉凤和最壮的"高马"牺牲了。我一辈子也忘不了那一次战斗，到现在，我经常在梦中听到枪炮声和很多人哭喊的声音。

那是1945年吧，刚刚过完春节的一天，我们八个人合完影，部队从高明小洞出发，原计划夜袭新兴县城，后来改变向云雾山区转进，准备在该地区开辟新的根据地。傍晚，一下子下起了大雨，非常大的雨，但部队按计划仍然在雨中前进。女战士们背着越来越重的背包，三四次蹚过齐腰深的河沟。我们那时很奇怪，月经不来就都不来，一来一个，就个个跟着来。记得那个急行军的晚上，八个人有七个人来那个，可是我们一样走在齐腰深的河水中。

三月初的春水寒冷刺骨，扎针一样地冷，麻刺麻刺地疼到骨头里面，可是，没有一个姑娘叫苦，没有一个人叫痛，我们和男战士一样乐观。第二天天还没亮，我们到了薰山村驻扎下来。由于彻夜不眠地跋山涉水八十多里路，大家真是人困马乏。一边喝着热辣的姜汤,我们一边烧火,小心地用火烘烤着机器、衣服和背包。早饭后,战士们一个个躺在地上,马上就睡死过去了,太累了嘛。突然,枪声响了,侦察员来报,国民党158师分三路,向我驻地合围,我们从梦中跳起来。大家立刻收拾电台机器,等到摇机班的战士将电台机器全部挑走,确认机器安全了,我们几个女战士才往东边冲去。

我们那时太年轻了,从来没有遇到过被敌人包围的情况,跑出巷口,我们几个女的就跑到香蕉园中蹲着,以为这样就隐蔽好了。敌人追了上来,赶来救援的武装战士,和敌人发生了激烈的枪战,电台负责人老吴,发现了我们这伙蹲在香蕉地里的女兵。他一边骂着这帮傻姑娘啊,一边率领我们拼死往外突围。密集的枪声、炮声、村民的哭喊声及部队战士们的呼喊声交织在一起,我从来没有听到过这么嘈杂尖锐的混合声音。它们天天在我的梦里,忘不了啊!

两个女伴在突围中牺牲了,还有一个聪明滑稽的机务员严里岩,为了抢救一副发射天线被俘而跳下悬崖了……

孤独的老鸽子

直到后来,粽子才明白,老太婆并不是爱折磨人,才强迫他和她交往的,更不是夭夭九诊断的那种老年痴呆症。老太婆实在是太孤独了。有一次,粽子在晚上九点左右,偶然路过度道山红砖楼,发现整栋楼万家灯火,只有老太婆家所有的窗户都是黑暗的,客厅有一片蓝蓝紫紫的闪动光亮,那是电视屏幕。每天晚上,老太婆总是一个人在黑暗中看看电视,然后早早睡觉去;有时,老太婆看着看着就睡过去了。整栋楼,只有那套房间充满了寂寞。有时候,一两个星期,甚至更长的时间里,都没有人和老太婆说一句话,只有小浇花工叫她"舅舅好"!老太婆有一次,为了纠正他的错误,坐在花圃围沿上,用了整整一个下午的时间,诲其不倦。太阳下山的时候,小浇花工终于腼腆地说了一句,奶奶好,嘿嘿。可是,第二天下午,小浇花工老远就向老太婆招手,大叫:舅舅好哇!

老太婆再也不理他了。老太婆青光眼手术前后一周,粽子和老太婆接触的时间比较多,他才注意到,老太婆经常自言自语。她的语音有时很模糊,但她一定在说什么。不过,每天中午一点半左右,老太婆会很清晰地说两句。粽子一开始不明白,有一次,老太婆正在和粽子说话,正说她父亲钢琴水平有多高,最喜欢那个叫李什么特的第几号作品时,老太婆突然停了下来。

再见,孩子。老太婆说。

粽子愣了一下,马上听到楼道里——好像是5楼,响起了童声。是一个小孩的道别声,还有关门声,随之有小脚下楼梯的嘭嘭声。孩子嗓子很甜稚,分不清是小男孩还是小女孩：爸爸再见！妈妈再见！奶奶再见！

那声音唱歌一样，随楼梯而下。粽子从来没见过那孩子，但自从知道老太婆每天在屋内和他道别，他也开始聆听了那小学生定时的欢快动静。老太婆只要醒着，必然给那孩子道别，但声音很轻，就像自己说给自己听。有时候，老太婆会加一句：早点回来，或者，小心汽车，孩子。老太婆从来不向粽子解释什么，粽子也从来没问她为什么。老太婆去世后，粽子突然有一天想到，那孩子终生都不可能知道，他小的时候，有个老人，在三楼一个紧闭的屋内，每天都和他轻轻道别呢。

青光眼痛感世界

老太婆和粽子的友谊，严格说是产生在她患青光眼的那个时期。老太婆眼疾发作的时候，一开始并不太厉害。那天，粽子到老太婆家时，发现老太婆并不看鸽子，而是闭着眼睛。老太婆脸色灰白。粽子觉得她这样睡觉会受凉的。粽子就想走了。

老太婆说，头不舒服，痛了几天了。

粽子说，你有药吗？

那时候，他们俩谁也没想到是眼睛的问题，所以，老太婆说，我有药，我有很多头痛药啊。没用。粽子说，那睡睡吧。老太婆不再理睬粽子。粽子转了一圈,看了看刀。橱门没关拢,上面还吊着钥匙,看来是老太婆上次讲过刀的故事,就忘了锁上。老太婆一直紧闭着眼睛。粽子干巴巴地又问了一句,那你要不要吃饭?老太婆摇头。粽子就走了。

第二天,粽子又去了老太婆家。那时,老太婆已经给了楼道钥匙和房门钥匙,钥匙片上用白胶布贴着老太婆儿子的名字,老太婆还有一套钥匙,那上面贴着女儿的名字。老太婆说,你先用,我儿子回来看我,你就要还给我。可是,几个季节过去了,粽子从来没听老太婆向他讨回钥匙过。后来,粽子问了,老太婆说,儿子在青岛,女儿在广东。都有自己的家,都很忙!粽子噢了一声。老太婆突然就恨恨然不高兴了,哼,可能哪一天你开门进来,就看见我已经死在床上了。硬啦!臭啦!

粽子没接腔,他不明白老太婆为什么突然不高兴,但是,他忽然觉得这么个年纪的单身老人,也还真是说不准呢。

那天,粽子敲门没人应声,粽子就开门进去。老太婆并没死,老太婆蜷在红木沙发上,似乎是用头撞扶手的奇怪姿势。老太婆面如土灰,她说,我忘了你的电话。我的头要炸开了,痛啊!

粽子把老太婆送到医院后,就陪了她一整天,先是各种检查,确认青光眼后,老太婆要输液,降眼压。医生说,正常眼压在25左右,可是,老太婆的眼压已经到了68,当然她的头会剧烈疼痛。

吊了一瓶适利达、甘露醇什么的，老太婆眼压开始下降，头痛开始缓解。医生建议老太婆做手术，老太婆一听就拒绝了。我的眼睛很好！老太婆说，原来我是1.5的视力，打枪你打不过我！

老太婆根本不听医生的，后来她跟粽子嘀咕，都是想骗钱，看我们公费医疗的老干部，就像碰到了唐僧肉！我不过就是上火啦！要什么手术！

可是，当晚，老太婆又剧烈头痛了，痛得她满床爬。她打了电话给粽子，不是说去看病，而是说，因为她不同意手术，医生竟然就开假药，因此，效果很不好！她咬牙切齿地说，明天陪我到纠风办告那医生！

粽子次日一大早赶上度道山，老太婆又和前一次一样，用奇怪的姿势蜷在木沙发上，像一只练顶上功夫的蛤蟆，嘴里还发出了痛苦难忍的呻吟。

在医院陪老太婆打吊瓶的时候，粽子说，婆婆，还是听医生的，做个手术吧。你可以叫你儿女请假回来照顾你。老太婆不睬。医生又来劝手术。老太婆还是不睬。粽子说，要是再发作，你又要受苦啦！

老太婆还是不睬。

眼压下降，头慢慢轻松，老太婆就盘算回家要请粽子吃皮蛋瘦肉粥。老太婆在吃力地回忆家里还剩没剩下一个皮蛋时，医生把粽子叫出急救室门口。医生说，老人家糊涂，你这做子女的可不能糊涂！青光眼不是闹着玩的，眼睛会瞎的！

粽子懵懵懂懂地点头称是，说我回家再劝劝她。不过，如果回家她再痛，医生，你有没有止痛药？开个好点的止痛药吧？

医生说，你不知道青光眼的痛啊，有人痛得要跳楼自杀，什么止痛药也不管用。这老太婆很硬的啦。回去后，一定不要让她激动，要多休息，如果实在又痛，你可以这样按摩，这样，对，轻轻的，有时能管用；实在不行，明天一定来办住院手续吧。再说，实话告诉你，这降压药水副作用大，很伤肾的。

粽子说，啊，那个，我不是她的儿子，也……不是她的孙……

转身要走的医生又转过身子，瞪着眼睛。粽子结结巴巴，更加词不达意：他们都在外地……我是她朋友，她身边没有亲人，我……那个……

医生突然就生气了：我不跟你废话！叫她子女来！会瞎的！懂不懂？！又这么大的年纪！开什么玩笑！

你为什么不读书

老太婆最终还是接受了手术。之前拖了三天，老太婆能忍则忍，就是拒绝上医院，她只接受粽子的眼部按摩。粽子的指法狗屁不通，但是，当他的手指小心地为老太婆像做眼保健操那样按摩时，老太婆就很安静。老太婆像一只衰弱和顺的老猫，十分听话。其实她的眼球还比较坚硬，眼压不低，可是她坚持认为粽子使她眼球软了，头也不那么痛了。

粽子只好为她不断地轻轻按摩。病中的老太婆，不再叱咤风云，不再像个暴君。衰老、脆弱，完全像个无依无靠的老奶奶。坐在老人的床沿，粽子的手指轻轻地在她几乎没有眉毛的眼眶上移动，那羊皮纸一样的肌肤感，使他感到一种说不出的难过。有时，老人就在他的按摩中迷迷糊糊地睡过去了，有时，她想说话，把嘴里的热气一直呵在粽子的手腕上。

你为什么不读书？

粽子说，我家穷。

你不上大学，当然只好送广告。

粽子说，是的。

再穷不能穷教育，你父母再怎么也不能让你不读书。

粽子点头。我小姐姐两岁的时候，爸爸就车祸死了。我妈妈类风湿越来越厉害，关节都变形了，现在的手指像煮熟的鸡爪，她失去了劳动能力。

那你哥哥姐姐呢？也不能帮你吗？

粽子说，我哥哥就像下面那个"舅舅好"，不，比他还糟糕，三十多岁了，还把屎尿拉身上，所以家里一直想要个男孩子。三个姐姐中，二姐姐嫁了，大姐姐没嫁，她照顾着家里的妈妈和哥哥。比我大两岁的小姐姐也比较麻烦,她也成天生病,她的嘴唇和指甲一生下来就是紫色的。镇里的医生说是先天不足。

这样!老太婆睁开了眼睛,那么,你们家的孩子都不读书了?这不行嘛。

也知道不行。粽子说,家里人把钱省下来,供我一个人读书。姐姐为了整个家、为了我读书,二十多岁的人,就操劳憔悴得像个老妇人。妈妈看不下去,偷偷弄了农药,要带哥哥一起死,后来被人发现了。有一次,她还想勒死哥哥,可是她的鸡爪手没劲,自己失望得大哭起来。我拼命读书,想要有出息,来支撑起我的家。我的成绩一直很好,可是,不知为什么我的高中成绩不上线,差了十几分。老师不相信,后来听老师说我是被县教育部门的人调包了。我们农民小百姓,没有能力再查下去。我只好进了职业高中。可是,高中的学费,对我们家来说,实在太贵了。

老太婆推掉粽子的手:不要按摩了。她圆睁着只有几根白睫毛的眼睛,无比吃惊地看着粽子,又像是判断粽子是否在胡扯。两人半天没再说话。粽子说,吃点稀饭吗,婆婆?

老太婆摇头。她还是盯着粽子的眼睛死看,看得粽子不好意思起来。我没有骗你,婆婆,农村是有这么贫穷的地方。日子很难,农民很苦。城里的人不会知道的。前几天我看到晚报报道,电信局为一个和我母亲一样的类风湿独身妇女,赠送、安装电话;一家私人医院为她免费供应黑骨藤。

259

我看了想笑，我知道他们是做企业宣传，可是，即使企业宣传，也没有单位会到穷深山里做这种新闻广告的。农村人没有这个福气。

老太婆也看到过那篇报道。但老太婆不说话。老太婆沉默了很久。

后来，老太婆说，那你高中读完了吗？

如果不是小姐姐重病，也许读完了。三姐抢救了一周，还是死了。城里的医生说她是先天性心脏病，本来就活不过二十岁的。因为三姐这一病一死，家里债台高筑，母亲就是这时候想带哥哥走的。其实，我的老师对我很好，我的学费总是一拖再拖。我发誓不用家里的钱。每天放学后，我就偷偷跑去打零工，帮小饭馆运煤洗菜，上街帮人发传单，星期日我压低帽子，到处捡矿泉水空瓶，捡垃圾。暑假寒假的时候，我还到建筑工地当小工，过年过节的时候，我还卖气球，扛山楂串卖。这样，我的高中两年，都没有向家里人要过一分钱学费。可是，我的成绩下降了。老师问我，我没告诉她，我怕同学们看不起我。

那你怎么也要读下去啊！老太婆皱起光凸的眉头。粽子半天没答话。老太婆也不说话，开始自己按摩眉头。粽子把她的手移开，又帮她做眼保健操。老人眼压可能上来了，说痛，连声说痛！后来痛得不让粽子再碰。

老太婆的眼压直线上升，眼皮下的眼球，简直就是个硬石头。令粽子措手不及的是，她后来捂着枕头居然像孩子一样，开始呜呜地哭，先是很轻，后来嗷——嗷——嗷地完全放开了。

粽子说，婆婆，很痛是吗？

老太婆还是嗷嗷——着，像一只受伤的老狼。

粽子不知所措，我再按摩一下吧，轻一点？

老太婆在枕头里缓缓摇头：痛……我也不是为头痛……

粽子迟疑了一下，突然把她拉起床。他不再与她商量什么，他半扛半抱地带着老太婆直奔门外，连夜送医院去了。老太婆挣扎了一下，还是呜咽着妥协了。

老太婆从手术室出来，第一句话竟然是，哎，你要是上了大学，就不会在这里了。粽子嘿嘿一笑，说，我上不了大学，我就是考上了，也没有钱念下去。

老太婆的眼睛都包在绷带下面。老太婆就那样仰天躺在床上。粽子在喂她苹果。同病房还有另外三个女病人，都是蒙单边眼睛的。老太婆要喝水，粽子就把能拐弯的吸管送到老太婆嘴里。老太婆喝完水说，可惜了。

老太婆又说，你只会做这个吗，只会送广告？

是的。粽子说，高二的时候，我做了个假身份证。一个光学仪器厂对我挺满意，要招我，可是，进厂前突然要交3800元的费用，什么培训费、押金、风险金啊。去他的！算了！

老太婆突然笑起来。

261

便衣把粽子铐到病房

粽子出事的那天,老太婆已经拆掉绷带,医生说,再观察两天就可以出院了。粽子是被两个陌生男人带进病房的。其中一个男人和粽子肩并肩,老太婆眼睛果然很厉害,在陌生男人开口之前,她就看到了粽子的手腕和他铐在一起。

男人出示了一个黑皮证件,说,反扒大队的。他说您是他的外婆呢。男人把胳膊下的夹包打开,但没有取出东西。男人说,您家是否有一把刀?

婆婆!粽子刚开口,和他铐在一起的男人,挥手就是一巴掌,闭嘴!不是问你!老实点!

老太婆沉稳地、隐约点着头。刚刚解除绷带的眼睛,像两只玻璃假眼,它毫无表情地扫视着粽子,扫视着另外两个男人。病房里的人围了过去,和粽子铐在一起的男人大喝一声,看什么看,正在调查!能走的统统出去!

老太婆把眼睛停在那个打开而不取出东西的黑包上。那个男人还是不想把刀取出来。拿出来!老太婆说,哼,我家的刀多了。给我拿出来!

粽子忍不住舔咬嘴唇。和他铐在一起的男人斜着眼睛,看着粽子,一抹讥讽的笑意就出现了。粽子立刻控制了自己。那男人讥讽得非常自信,他叫另外一个人的名字:就让老人辨认去!

装在微波炉食品袋里的青铜马首刀，被老太婆接了过去。老太婆把刀轻轻抽出袋子，她不出声地端详着，缓缓抚摸着刀身。

粽子感到了绝望，确实没什么好解释的。两个反扒便衣，一个姓马，一个姓洪，和粽子早就是知己知彼的对手天敌。前年底，粽子在一个公交大站点，被逮了个现行。在反扒大队的后院里，粽子被电警棍袭击得几乎神经错乱，小便失禁，但他咬紧牙关，始终只承认偷过这一部手机。结果是，马、洪使劲拍着他的头气急败坏地说，好，有种！算你小子牛！

一部手机只能治安拘留。拘留十五天之后的次日，粽子就和洪在一辆中巴上又照面了。洪狠狠地剜了他一眼，做了个粗野的手势，粽子莞尔，转身下车。之后，他们依然时不时地在公交车上、车站、中巴上狭路相逢，但粽子再也不给他们任何机会了。

今天如果不是这把刀，马、洪照样拿他没办法。粽子现在最大的后悔，就是不该把刀带在身上。既难以面对警察，也无法面对老太婆。

病房里很安静。人们被警察轰赶出去，并不走远，就伸长脖子围在房门口，结果，吊板鸭似的阵式，吸引了更多的人，包括医务人员，人群还有渐渐深入的意思。两个照顾病人的工友，假装为病人削水果什么的，就没退出去。因为怕警察赶，里里外外的人，都格外安静。人们目不转睛地看着老太婆，大家看着老太婆抚弄着刀，看着老太婆又怎么把刀轻轻放回微波炉食品袋中。

老太婆脸上有一种霸道而庄重的神态，这种神态显然镇住了马、洪。

这是我们的传家宝。老太婆终于开口，她是看着粽子说的，但最后却扬起眼角，看定马、洪两人，目光有些愠怒和挑衅，看上去就像在说：难道这东西不是我孙子合法持有的吗？

马、洪有点着急。他可不是一般的人，您确定吗，老人家？我们一直在注意他，他今天又在公交车上。马便衣停了一下，斟酌着用词——他涉嫌扒窃！另一个便衣补充说——不止一次了，是惯扒⋯⋯

放屁！老太婆说，我自己的孙子，我明白！

我们知道他不是您的亲孙子，我们打击处理过他，电脑里有他的档案。我们今天只是要证明这把刀的来历⋯⋯

他是我孙子！我告诉你们，这刀迟早属于他。现在，你们有其他证据，就把他带走好啦，如果没有证据，给我马上把手铐打开！把人和刀统统还我！否则，我找你们王重姜要人！

马、洪互相看了一眼，场面有点僵。王重姜局长不是谁都可以直呼其名的，老太婆断然不是一般的平头老太太，平头老太太身上长不出那种霸气，长不出对公家人的那种不耐烦。两个便衣黑着脸把手铐解除了。

粽子看着他们咬着牙关，鱼贯走出病房。

他们一走，病房内外的围观者立刻喧哗起来，都在控诉警察，有个泼辣的中年妇女，打激烈的手势，在回忆她有次没带身份证被联防队员殴打致伤的事。粽子想趁乱离去，老太婆叫住了他。

扶我到平台吹吹风！

老太婆声音不大，人们马上安静下来。粽子蹲下帮老太婆把鞋子套好，搀扶着老人，通过人们中间往外走。他知道周围人们的突然住嘴是为了什么，虽然刚刚大家骂的都是警察，但同时他们心里一定还拨拉着另一个算盘子，那就是，好人怎么会和警察搅在一起呢？惯扒？这个年轻人一定不是什么好东西。

到了平台上，风比想象的大。干瘦的老太婆穿着医院宽大的蓝白条纹病号服，就像狂风中的星条旗旗杆。粽子犹豫着，脱下自己的外套给老太婆披上。老太婆晃了晃肩头，外套最终滑到了地上。粽子把衣服捡起，迟疑了一下，还是用力给老太婆披上了。老太婆这次没有再拒绝。

平台上，只有一个女工友在晾衣服。粽子以为老太婆会暴怒，或者会歇斯底里地追问为什么为什么。结果，老太婆只是狠狠地拧着光秃秃的眉头，根本不看粽子一眼，冷漠地看着风来风去。

今天也是怪异，粽子平时不喜欢拿人家的钱包，因为现在一般人钱款包里，总是卡多现金少，操作起来往往也不如

265

手机容易变现。可是，今天那个男人投币的时候，在钱包里翻了半天没翻出硬币，钱包里厚厚的百元大票，实在令人心动。而且投币完，他就随便地把钱包塞在开口的皮包里，一边掏出手机，忙于打电话，或者是电话根本没断，急忙跳上汽车的。在粽子听来，那语气像是泡妞。

粽子突然就出手了，厚厚的钱包也夹稳了，绝对轻而稳，但不知为什么，那个泡妞的男人，第六感觉似的，忽然就扭脸看了他一眼。粽子马上缩手，那个男人惊叫起来，哇呀！你！你偷……

粽子把面贴近他，瞪着他，极其凶悍地瞪着他：你说什么？！

几乎同时，粽子的肩膀就被人左右都拍上了。马、洪这对便衣搭档，不知何时，就在他身后。粽子暗暗叫苦，又一次冤家路窄。但因为钱包不在身上，粽子口气就很大：怎么啦？

你说怎么啦！马、洪亮出证件，万分鼓励地看着事主，你告诉他，他的手刚刚怎么啦！

那个男人看着粽子：我……粽子目不转睛地瞪着他。

我刚刚……那男人可笑地看了看自己的包，似乎是确认钱包在不在，其实他知道钱包还没失去。所以，他的眼光更像是躲避歹徒，也像是躲避警察。

马还是洪，大吼一声：他的手刚刚从你包里抽出来！不然你叫什么叫！

那个男人用眼角扫着粽子说，我叫……是他踩到我了，什么手啊，我没看到……

你还是不是男人啊？！

另一个骂道：我们就等着他把你的钱包夹出来，要不是你惊动他，现在早就人赃俱获了！走，跟我们走一趟！一起到大队做个笔录！

那个男人大喊大叫起来：关我什么事！我还赶着办事去！我什么也证明不了。你们别指望我瞎说。反正我一分钱没少！

那男人借着到站，飞快地蹿下车门。反应不及的马便衣还想揪住他的后衣襟，被他奋力一挣而去。马便衣忍不住指着他的背影，破口大骂粗话，几个正气的乘客也在强烈指责那个事主的浑蛋。

和多次的相遇一样，粽子以为警察只好干瞪眼地放了他，可是，没想到他们突然搜到了他身上的马首刀。那一瞬间，马、洪兴奋得就像临刑的刽子手。事情急转直下，但粽子一口咬定，刀是外婆给的。

老太婆住院期间，陈列柜一直没上锁，钥匙就是最后一次使用过，一直挂在橱门上。可能一方面是老太婆病痛，一方面也是开始信任粽子。粽子也不是想偷，突然就是想借机拿出去，找老狐狸他们再确认一次价值。说不准为什么，就是想知道底。夭夭九有一次说，可能值一千万啊，我们就可以买海边别墅，雇菲佣。这个数字是有点吓人的喜悦。但与此同时，粽子想到，也许它一点也不值钱呢。更奇怪的是，粽子自己也不明白为什么，当他假设这刀分文不值时，心里却升起另一种快慰。这种莫名的慰藉感，似乎显示这一种情感的分量，甚至并不比热望它身价非凡来得轻。

粽子也理不清头绪，说不清究竟为什么。

平台上的风寒意颇重。老太婆就是沉着脸不说话，粽子终于承受不住，老革命是该给他翻脸、划清界限了。跟老太婆彻底告别的时候到了。粽子踌躇着正想说，我走了，婆婆，你自己保重吧。老太婆却发话了。

你一个月给家里寄多少钱？

一千多吧……有时寄些药。

送广告根本不够，是不是？你一直在骗我！

是的……是骗你了。我……偷一些……

带刀干什么？

它……很神气，我喜欢带它。粽子选择了撒谎，我带出去玩两次了。

老太婆用假眼珠一样的眼睛，说不上锐利不锐利地长久盯视着粽子。花白的乱发，麻绳一样，在她的额际上死草一样飞动着。

你为什么老来我这儿？

我不知道……婆婆……粽子嗫嚅着，你……有点孤单……你……是个军人……拼死……打江山……

其实，粽子想说你有了不起的过去，但是，他不习惯这样赞扬别人，这些话倒是真心的，因为是真心的，反而令人羞怯，加上心里还有鬼，表达就变得更加艰难。可是，老太婆却因为他艰难尴尬的样子，似乎捕捉到了一些真诚的东西。

我知道，老太婆伸出干枯的手，梳理按压着自己飞舞的白发，我知道啦，你是可怜我了……可怜我这个——老不死的啦。

虽然老太婆不再有追问的语气，但粽子判断不出老太婆是在自我调侃，还是自己的话说得令老太婆不高兴。粽子不敢再吭气，眼睛往远处看去。

突然，老太婆伸手拍了拍粽子的肩膀：去他的！老太婆十分突然地笑了，她拍着粽子的肩头：

你这个——混账东西！

夭夭九眼里六十年前的女兵

老太婆住院，夭夭九第一反应就是打电话叫她自己的儿女来伺候。粽子也有问过老太婆，老太婆置之不理。住院开始的先期费用，粽子垫了一些，后来老太婆单位工会来了人，一切就由他们料理了。有一天，老太婆给了粽子卧室钥匙，叫他取她床头柜里一个牛皮信封里的现金。

老太婆捏着信封，盲数三遍确认有十张百元币后，就摸索着从信封中拿出一张钱。说要喝青鱼汤,补眼睛。20块钱够啦!粽子说,噢。

粽子担心他走久了,老太婆点滴什么的托病友们看顾,可能不太方便,因此让夭夭九过来帮助陪一陪。夭夭九怨气冲天,把老太婆子子孙孙骂了两遍,说打死也不来。但是,二十分钟后,她出现在眼科中心病房,带了一本她心爱的幾米漫画集来了。

一进门,她说,你还想吃鱼啊!婆婆!我也想吃哪——!

眼睛上还蒙着绷带的婆婆像害羞似的,舔了舔嘴唇,脸上有笑的意思。夭夭九嘭地像骑马一样,跨坐在老太婆床前的小方凳上。粽子想还好老太婆眼睛看不见夭夭九刁蛮不满的样子,光听声音,只是有点像淘气的女孩。

老太婆喝上了粽子熬的鱼汤,非常满足地咂巴着嘴巴,声音响亮到了炫耀的地步。然后她很不耐烦地对粽子说,去去去!别老跟我,陪丫头出去走走吧,我没事!没事!听她那语气,好像是粽子和夭夭九非常黏糊地要守在床前。病友们看来知道了粽子和老太婆非亲非友,因此对粽子的赞美密集又隆重。老太婆简直得意扬扬,那个神气劲,从绷带下面的半张脸里也照样炫出来。粽子有些难堪,夭夭九则像眼睛进了沙子,听一句就朝天眨弄她浓黑细长的怪眼睛。有人再说一句,她那扬起的尖颌就再冲着粽子,眨弄眼睛一把。

被便衣警察铐到病房事件发生后,粽子有点怕去病房。最后一次鱼汤熬好,他是让夭夭九去送的。夭夭九知道事情经过后，觉得粽子的确是在打刀的主意，的确没有放弃努力，因此有了同盟军的高度愉快。所以，那天她是欣然去送鱼汤的。

夭夭九对老太婆的故事反应也是挺特别的。比如，粽子说，那些女兵长年累月穿越高山的梯田、羊肠小道，甚至沼泽地，经常是脚被石头碰出血，因为鞋子破了，包脚的布带早就散掉了，有的是陷在沼泽里，没时间拔出来。婆婆说，踩在沙地上舒服，踩在竹刺上还有开春新出的草尖上，就很痛。

夭夭九喟叹一声，要有旅游鞋就轻便了。

粽子说，你知道吗？她们和男兵一样，不仅忍饥挨饿，还常常只有一套单衣，有时出发时，有御寒的毯子和两套换洗衣服，可是，为了摆脱敌人的追击，轻装行军，大家都丢弃了。那样，不管风吹雨淋、太阳暴晒，身上的衣服、头发，都是湿了又干、干了又湿，浑身气味难闻，更可怕的是，每个人身上都长满虱子。有时在煮熟的米饭里，能看到一只只的小虱子，可是，女孩子们和男兵一样，照样吃下去。

夭夭九说，嚯！那么多！虱子是什么颜色的？黑的？像芝麻拌饭？

夭夭九又说，吃起来什么味道？是不是那样就像荤菜啦？

粽子说，部队行军对男人来说，可能会走就行了，应该不算太苦，女孩是太艰苦了吧。老太婆说，有一个晚上急行军80里，蹚过四五次齐腰深的刚开春的河，有的水流非常急，女孩子们手牵手拉着过。

夭夭九笑嘻嘻的，连称好玩好玩！太过瘾啦！

粽子说，那八个女孩有七个来月经，那是早春三月的河水。你不觉得那样很难受吗？我有个姐姐每次都痛得大哭。她们当时也很小啊。

夭夭九说，都来？那会怎么样呢？大家都在水里，血水会从水里翻上来吗？像《拯救大兵瑞恩》里面，血像红线一样？

在老太婆的往事里，夭夭九最喜欢听马首刀的故事。她并没有听到老太婆说的原版，她听到的只是粽子消化过的故事。夭夭九一想到刀，就把它想象成一个爱情故事，而不是一个抗日战争故事。它可能真的是个爱情故事，但是，老太婆似乎从来没有这么说过。老太婆不谈爱情，可是，粽子转述马首刀的故事的时候，夭夭九就是看到了爱情。

战争岁月里有没有爱情

那是1943年的故事。

那时候的婆婆不到二十岁吧。人们叫她小席，在粤港地区，有的队员总叫她席女。她的名字很洋派，叫丽莎，参加革命后,她很不喜欢自己的名字,因此,她经常也自称席女。席丽莎的名字,是她父亲取的。父亲出生在一个薄有资产的读书人家庭,是个学校校长,喜欢音乐,思想进步。日本打到闽南沿海地区,他带着家人乘船逃到香港。席丽莎下面还有两个弟弟。逃到香港后,当时她父亲找到了工作,每月30港币,要养一大家人,七口挤在20平方米不到的一房一厅中,日子非常艰难。母亲也到处揽活挣钱,因为父亲坚持要孩子们完成学业。

十六岁的席丽莎身边已经都是热血奔腾的香港进步青年。他们看《萍踪忆语》《两万五千里》,看《大众生活》《青年志士》,上国语研究班,参加香港新文学院活动,还有文通社活动,演抗日话剧。

1941年12月太平洋战争爆发,12月8日日本突然对香港启德机场和港九各处战略要地发动猛烈轰炸。日本入侵占香港,香港所有的热血青年,背起行装,积极北上抗日。十六岁的席丽莎再也坐不住了。她事先把衣服偷偷藏在女友家,4月的一天,席丽莎带着两个弟弟看电影,叮嘱弟弟们看了电影就乖乖回家,姐姐有事先走。席丽莎的父亲,晚上在她弟弟的口袋里找到了女儿的告别信:爸爸,我走的是正道,请你们放心!

一个英俊的大哥哥带走了席丽莎。他们是在抗日救亡运动中心的"香港学生赈济会"认识的。4月的那一天,大哥哥他们带着她,过码头,到尖沙咀,再上火车,到了上水新界一带。那里有声名显赫的东江人民抗日游击队。那两年间，东江游击队的主要任务是抗击日本鬼子，消灭土匪，开辟陆路、海路交通线，抢救护送邹韬奋、茅盾、胡绳、于伶等文化界名士。日本人占领香港后，八百多名文化志士、国际友人被因此抢救到了大后方。

这个大哥哥后来牺牲了。他从一名左翼学生变成了敌军恐惧而悬赏捕捉的神枪手，最后他变成了烈士，牺牲时二十五岁。夭夭九在这里看到了爱情，但粽子回忆不出，当时老太婆述说往事时的神情，爱情在那双眼睛里闪烁过吗？粽子有点模糊。但是，马首刀的片段，粽子承认比较接近爱情。

青春时期的老太婆，已经毫无疑问是美丽非凡的了，就是那种无须修饰、毫不躲闪的真正美丽。尽管，老太婆从来没有提及自己曾经的美貌，但是，人们在老太婆身前身后的任何一段青春历史中，都能看到她身边，那么多的呵护和关爱之心。对，是男人的心。作为男人，粽子太明白了。翻阅着老太婆相册里更多的老照片，他一次次诧异于老太婆的美丽，也一次次感慨岁月的无情，照片也同样不能留住任何东西，它只是比肉体消亡得更慢一点。

那时候的老太婆还不是电台战士。她太小了，人家让她当卫生员。她又哭又闹，甚至把副队长的背包踢下小溪，她坚决不干，就是不干。她说她是来参加革命，参加革命就是要去打日本鬼子，而不是来学打针抹药水的。但是，这个革命小姑娘，大哭大闹过还是服从了命令。她认认真真，用萝卜学习打针；她用凡士林加硫黄制作的疥疮膏，为无数的战士治疗了疥疮。她先在战士们的背上涂上药膏，然后用手，用力洗擦满目疮痍，直到擦出满手脓血，再小心地撒上硫黄粉。有两名短枪队的小伙子，为了争谁先擦背，打了一架，结果被分别警告处分。

游击队员都在山乡活动，他们活跃在群众中间，白天帮助农民割稻干农活，一边宣传抗日思想；他们还教农民识字、唱歌。席丽莎和其他女游击队员一样，经常打扮得像个客家女，围着长围裙，穿着草鞋，戴着客家独特的凉帽，凉帽要先用黑布包起头发，戴上帽子后，帽檐有一圈两寸多宽的黑布沿。

有受伤生病的战士到村里治疗。席丽莎经常要到河边洗很多伤员的血衣绷带，遇到有些严重的情况，她要出门去找医生。她住的一户人家，是母子俩，母亲不知道什么病，成天时不时五脏六腑疼得冒汗，后来还咯血。席丽莎从不嫌弃她，经常给她看病陪她聊天，讲革命道理，帮她料理家务。部队和群众鱼水情深啊。他们家有一把祖传的马首刀，这把刀是当年他们从河南迁徙来闽，作为镇家之宝带来的。

后来，部队突然通知，所有的战士撤出老百姓家，搬到山里住，白天再下来帮助生产、宣传革命。席丽莎就从那户人家搬到一个山坳里。十九岁的姑娘，什么都不怕，老太婆说，她从来没想到什么老虎啊，蛇啊，鬼啊。没有灯，赶着

275

太阳没下山就进山,那时候山风就不阴不阳地呜呜响,每天都那样。有时月光洒满山岗,有时却看不见月亮在哪儿,因为两边的山太高了。竽圆每天都送老太婆进山。竽圆是那母亲的儿子,沉默而聪慧,人样子很好,村里的人都很喜欢他。竽圆为席丽莎搭了个非常牢固的隔潮草棚。母亲对竽圆说,把马首刀给席女放在枕头下辟邪用。但席女说,革命者怕哪个邪!直到很多天以后,老太婆才发现,竽圆带着刀,天天晚上守在她的草棚外。如果那天不是竽圆,老太婆就被狼咽下去了,或者拖走了。竽圆和饿狼的恶战,惊醒了老太婆。第二天村里的人也都惊动了。老辈人说,这是狼多的季节啊,闹革命的女仔也太大胆了。竽圆的母亲告诉席丽莎,竽圆已经默默守了她四天了。你带上刀吧,奄奄一息的母亲奄奄一息地说,这是很灵验的东西呢。

两天后,竽圆母亲咽气前,等着竽圆再在马首刀上系一根红带子,看着他把刀交给席丽莎,才歪过头松脸溘然辞世。

夭夭九说,他母亲一定还说了,你拿了刀,就要嫁给我儿子,你不答应,我死不瞑目。这么好的祖传宝刀都给你了,你还不嫁吗?!肯定这样说了!

粽子说,没有,老太婆没有这么说,只说人家硬要给她刀。

刀的主人的故事,也很快结束了。那是1943年一个下午,日本人突然从海上来了。可能是一个小分队。日本人杀气腾腾,把全村的人都赶到晒稻台的"禾堂"上,要村民指出哪一个是游击队员。当时,留在村里的游击队员还有七个,老太婆就在其中。她穿着客家女的衣服,就站在大坪上。全村的村民连鸡鸭都被赶出来,站在太阳底下。

日本人的刺刀在阳光下晃着青白刺目的光。村民们沉默着,大家都低垂着头。大坪上静得能听到日本靴子踢起的尘土声,还有各家各户晒梅菜的气味,从来没有这么浓重过。有人咳嗽着,马上咽了回去,怕惊动什么。

一个鬼子突然从人群中拽出一个男人。一名伪宪查高声问,游击队在哪里?那个男人很小声地说了什么,听不清楚。两个鬼子上前把他的头狠狠压下,狠狠浸入"禾堂"边一个废水缸里久积的半缸雨水中。一会儿鬼子把手一松,男人鱼一样跳直身子,喊了起来。男人的声音很大,他喊的是:走啦!都走啦!鬼子又将他往废水缸里浸。

一个瘦孩子尖叫着冲上台去。干瘦的少年扑赶过去,紧紧抱住父亲的腿,站在席丽莎身边的一个抱孩子的女人也扑了过去,像老鹰护小鸡一样,用一只胳膊夹着孩子,一只胳膊挡住了自己男人。怀里夹着的、快掉下的孩子哇哇大哭。

那鬼子若有所思,连续点头。他的目光已经在点头中转移,他看到了刚才妇女身边的席丽莎。老太婆的眼睛透过客家凉帽的边,和鬼子的目光有了极短的对接。老太婆回忆说,那时候,她已经准备死了。本来,她就等着随时被人指出她的身份,她甚至在微微发抖。那么多的村民,平时有的甚至没讲过话，你怎么能信任他们保持沉默？而他们都认识她是游击队员，因为她教过他们唱歌、识字，而她却不能全部认清他们谁是谁。老太婆想，如果她被鬼子拽出队列，肯定就没有孩子、没有亲人来帮护她了。她说她已经准备牺牲了，心里反而开始镇静，可是，她说她不知道为什么，还是克制不住地微微颤抖。她真的不是害怕。

鬼子一步步地走向她，停在她面前的时候，鬼子把脸歪过来看她，然后慢慢抽出战刀，轻轻挑起了凉帽布沿。席丽莎再也不敢看鬼子，她死死盯着鬼子满是尘土的大靴子。

鬼子扬手一把打掉她的帽子。席丽莎想捡起帽子，鬼子就把她猛地推出人群。席丽莎猝不及防，跌了出去。

你！游击队！

席丽莎绝望地否认。晒稻台前一片死寂，摇头间她只有一个念头，村民们不要说话啊。她知道村民们不主动出卖她，就已经非常了不起了。她愿意保持这样的安静。这时，她感到人群动了起来，有人拨开人群，或者说村民在给一个人让路，那人向她走来。——竿圆。

竿圆要干什么呢？他能帮她什么呢？老太婆想都不用想，她知道竿圆不会出卖她，可是，竿圆有什么用呢？说我是他妹子？她觉得他是惹麻烦来了。竿圆停在鬼子和席丽莎之间。竿圆说，是我老婆。鬼子似乎相信，又像是仔细打量着他。鬼子开始在席丽莎和竿圆之间转圆圈，所提的弯头战刀一下一下地敲打着自己的脏皮靴。鬼子的脸色越来越温和,眼睛里居然有了笑意,嘴里开始轻轻地哼格哼格什么。

席丽莎听到了自己牙齿的颤抖声。又一个老太太从人群中慢慢地走了出来。席丽莎知道她和竿圆的母亲很要好,竿圆的母亲说:全村就她的"鱼味"(一种自腌小鱼)最好吃。可她叫不出老人的名字,平时也觉得老人面相比较凶。那一瞬间,席丽莎简直想闭上眼睛。她认为老太太不太喜欢她,她就是来把竿圆救走的,老太太会说出真实情况的,甚至可能指出其他六名隐身于村民中的游击战士。席丽莎口干得无法呼吸。

可是,老太太走到了她的面前。老太太牵起了席女的手,就像要牵自己的媳妇回家。很不应该的是,席女竟然迟钝了一下,她看见竿圆的眼神竟然也茫然了一下。老太太又去推了把竿圆。

鬼子似乎还是笑了一下。猛然地,那把战刀突然在空中抡起了个大幅度,鬼子嗥叫了一声,声嘶力竭地嗥叫,看表情是暴怒极了,整个下巴往下压,露出了带着金牙齿的全部下牙床。也许他根本就没相信过竿圆,也许他只是在歇斯底里地爆发一种变态。

几个鬼子和伪宪查围了上来。

鬼子把竿圆猛地推向席丽莎,席丽莎被撞了个趔趄。鬼子对他做了个脱衣服的手势,席丽莎看懂了,但一时不明白鬼子想要竿圆干啥。那个伪宪查似乎有点困惑。竿圆站着没动。他也许明白了,鬼子要他脱席丽莎的衣服,也许不明白,因此依然站着没动。一个特别矮胖的家伙,突然抬脚就踢。站在竽圆对面的、像是小头目的那鬼子,用手背反甩了竽圆一个重重的耳光。竽圆简直是应声而起,突然就扑向鬼子,他要夺鬼子手上的刀。

这一瞬间太快了,因为他和那鬼子绞在一起,旁边的鬼子愣怔着,一时不敢开枪。竽圆抓刀刃的手,顿时鲜血淋淋,竽圆的眼睛瞪得虎圆。那鬼子突然放手弃刀,竽圆有点站不稳,旁边的几支枪都响了,老太太倒了下去。席丽莎疯了似的号叫,她扑向竽圆。晒稻台上同时响起了更多的叫喊声,非常杂乱,有孩子大哭,有妇女们尖叫。村民们围了上来。

竽圆死在了席丽莎怀里。席丽莎浑身是血,她和竽圆两个人都浑身是血,血人一样,他们一直坐在大坪细腻的硬泥土地上。竽圆没有说任何话,他半合的眼睛一直看着席丽莎,死和没死之间,界线很不清楚。席丽莎哭不出来,只是用手一直摸合着他的眼睛。那个老太太也死了。

从此,席丽莎把那竽圆家祖传的马首刀一直带在身边。再急的行军,她扔下了口琴,扔下了任何穿的盖的,也没把马首刀扔下。

老太婆说,没有经过战争,尤其是抗日战争,你就不明白什么叫军民鱼水情,那是真正的鱼和水的情谊呀。群众知道我们是打日本的,我们又帮助他们搞生产;因此,在最危难的时候，他们是可以用生命来帮助我们的。

夭夭九说，那个男的爱老太婆，对吧？要不然他不一定会站出来找死。

粽子说，他会站出来。你不懂那个时候的老百姓。大家痛恨侵略者，中国人一致对外。所以，老太婆说，她对老百姓感情很深，肯定是真的。老太婆还说，如果时间变一变，也许我的父母、我的家人也会冒死救她。因为老百姓分得清，谁是为他们好的人。我想这是对的。

夭夭九对此不感兴趣。夭夭九说，那个乡下男人，要是不爱老太婆，可以说是他妹妹呀什么的，反正其他人不会揭发他。

可是，日本人不相信他呀。

夭夭九说，农村人和城市人可能还是不一样，日本人肯定是怀疑了。老太婆长得就像游击队。脱衣服干吗？让他强奸自己老婆吗？证明是一家人？

我也不清楚。我没敢问老太婆日本人到底要干吗。老太婆也没说。老太婆不喜欢说男男女女的事情。老太婆说，那是乱七八糟的事儿。不过，日本人都是变态狂，也许本来就相信老太婆就是农民老婆，而不是什么游击队。

夭夭九说，后来日本人就走了吗？他们怎么没把老太婆杀掉？

老太婆没说，反正她活到现在，而且有了一把镇邪的青铜古刀。

1944年春天,老太婆还救过一个美国第十四航空队飞行教官。粽子说,老太婆现在还能叫出那美国佬的名字,他记不住,也许叫迈克?杰瑞?粽子说,老太婆的美丽和能说简单英语的能力,肯定让老美如他乡遇知己。在逃避日本人的大搜查中,在等待组织安排救援的半个月内,老太婆每天装成客家女,冒着极大危险,到山洞给美国飞行教官送咸饭团,还每天帮迈克敷中药治疗跳伞前的腿部灼伤。两周后,被游击队送抵安全地带的飞行教官,送给老太婆一支派克笔做留念,但是,在随后挺进粤中的游击战中,作为电台女兵的老太婆把它弄丢了。

粽子说,老太婆说,那个迈克还是叫杰瑞的家伙,眼睛灰蓝色的,非常浅,一开始看很空洞,看多了特别温柔。老太婆说他是个温文尔雅、很帅的飞行官。

夭夭九说,半个月呢,浪漫啊,老太婆和美国佬有没有擦出爱情火花?

粽子说,不知道。你自己去问她吧。

女贼夭夭九吃了老太婆的醋

老太婆住院的这半个多月,粽子和夭夭九都挺累、挺烦。两人有机会就问老太婆,你的孩子怎么那么忙呢?老太婆一律不予理睬。夭夭九有一次自以为给老太婆熬了鳖汤功劳很大，就恶狠狠地说，你的孩子很不孝顺！

老太婆当场就摔了一把调羹。老太婆说，老大的女儿今年高三！老二的儿子今年初三！孝不孝顺我知道！这不过是小手术！

夭夭九哼了一声，扬长而去。如果不是粽子被警察押到病房事件发生，夭夭九可能再也不会来伺候老太婆了。粽子后来在老太婆的电话机菜单的通信记录上，看到老太婆在眼睛发病住院的前两天，给电话区号020的广州和0531的济南都分别打了两三个电话。那是老太婆最疼痛难忍的发病期。粽子猜，老太婆可能是受不了了，才给自己的孩子打求援电话的。但是，为什么他们都没来呢？也许真的太忙了。

夭夭九和老太婆关系就是搞不好。老太婆出院那天，夭夭九差点又不理睬粽子了。出院的时候，老太婆说，头发很痒，要洗个头。粽子说让夭夭九陪你去发廊里干洗吧。老太婆不同意，说那种地方脏，她的眼睛才手术过，更要保持干净。夭夭九就吼了起来：小气！你就是小气！舍不得花钱！我掏钱请你行不行？

粽子不喜欢夭夭九这么说话，加上医生有交代，别刺激病人，青光眼怕精神刺激。再说，老太婆说得有点道理，脏水流进眼睛，绝对是麻烦事。

那天的头发，最后是粽子在老太婆家，让老太婆斜躺在床上，头伸出床沿一些，然后他笨手笨脚地小心洗的。老太婆满头白中发灰的头发气味很重，还混着奇怪的鱼腥味。尤其是洗发液抹上去，打不出泡泡时，粽子觉得有点恶心。老太婆耳朵上面，头发拨开，就能看到一个发亮的三角形疤痕。粽子指头轻轻滑过，发现里面是软的，像是没有颅骨，或者颅骨凹陷了。粽子觉得怪异，又触动了一下。老太婆说，弹片。刚好头偏了一下，要不然1944年就死啦，到现在骨头都烂掉啦。不知为什么，老太婆开心得自己嘎嘎笑起来。

粽子叫夭夭九过来看，但夭夭九一直臭着脸，远远袖手站在一边，没一会儿，她就走了。门"咣"地重重响了一声，粽子一听，抬头急喊，等等我，喂，一起走呀！

夭夭九没回头。粽子把老太婆匆匆安置好，就追了出去。老太婆轻蔑地哼了一声，拿着粽子塞给她的干毛巾，有些愤愤地自己擦着头发。

夭夭九坐在台湾上包餐厅里，啜吸着一杯橙汁，眯着古怪的长眼睛，似乎很茫然地看着《小鸭、小船、小渡轮》。粽子在她身边坐下的时候，夭夭九扭了扭身子，眼睛里面有泪光。我不舒服，夭夭九说，我就是不舒服！

粽子说，不舒服的事我比你多。比如，每次看这个《风吹了我的草帽》我也不舒服，是说不出的不舒服！你每次都看你自己那幅，现在你替我看看它吧。

夭夭九半闭着浓黑的细长眼睛，乜斜着《风吹了我的草帽》：

甚至连泳衣都还没有碰到水，

风就把我的草帽吹跑了。

我站在滚烫的沙滩,

望着终于掉落在湛蓝海面的粉红色帽子,

随着海浪,愈漂愈远,

我仿佛听到她在呼喊,

而我终究也没能做什么。

阳光毒烈,风好大。

虽然眼泪一下子就被太阳蒸发了。但我很久以后才知道,

那只是无奈人生的小小开始罢了。

幸好它是从一个美丽的海滩开始的……

夭夭九说,那你看看我的漫画,你使劲看看,你看它们会让我舒服吗?

粽子扭过头看了看,不说话。

两人都不再说话。

夭夭九把脸侧贴在桌面上。粽子用手指拨弄她柔软蓬松的头发丝。夭夭九闭上眼睛。夭夭九呜咽着说,我讨厌那个老太婆!我讨厌你对她那么照顾!我讨厌她向你撒娇,她有自己的孩子!我要你讨厌她!不理她!

粽子不说话。他还是挑拨着夭夭九的头发。讨厌她吗?讨厌那个老太婆吗?粽子想,以前是非常排斥的,但是,现在,似乎又不是这么回事了。喜欢她吗?好像也不是这么回

事。不理她,不可能吧,刀还在她那儿。如果没有刀,或者如果老太婆的刀根本不值钱,那么不理她,能做到吗?能吗?粽子又产生了眩晕感。

终于,夭夭九恢复了正常,直起脑袋说,我们要不要那把刀?

粽子清醒过来:当然。不要刀,我们要什么?

那什么时候才要?

该要的时候。

让人人有书读,人人都有爱吧

没有人知道老太婆生日,是老太婆自己打电话宣布要过生日。夭夭九第一反应就是翻了下眼睛,粽子也不积极。粽子有气无力地问,你的孩子会来看看你吗?

老太婆说,这算什么事!还让他们请假坐飞机?我只请你和那女的来我这里吃饭。我想热闹一下,我要弹琴给你们听。我七十六岁啦!

夭夭九说,给那老疯婆买个生日蛋糕吧。这老东西,还不知道她明年还有没有生日可过。夭夭九竟然对老太婆有所关爱,粽子心里轻松了,但不幸的是,夭夭九成了乌鸦嘴。老太婆真的没有活到下一个生日,事实上,她只再活了生日之后的两周时间。生日后,粽子打过两个电话都没人接,他没重视这个问题，结果在那次送广告上山时，看见平时极为节俭的老太婆，天还未黑，两个房间的电灯竟然都亮着。粽子站在楼下，觉得奇怪，想了想还是顺便上楼去看看老太婆，一开门却发现老太婆倒在卫生间门口。粽子傻了眼，第一直觉就是老太婆死了。

老太婆的确死了，死在上卫生间的途中。穿着花布睡衣睡裤的老太婆，那个想扶住门框还是抓住什么的伸手姿势，说不出的孤单。粽子走近，感到尸体都有点轻微的味道了。后来警察和医生说，老太婆于两天前死于中风。

生日之后，粽子和夭夭九都没再见过老太婆。就是说，那一个生日之夜，就成了永别。

当时夭夭九说给老太婆提生日蛋糕去，粽子就到书店给老太婆挑了一盘打折的老歌。放在夭夭九的机子里听听，效果还不错。有《游击队歌》《渔光曲》《松花江上》《九九艳阳天》，还有老太婆最喜欢捏着嗓子哼哼的《绣红旗》。原来粽子以为那些老歌，尤其是女声，都是大着嗓子扁着喉咙唱的，比如《南泥湾》之类，听上去像脑子简单、没文化的妇女唱的，粽子很不喜欢听。没想到，这盘老歌还唱得真不错，有一种真诚的、含蓄的力量。

那首《绣红旗》是一男两女三重唱，和声非常好听。粽子听了觉得意外，请求夭夭九和他一起唱唱。夭夭九嗓子沙哑，但是乐感很好，两人唱得有点像男声重唱。而且，每次粽子唱到"多少噢噢年，多少噢噢代，今天终于盼到你"或

287

者唱到"平日刀丛不眨眼,今日里心跳分外急",夭夭九就哈哈大笑,直呼手铐手铐铐死你!

生日那天下午,老太婆的两个孩子及孙子们,给老人发来了鲜花礼仪电报。女儿还说寄了个日本进口的自测量血压仪。下午,送报人员把鲜花水果花篮和电报送到度道山时,老太婆签收了,但老太婆没马上上楼。她抱着鲜花,螃蟹似的在前院到处走动,展览她的礼物。她向每一个过往邻居,笑眯眯地厉声谴责:现在的孩子,小题大做!老人生日还买什么鲜花,真是太不实用啦!

老太婆问小浇花工,你认识这里面的哪一种花呀?

生日晚餐不出粽子夭夭九所料的简单。皮蛋瘦肉粥,一条清蒸鱼,还有肉末红烧豆腐和海蛎煎。两人已经见惯不惊。但老太婆不断地把豆腐夹给粽子,说我儿子爱吃红烧豆腐,又不断地把海蛎煎夹到夭夭九碗里,说我女儿最喜欢这道菜,搞得夭夭九十分恼火。夭夭九说,我不是你女儿!他也不是你儿子!

老太婆愣了好一会儿,才假装没听到。

吃过饭,他们想等老太婆吃了生日蛋糕后就走人。老太婆说不急不急。老太婆说她想弹琴,弹了琴再点生日蜡烛再吃蛋糕。老太婆说着就提着僵硬的膝盖,爬上了琴凳。老太婆翻开琴盖的时候,没头没脑地夸了夭夭九一句,今天你的香水不臭。

夭夭九回报一个闪电鬼脸。老太婆没有喝酒,可是两颧发红。她的确是弹得很不怎么样,但是,粽子和夭夭九一律报以噼里啪啦的热烈掌声。《渔光曲》他俩不会唱,但是,老太婆弹《绣红旗》的时候,粽子为她伴唱地哼了哼。老太婆来劲了,说,重来!一起来!

他们就一起来。因为歌词记不住,他们还是放了光盘,只是伴奏声音开得比较小,好让老太婆以为是她弹得出色。老太婆在后面弹,粽子和夭夭九在沙发上一人握一支糟糕的话筒唱,难得的是,夭夭九第一次台风这么端正,这是她唯一的一次没有发笑,粽子甚至觉得,她唱得比他还认真投入。

……

(女声)线儿长,针儿密

含着热泪绣红旗 绣呀绣红旗

(男声)热泪随着针线走

与其说是悲 不如说是喜

多少噢噢年 多少噢噢代

(夭夭九和粽子合声)今天终于盼到你 盼到你

(女声)千分情,万分爱

化作金星绣红旗 绣呀绣红旗

(男声)平日刀丛不眨眼,今日里心跳分外急

一针嗯嗯针 一线嗯嗯线

(夭夭九和粽子合声)绣出一片新天地新天地……

粽子和夭夭九看着电视屏幕上的歌词，谁也没有转脸去注意老太婆。老太婆的琴声总是绵软无力的，这是无所谓的，只要老人生日高兴就好，因此，谁也没有想到，老太婆竟然泪水长流。他们光顾着看屏幕上的歌词，越唱越投入，等到老太婆钢琴声停了，回头才发现老人泪水淌了下来。

老人失神似的，两只手平放在琴键上，默然无语。

两人面面相觑。

熄灯点上生日蜡烛的时候，夭夭九要老太婆许个愿，才能吹灭蜡烛。老太婆腼腆地拒绝，说随便啦随便啦。夭夭九合掌命令说，许一个！很灵验的！

老太婆就合上双掌。老太婆真的闭上了祈祷的眼睛。

摇曳的烛光中，老太婆的脸，衰老而斑驳。粽子忍不住回头看墙上的老照片，那个热血燃烧的美貌女兵，站在六十年前的烛光深处，青春而微笑。

老太婆吹灭了生日蜡烛。她实在太衰弱了，她用了三口气，才吹灭了所有蜡烛。切蛋糕的时候，夭夭九说，你是不是许愿长生不老啊，婆婆？

老太婆说，我才不相信什么长生不老！健康就好。

那你是许健康长寿的愿啦？

老太婆摇头。老太婆放下纸碟蛋糕，重新合掌闭目，老太婆说：

让大家都有好生活吧，人人有书读，人人都有爱吧。

是什么——颠覆了这一切

发现老太婆死去,粽子第一个打的是夭夭九的电话。夭夭九说,你要打110报警电话!粽子的脑袋才运转正常,他一口气打了110、120、殡仪馆,还查打了老太婆子女的电话。

夭夭九来得比警察快。屋子里腥味很重,夭夭九没有再掀鼻孔。两人蹲在老太婆面前看了好一会儿。凌乱的白发几乎遮盖了老太婆大半个脸,他们谁也不敢去拂开它。两人不说话,非常迟钝地蹲着,粽子后来觉得蹲着难受,伸手拉起夭夭九。夭夭九眼睛已然泗红,鼻尖也发红。粽子发现有异,要定睛看,夭夭九把脸用力掉转了。

谁也没有想到马首刀,这个差错是共同出的。当夭夭九甩了粽子耳光时,粽子很焦躁。他在想责任不在他一个,夭夭九难道就没有责任吗?在现场,她呆头呆脑,如果她想到了那把刀,她完全可以改正这个过失。可是,她也没有想到刀。

警察和穿粉色大褂的120人员,很快就确认了自然死亡并完成了相关手续。老太婆单位的人来了,尸体很快弄到殡仪馆,因为老太婆尸体有异味了,天又热。

第二天中午,粽子又到了老太婆家。因为老太婆的女儿中午的飞机,大概两点多会到家,她没钥匙。粽子一个人在那空荡荡的五房两厅转着。餐桌上,那瓶生日的鲜花,早已枯萎,只有康乃馨的花心,还有一点暗淡的红颜色;打开冰箱,里面居然还有剩下五分之一不到的生日蛋糕。粽子拔掉了冰箱电插头。

午休时间,到处很安静。粽子走到老太婆的老照片下看看,又坐到了老太婆的钢琴凳上。这时,楼道上传来铁门咣啷哗啦的动静。再见,妈妈,再见,爸爸。奶奶再见!是楼上那个孩子的上学时间了。

粽子把琴盖慢慢翻开。粽子轻声说,再见,孩子,小心汽车。

粽子走上阳台。前方的山岭前,一大群鸽子在高压电铁架顶翻飞,它们拐过来、折过去地翱翔着。老太婆参加进去了吗?粽子在阳台上眯着眼睛,看着鸽子一圈一圈地俯冲再飞起。

哪一只是那个勇敢美丽的老太婆呢?

老太婆的女儿是一个人来的,见到粽子她非常客气,连声说谢谢。小钟,谢谢你啊。我母亲说你是个非常非常好的孩子。电话里说过你好多次了。

粽子不姓钟,他甚至从没告诉老太婆他的真名。他不太肯定老太婆在电话里表扬的人是不是他。尤其是,老太婆的女儿说,母亲说你是个才毕业的大学生,是个了不起的社区志愿者。就是那种社区红帽子,是吗?

粽子脑子全乱了。他愣愣地听着那个能说会道的老太婆女儿,说她的母亲如何出身名门,如何忘我革命出生入死;如何能干正统,一辈子如何不谋私利,不关照一个自己的孩子;又如何固执,如何拒绝和孩子们一起生活。说眼睛的手术,她有叫母亲到广州看看,因为她在当地人头熟,又不用请假,老人家偏不。固执得不得了。说说说,说了很多。粽子终于明白了,他就是那个叫小钟的人,他就是那个大学才毕业的社区敬老志愿者,那个红帽子。

老太婆为什么这么介绍他呢?他想不明白,只有天知道了。

老太婆女儿非常热情、善解人意,简直把粽子视为恩人、亲兄弟。如果那个时候,粽子想到了刀,也许就可以趁热打铁地要走;可是,紧接着到来的老太婆儿子和媳妇,尤其是那儿媳妇,太厉害了。她甚至抢先怀疑了粽子和老人来往的动机。这使粽子心慌。而粽子的心慌一定让人看出来了,因此,老太婆的子女们好像很快就达成共识,共同保持了疑虑和警惕。后来粽子提出想要一个老人的军功章做纪念时,他们就非常默契地、速度极快地一致拒绝了。

粽子感到非常难堪,不是拒绝本身,是因为拒绝后面,让他感到自己的动机被人挑了出来。他感到巨大的慌张和难堪。是吗?我就是为了那把刀对吗?对吗?所有的这一切,都是为了那把刀,对吗?

夭夭九暴跳如雷。当粽子告诉她,刀已经被老太婆儿女密藏时,夭夭九极度愤怒。夭夭九说,无聊!就是无聊!你

293

有一百次的机会得到它！你要是开口，老疯婆早就送给你了，她根本不懂刀的价值！就算她小气，你又怎么会弄不出刀？！你有百次的机会！你无聊！你莫名其妙！你被那疯老婆子迷住了！

粽子就给了夭夭九一个很重的巴掌。

夭夭九似乎傻了，呆看着粽子；粽子也傻看着夭夭九。

安静，像一切都死过去的安静。刀、刀、马首刀，那造型超拔的青铜古刀。

究竟是什么——颠覆了这一切？

悲伤的小鸭，无奈的草帽

粽子给夭夭九打了无数个电话，不接，换陌生的电话打，一听到他的声音，夭夭九就挂机；所有的短信都不回。渐渐地，粽子慢慢地不再打夭夭九的电话了。

有一天，粽子到邮局给姐姐汇款，还有给母亲寄风湿药黑骨藤。突然他在买来的晨报上看到一条社会新闻。上面说，近期在台湾街一带，多家中小餐馆被人半夜盗窃。小毛贼似乎嗜吃海鲜，公然在作案地大肆蒸煮海鲜，吃了喝了留下一厨房狼藉才离去。其中有一家，被那好吃海鲜的毛贼光顾多趟后，店老板和老板娘暗暗互相猜疑，都怀疑对方约友在餐厅饕餮，最终互相指责挥刀相向而报警。警方提醒中小餐馆,加强夜间防范,杜绝治安死角。

粽子笑了笑。他感到自己又一次非常想念夭夭九。

夏天过去了,有人要看房子,粽子受托又回度道山去了一趟。

想买房的人说,户外环境很好,可是,房子本身结构相当不理想,又不是框架结构,不好改造,因此有些犹豫。粽子一句话都懒得说。

在度道山下新开的台湾上包连锁餐厅,粽子在夭夭九的漫画对面坐了下来。边吃吞拿鱼汉堡,边看着那幅夭夭九心爱的漫画。突然,他掏出手机,选择了写信息:

小鸭、小船、小渡轮,
拜拜!我不再想你们,不再爱你们了。
昨天爸爸妈妈大吵了一架,
夜里我们抱在一起哭了好久,
现在你们还感到害怕吗?
以后再也听不到争吵的声音了。
这一切都是为了你们好,
再见了!不要为我担心。
……

短信是分两次传出去的。粽子并不指望夭夭九能回话,他已经习惯了她不理不睬。又喝了一杯玉米火腿羹,坐了一

会儿,粽子就准备买单出门。这时,手机却响了,是短信提示音。粽子随便按了显示键,一行字跳了出来:

> 甚至连泳衣都还没有碰到水,
> 风就把我的草帽吹跑了。
> 我站在滚烫的沙滩,
> 望着终于掉落在湛蓝海面的粉红色帽子,
> 随着海浪,愈漂愈远,
> 我仿佛听到她在呼喊,
> 而我终究也没能做什么。
> 阳光毒烈,风好大。
> 虽然眼泪一下子就被太阳蒸发了。但我很久以后才知道,
> 那只是无奈人生的小小开始罢了。
> 幸好它是从一个美丽的海滩开始的……

图书在版编目（CIP）数据

西风的话 / 须一瓜著 . —杭州：浙江文艺出版社，2020.10
ISBN 978-7-5339-6093-3

Ⅰ.①西… Ⅱ.①须… Ⅲ.①中篇小说—小说集—中国—当代 Ⅳ.① I247.7

中国版本图书馆 CIP 数据核字（2020）第 068477 号

策　　划	读蜜传媒
责任编辑	瞿昌林
特约编辑	孙　佳
装帧设计	格·创研社
排版制作	中文天地
责任印制	张丽敏

西风的话　须一瓜 著

出版发行	浙江文艺出版社
网　　址	www.zjwycbs.cn
联系电话	0571-85152727（发行部）
经　　销	浙江省新华书店集团有限公司
印　　刷	杭州富春印务有限公司
开　　本	880 毫米 ×1230 毫米　1/32
字　　数	190 千字
印　　张	9.5
插　　页	4
版　　次	2020 年 10 月第 1 版
印　　次	2020 年 10 月第 1 次印刷
书　　号	ISBN 978-7-5339-6093-3
定　　价	45.80 元

版权所有　违者必究
（如有印装质量问题，请寄承印单位调换）

作家之家，IP之巢
Writer's home and IP's incubator

读蜜文库 | 读蜜传媒旗下文学出版品牌

涵括 | 华语文学馆+世界文学馆+影视文学馆

总策划 | 金马洛　合作邮箱 | dumi@dumilife.com